KB237176

그녀가
보인다

김선재는 통영에서 태어나 서울에서 자랐다. 숭실대학교 문예창작학과 박사과정을 수료했다.
2006년『실천문학』에 소설을, 2007년『현대문학』에 시를 발표하며 문단에 나왔다.

김선재 소설집
그녀가 보인다

펴낸날 2011년 8월 8일

지은이 김선재
펴낸이 홍정선
펴낸곳 ㈜**문학과지성사**
등록번호 제10-918호(1993. 12. 16)
주소 121-840 서울 마포구 서교동 395-2
전화 02)338-7224
팩스 02)323-4180(편집), 02)338-7221(영업)
전자우편 moonji@moonji.com
홈페이지 www.moonji.com

* 지은이는 서울문화재단 2009문학창작활성화지원사업기금을 수혜했습니다.

그녀가
보인다

김 선 재 소 설 집

문학과지성사
2011

차례

모텔 제인 오스틴

이것이 무엇인지 아는 데는 시간이 필요할 것이다. 지금 알 수 있는 것이라고는 내가 잠든 사이에 무슨 일인가 일어났다는 사실뿐이다. 무슨 일이든 일은 언제나 생기게 마련이지만 내 손이 뭔가를 쥔다는 사실은 특별한 일에 속한다. 분명히 느슨하게 말아 쥔 내 손가락 사이로 보이는 것은 흰 바탕에 검은 줄이 쳐진 메모지다. 누군가 우편함에 고지서를 꽂듯 내 손에 무엇인가를 쥐여놓은 것이다. 곰곰이 지난 시간을 되짚어보지만 떠올릴 만한 것이 있을 리 없다.

다른 날과 마찬가지로 일을 끝낸 다음 편의점에서 컵라면을 먹으며 첫차 시간을 기다렸고, 첫차를 타는 대개의 사람이 그렇듯이 자리에 앉자마자 녹슨 씨*를 다리 사이에 낀 채 습관적으로 눈을 감았고 곧 잠이 들었다. 그 외의 일은 도통 기억나지 않는다. 물론 서너 번쯤은 누군가의 어깨로 몸이 기울어지기도 했고, 두어 번쯤은 고개가 뒤로 넘어가기도 했을 거였다. 그러나 그것조차 특별히 다른 날과 다른 일은 아니었다. 그렇게 졸다가도 내려야 할 곳을 한 번도 놓쳐본 적이 없었고, 오늘 또한 그랬다. 막 출발하려는 전동차에서 녹슨 씨를 안고 허둥지둥 내린 것까지 다른 날과 조금도 다르지 않았다. 나는 말 그대로, 그저 눈을 감았다 떴을 뿐이다.

전동차는 오래전에 굴 속으로 사라져버렸고 승강장에는 메모지를 쥔 나만 남았다.

그리고 음모처럼 어두운 굴 속 저편에서 다시 전동차가 다가오는 소리가 들린다. 먼저 도착한 바람이 나를 떠민다. 대체 누구냐고, 뭐냐고, 허공에 대고 묻는 쓸데없는 짓은 하지 않는다. 아무도, 아무것도 대답할 리 없다. 정작 궁금한 것은 혼자 이해하고 해결해야 한다. 생각해보면 나는 무엇인가를 오래 쥐어본 적이 없다. 내가 손에 쥐게 되는 것들은 대부분 얼마 못 가 나를 떠났다. 연은 단순히 건망증일 뿐이라고 나를 위로했지만, 그것은 내 의지였고 내 손의 의지였고 떠난 것들의 의지였다. 나는 걸으며 커피를 마시는 대신 그 자리에 서서 훌훌 들이켰고, 지갑이나 가방을 드는 대신 주머니가 많이 달린 옷을 골라 입었다. 그나마 녹슨 씨가 여태 내 곁에 남아 있는 것은 내가 언제나 녹슨 씨를 어깨에 메고 있기 때문일 테고, 연이 떠난 것은 내가 그녀를 잡았기 때문일 것이다. 내 손은 언제나 나를 배신하는 편이었지만, 어쩔 수 없는 일이다. 그저 그렇게 되기로 예정되었던 일일지도.

떠내려가다 보면 나뭇가지에 긁혀 생채기가 생기기도 하고 자갈에 쓸려 피가 맺히기도 한다. 아홉 살의 내가 많은 것을 알 수 있었던 것은 아니지만 중요한 것은 잡았다,는 것이고 그것을 놓치지 않았다,는 것이다.

그때 나는 바닥이 없는 급류에 휘말렸다. 산과 하늘과 사람들이 시야에서 오르락내리락했다. 본능적으로 모든 색이 회오리 사탕처럼 빙글빙글 돌다가 한 점에서 사라질 것이라고 느꼈다. 산다는 것이나 죽는다는 것이 무엇인지도 몰랐을 나이였으므로 살아야 한다거나 죽어야 한다는 생각은 없었다. 다만 물살이 나를 거칠게 잡아채 어디론가 끌고 가는 중이었고 숨을 몰아쉴 때마다 흙탕물이 입속으로 들어왔다. 발버둥을 칠 때마다 조금씩 어둠이 깊어졌다. 무엇인가를 잡아야 했다. 그래서 나는 무엇인가를 손으로 그러쥐었다. 일행 중 누군가가 던진 등산용 로프였다. 물 밖으로 끌려 나온 나는 로프를 감아쥔 내 손을 보았다. 그때까지 로프를 쥔 내 손이 덜덜 떨고 있었다. 손바닥에서 피가 배어 나왔다. 나는 아홉 살에 산에서도 물에 빠져 죽을 수 있다는 사실을 알았다. 누군가는 그 일을 기적이라고 했지만 그건 순전히 내 손의 의지였

다. 그 손이 더는 간절히 무엇인가를 잡으려고 하지 않기로
작정했다는 것을 서른 개쯤의 우산을 잃어버리고서야 알게
되었다. 나는 내가 평생 할 일을 몇 분 동안 안간힘을 다해
완수했어. 그러니 나를 더 이상 괴롭히지 마, 라고 손이 내게
얘기한 적은 없지만, 말할 수 있었다면 그렇게 말했을 것이
다. 나는 이해했고 동의했으므로 내 손이 원하는 대로 내버려
두기로 했다. 일상을 영위하기 위한 최소한의 행위들을 제외
하고는 시계추처럼 마음껏 흔들리게, 쉬게, 연주하게.

　나는 쥔 손을 펼쳐 구겨진 메모지를 바라본다. 누군가가 구
걸의 방편으로 사용했던 종이였을까, 라고 잠시 생각도 했으
나 그들이 이걸 그냥 쥐고 내리게 내버려두었을 리 없다. 알
수 있는 사실은 없지만 작은 메모지를 다시 바라본다. 종이는
반으로 접힌 사개가 살짝 들려 있기까지 하다. 마치 윤기가
좔좔 흐르는 핑크색 립스틱을 바른 여성의 반쯤 열린 입술처
럼 말이다. 그 안을 보아야 할 이유도 없지만 보지 말아야 할
이유도 없다. 사실 별일도 아니다. 나는 녹슨 씨를 어깨에 둘
러메고 드디어 종이를 펼친다. 젠장, 가슴이 조금 두근거린다.
　'3.12. 모텔 제인 오스틴 1207. 저녁 8. 부디.'
　내용은 있지만 나와 상관없는 내용인 것이 분명하다. 약속
을 휘갈긴 사적인 메모, 같다. 적잖이 실망스럽다. 젠장, 별
것도 아니잖아, 라고 내뱉고 나니 정말 별것도 아니다. 젠장.

남자 같잖아, 하지 마.

연은 내가 젠장, 하고 말할 때마다 화들짝 그렇게 말했다. 남자만 그 말을 쓸 수 있는 것은 아니지만 연은 그 단어에 예민하게 굴었다.

네가 쓰는 젠장은 정말 남자의 그것보다 훨씬 더 남자같이 들려.

연은 내 머리카락을 자신의 손가락으로 빙글빙글 감아올리며 그렇게 말했다. 누군가 내 머리카락을 만지는 것은 정말 싫었지만 나는 그녀가 긴 머리를 얼마나 부러워하는지, 얼마나 좋아하는지 알고 있었으므로 연을 내버려두었다. 어쩌면 연은 나보다 내 머리카락을 더 좋아했는지도 모르겠다. 정확히 말하자면 아마, 갖고 싶었을 것이다. 그녀의 머리카락은 아주 느리게 자랐다. 그걸 연은 게으른 머리카락이라고 표현했다. 게으른 머리카락은 숱도 적고 명주실처럼 가늘어 여름이 되면 가뭄에 말라가는 옥수수수염처럼 끝이 노랗게 타들어갔다. 덕분에 연의 머리 모양은 목덜미 근처에서 짧게 나풀거렸다.

가끔 연은 거울 앞에서 어깨를 늘어뜨리며 한숨을 쉬었다.

정말 남자 같잖아.

사내들이란, 나는 중얼거린다. 메모를 쥐여준 누군가가 남자라고 단정짓는 것은 모텔이라는 단어가 주는 퇴폐적인 어감 때문이거나 나의 상투적인 통념 탓이다. 무엇도 함부로 말할 수 없는 상황이지만 그래도 지극히 개인적인 사연인 것은 분명하다. 나는 모텔에서 만나는 사이가 생면부지의 사이인지 아주 친밀한 사이인지에 대해 생각해보다가 메모지를 구겨 철로 사이로 던진다. 이것은 아마 비밀일 것이다. 그렇다면 쓰레기통보다 철로 사이가 비밀을 지키기에는 더 안전하겠지. 목숨을 걸고 철로에 내려가서 종잇조각을 뒤적거릴 사람은 없을 테니 말이다. 불특정 개인의 비밀이므로 내게 딱히 그 비밀을 지켜야 할 의무가 있는 것은 아니지만 어쨌든 나는 입이 무거운 편이다. 이건 내 장점 중 하나이다. 아니, 사실은 별 관심이 없다. 나는 재미있는 얘기를 들어도 그 자리에서 웃고 잊어버리고 흥미로운 가십거리도 그 자리에서 털고 일어선다. 내가 느끼기에 세상은 언제나 새로우면서 늘 재미없는 곳이다. 모든 얘기가 언제나 새로우면서 모든 얘기가 별로 재미없다는 말이다. 또한 그 세상에서 나는 말하거나 듣는 것에 별로 소질이 없다. 그렇다고 다른 어떤 것에 소질이 있는 건 아니다. 그저 듣고 잊어버리고 말할 때는 머뭇거리다가 돌아온다. 자고 나면 언제나 새날이었다. 지하의 새날이 언제나 산뜻한 것만은 아니었지만 할 수 없는 일이다.

집은 땅 위에서만 지어져야 한다는 통념을 극복한 사람들은 특별한 능력을 얻게 된다. 지하의 우리들은 햇빛을 포기한 대가로 밤을 낮처럼, 낮을 밤처럼 지낼 수 있는 힘을 얻었다.

나의 일터는 밤이고 나의 낮은 어둡다. 그리고 지금, 도심의 지하를 떠내려온 나는 어두운 낮의 변두리로 돌아가기 위해 지상으로 올라선다. 나에게 지상은 언제나 어디선가 어디로 가기 위한 이동 통로일 뿐이다. 언젠가 연과 함께 갔던 거대한 수족관의 수중 통로처럼.

출입구를 찾지 못해 한참을 헤매다 입장했던 바닷속 체험관이었다. 도시 위에 만들어진 거대한 물탱크 안을 헤맸을 뿐이지만 나는 낭패스러웠다. 아홉 살 이후로 절대 바닥이 확인되지 않는 물속에는 들어가지 않았던 내가 자진해서 깊은 물속으로 걸어 들어온 꼴이었다. 나는 주저앉았고 연은 나를 이상하게 바라보았다. 상어와 가오리, 거북이 따위의 바다 생물들이 우리 주위의 유리벽 너머로 몰려들었다. 낯선 종에 대한 경계와 흥미를 잃은 것은 오히려 연과 나였다. 먼저 그곳을 빠져나온 나는 연을 기다리며 앞으로는 공중목욕탕에도 가지 않으리라고 다짐했다.

한참 만에 뒤따라 나온 연은 거북이를 가까이서 본 게 처음이라고 말했다.

그런데 말이야, 실제로는 별로 귀엽지 않았어.

연의 말에 나는 퉁명스럽게 대답했다.

실제는 없는 거나 마찬가지야.

사실이었다. 시각은 정직하지만 똑똑하지는 못하다. 보는 것 이외에는 보지 못하는 자들을 위해 특별히 고안된 장치인 비유와 은유가 화려하고 수다스러워지는 이유였다. 또한 보이는 것을 보지 못하는 사람들이 많은 만큼 보이지 않는 것을 보고 싶어 하는 사람들도 많으므로 그것들은 똥통에 빠지지 않는 한 당분간 아주, 건재할 것이다. 그 사실은 연이 밴드에 들어온 이유만큼이나 실망스러운 사실이었다. 연은 자신의 화려한 수사를 경청해줄 다수의 관객을 필요로 했고 나는 혼자 있을 때도 울거나 웃을 수 있어야 한다고 믿었다. 그 순간들이야말로 비유와 은유가 진심으로 태어나는 순간들이기 때문이었다. 보이거나 보이지 않거나 그 순간들을 나는, 오래 꿈꿨고 연은 화려하고 수다스러운 비유와 은유에 쉽게 동의해줄 너그러운 관객을 원했던 거였다.

고개를 숙이고 걷다가 나와 연의 첫 연주를 떠올린다. 동아리 신입 오디션을 보는 자리였다. 기껏해야 오래된 팝송을 연주하는 수준이었지만 누군가의 반주로 인해 기타를 치는 내 손이 떨리는 것을 느꼈다. 그때 내 손은 사랑하는 사람의 머리카락을 쓰다듬듯 섬세한 소리를 냈고, 핑거링은 사랑받는 여자의 눈짓처럼 교태스러웠다. 서로 다른 몸이 만나 하나의 새로운 형상을 만들어내듯 누군가의 건반과 내 기타가 하나의 새로운 악보를 그리고 있다는 느낌이 들었다. 마치 전생을 기억해낸 건반과 기타 같았다. 내 손은 그때 진심으로 기뻐했다. 우리의 악기들은 단번에 서로의 내면을 읽었다. 고작 대학교 동아리 오디션이었는데 가슴이 떨렸다고 우리의 악기들은 서로에게 말해주었다.

그때 나는 연이 사실은 여자일 것이라고 생각했다. 연이 여자인 것은 사실이었지만 여자로 보이지 않는 것도 사실이었다. 그래서 신입회원 환영회에서 연을 처음 보게 되었을 때 나는 연을 남자로 오해했다. 거의 발육이 안 된 납작한 가슴에 짧은 헤어스타일, 쉰 듯 낮은 목소리를 가진 연은 누가 봐도 소년이었다. 소년 같은 소녀였던 연은 사물들에 이름 붙이는 것을 좋아했다. 녹슨 씨에게 '녹슨 씨'라는 이름을 지어준 것도 그녀였다. 이름을 붙여주면 대화가 가능하다는 그녀의 말은 믿기 어려웠지만 그녀는 마시는 물에게 말을 걸었으며 자신의 악기와 대화하는 시늉을 했다. 가끔 거울을 보며 우는 연습을 하기도 했는데, 그 모습을 보고 있자면 연은 정말 눈물이 타인을 감동시킬 강력한 도구라고 믿는 것처럼 느껴졌다. 그러나 내가 보기에 울음을 도구로 쓰는 것은 정말 바보 같은 짓이었다. 관객을 울리기 위해 우는 연습을 하는 연은 참기 어려울 정도로 우스꽝스러웠다.

웃기니까 울지 마.

연이 거울을 보며 울거나 울 준비를 할 때마다 나는 그렇게 말했다. 감동은 가슴에서 나오는 것이 아니라 잘 계산된 머리에서 나오는 것이라는 지점에서 우리는 의견을 달리했다.

차라리 헤드뱅잉을 하는 쪽이 나을 거야.

내가 이렇게 언쟁에 마침표를 찍을 때마다 연은 눈물을 닦으며 응수했다.

왠지 너에게 속은 느낌이야.

연이 그렇게 말할 때면 나는 내가 사실은 여자가 아닐지도 모른다고 생각했다. 내가 여자로 보이는 것은 사실이었지만 연과 같은 여자가 아닌 것도 사실이었기 때문이다. 나는 연이 선호하는 레이스가 만발한 속옷을 입어본 적도 없고 또래의 계집아이들과 손을 잡고 화장실에 가본 적도 없다. 나는 다만 내 손이 자유롭게 쉬도록 내버려두었으며 녹슨 씨와의 연주를 위해 악보를 읽어주었다. 그럴수록 머리카락과 키는 빨리 자랐고 가슴과 엉덩이가 커졌다. 이상한 일이었다. 실제로는 그렇지 않았지만 실제로 연과 나는 그랬다. 이렇듯 우리의 어떤 부분은 과장되었고 어떤 부분은 은폐되고 축소되었다. 그저 보이는 대로 보도록 내버려두는 수밖에 별 도리가 없었다. 사는 데 그리 불편하지 않았으므로 상관없었다.

'석 달치 입금 바람. 주인 백.'

문 앞에 서서 열쇠를 찾던 나는 현관문에 붙은 메모지를 떼어낸다. 독촉의 메모치고 간결하다. 정확한 금액도 명시되어 있지 않고 재촉의 문구도 없다. 집주인은 그런 간결함이 나를 훨씬 더 긴장시키리라는 것을 아는 듯하다.

현관에 두고 나갔던 적막은 여전히 그 자리에 놓여 있다.

차고 어두운 집으로 돌아왔다. 화장실에 물이라도 조금 틀어 놓을걸. 나는 이렇게 중얼거리며 손에 든 메모지를 고장 난 텔레비전 화면 위에 붙인다. 연체 시점과 연의 부재 지점은 맞닿아 있다. 연이 떠난 지 이제 겨우 석 달이다. 항상 집세 며 자질구레한 공과금을 해결하던 연이 떠났으니 이제 해결 할 사람은 나뿐이다. 나는 녹슨 씨를 바닥에 내려놓고 벌렁 따라 눕는다. 눈을 감고 통장 잔고와 석 달치 집세를 가늠한 다. 머리 위 어디선가 고함 소리가 들려온다. 젠장, 물이라도 틀어놓을걸. 무거운 무엇인가가 떨어지고 연달아 거친 발소 리가 머리 위를 돌아다닌다. 물론 그것은 옛날이야기처럼 멀 고 아득하다. 천장이 뚫려 저 옛날이야기가 폭삭 내 앞에 쏟 아져 내리기 전까지 나와는 아무 상관없는 이야기에 불과하 다. 지금 이곳에는 먼지와 나와 녹슨 씨뿐이다. 나는 딱딱한 녹슨 씨의 케이스를 머리에 벤 채 모로 눕는다. 다시 집주인 의 메모가 보인다. 석 달치 입금 바람.

'3.12. 모텔 제인 오스틴 1207. 저녁 8. 부디.'

철로 사이로 던져버린 메모가 떠오른다. 제인 오스틴이라 는 모텔에서 3월 12일 8시에 일어났을 일을 상상해본다. 물 론 내 상상력은 음란한 동영상 속 체위들에서 조금도 진화하 지 못한다.

그래서 어쩌다 보니 이렇게도 저렇게도, 그러나 결국 그래 도 그랬다, 정도일 거다.

다양하지만 결국 동어반복인 내 상상력은 모텔이라는 어감이 환기하는 상투성 때문이다. 나는 10대처럼 조금 키득거리다가 신선하지도 건전하지도 못한 나를 자책하기도 하고 그런 불쾌한 메모를 쥐게 된 것에 대해 내 손에 미안해했다가 아직 머릿속에서 버석거리는 관음의 욕망을 지우려고 얼굴을 쓸어내린다. 이제 자야 할 시간이다. 오늘의 일과는 새벽 4시에 끝났다. 내 시간은 밤과 낮, 약속과 연주의 유무만으로 흘러간다. 주문처럼 뇌까린다. 자야 한다. 오늘은 도대체 며칠일까. 밤을 낮처럼, 낮을 밤처럼 지낼 수 있는 능력을 부여받은 나에게 하루하루 날짜를 확인하는 것은 오랫동안 별 의미 없는 행위 중 하나다. 연이 없는 오늘은 며칠일까, 나는 잠꼬대처럼 몽롱하게 일어나 아직 잔설이 남은 2월 달력을 걸어낸다. 볕이 힐끔 집 안으로 기어 들어온다.

오늘은 3월 12일, 목요일이다.

그리고 지금은 3월 12일 목요일 오전 9시 21분이다.

어쩐지 숨이, 가빠온다. 막연히 유통기한이 지난 사적인 메모일 것이라고 생각한 그 시간은 아직 오지 않은 미래에 관한 일, 이었다. 나는 메모를 쥐었던 내 손을 내려다본다. 여전히 그게 왜 내 손에 쥐어진 것인지 나로서는 알 길이 없다. 누군가가 나에게 수작을 건 것일까, 라고 생각해보았지만 졸고 있던 내 상태가 누군가에게 무엇인가를 무릅쓰게 할 만큼 매력적인 모습은 아니었을 것이다. 나는 밤새 흥청거리는 어느 대학 주변에서 첫차를 타자마자 잠이 들었고 도심에서 먼 천변을 지날 무렵 잠에서 깨어났다. 그 한 시간 남짓의 시간 동안 내가 기억하는 것이라고는 눈을 감았다 뜬 것이 전부다. 나는 점점 내가 구겨버린 그 비밀이 온전히 남의 일만은 아니라는 생각을 떨칠 수 없게 된다.

젠장.

메모지에 적힌 날짜가 2월 12일이었거나 4월 12일이었으면 이렇게까지 진지할 필요는 없다. 한 달이란 기간은 무엇인가를 잊어버리기에 충분한 시간이다. 메모지에 적힌 날짜가 오늘로부터 한 달 전이었다면 적당히 음란한 상상을 하다 키득거리고 말 일이었고, 한 달 후라고 해도 사정은 크게 다르지 않았을 터다. 유명 여배우의 죽음이나 간통, 혹은 생존을 위해 싸우다가 소방차 옆에서 타 죽은 사람들의 기막힌 사연도 한 달이면 잊어버릴 수 있다는 것을 이미 알고 있는 터다. 그러므로 이 사소한 메모지의 내용 따위는 한 달이 아니라 이틀이면 깨끗하게 잊어버릴 수 있었다. 그저 어쩌다 보니 이렇게도 저렇게도 그러나 그래서 결국 그래도 그랬겠지, 정도로 치부해버릴 수 있다는 말이다. 그런데 어제도 아니고 내일도 아니고 하필 오늘이라니. 혹시 1년 전이거나 1년 후가 아닐까? 이렇게 중얼거려보지만 인생이 그렇게 우스울 리 없다.

인생은 거울을 보며 운다고 해결될 수 있는 만만한 상대가 아니라고. 나는 연에게 그렇게 어줍지 않은 인생론을 펼친 적도 있었던 것 같다. 지금도 나는 조금 울고 싶은 기분이지만 운다고 집세가 해결되는 것은 아니기 때문에 울지 않기로 한다. 아니, 사실은 피곤할 뿐이거나 나를 보며 울 만큼 스스로를 사랑하지 않는 쪽일 것이다. 내 손이 그런 것처럼 말이다. 또한 1년 전 오늘, 나는 울지 않았던 것은 분명하지만 한 시간 전의 나에 대해서는 아무것도 기억할 수 없다.

정적은 불안하다. 좁은 거실을 서성거린다. 바닥에 드러누웠던 녹슨 씨가 내 발길에 차여 음 하나를 떤다. 낮고 굵은 떨림이 내 몸을 관통한다. 그 소리를 받아줄 사람은 오직 나와 내 몸과 내 손밖에 없다. 명치끝이 묵직해진다. 나는 지금 혼자, 아니 내 몸과 내 손과 그리고 나,뿐이다. 음산한 녹슨 씨의 울림이 숨기거나 남기지 않고 자신의 상태를 그대로 열어 보인다. 좋거나 나쁘거나. 최근 나는 이런 일관된 솔직함이 자주 부럽다.

악보에 충실하면 좋겠어. 리더는 나에게 즉흥 연주를 자제하라고 요구했다. 원곡과 너무 다르면 청중들의 반응이 반감된다는 이유였다. 즉흥 연주가 순간의 철학이라고 할 수 있다면, 리더는 나에게 철학을 버릴 것을 요구하는 거였다. 나로서는 이해가 되지 않는 요구였다. 클럽에 오는 대부분의 사람은 심야 영화가 끝나고 출구를 향해 몰려드는 군중이 아니라

영화를 보기 위해 입구로 몰려드는 군중들과 같다. 등받이에 눌린 머리 모양을 정리하며 팝콘 봉지를 내팽개치고 가뿐하게 일어서는 사람들이 아니라 어둠을 틈타 연인의 팔목 너머 그 어디쯤까지 더듬으려는 흑심으로 눈이 반짝거리는 사람들이라는 말이다. 극장도 이런 형국인데 논리와 이성을 팽개치고 헤드뱅잉을 하기 위해 모인 그들의 머리 위에 생수병은 던지지 못할망정 '원곡 불변'의 법칙을 고수한다는 것이 도대체 가당키나 한가. 그러나 나는 오래 고민하지 않고 고개를 끄덕였다. 내 손이 게을러지는 것을 리더가 모른 척하는 한, 나는 계속 고개를 끄덕여줄 거였다. 일당을 받아 챙기며 나는 그렇게 생각했다. 오랫동안 아무 생각도 하지 않을 거라고 다짐했다.

그래도 녹슨 씨가 곁에 있어서 다행이야.

집을 나가던 연이 나에게 했던 말이다.

그 말은 사실이다. 나는 바닥에 드러누운 녹슨 씨를 일으키며 중얼거린다.

당신이 있어서 정말 다행이야.

녹슨 씨의 현들이 대답처럼 떤다. 그 떨림은 벚꽃이 지는 소리처럼 아주 미세하다. 사실 그 소리를 들을 수 있는 자들은 그리 많지 않다. 소리를 감지하는 것은 쉬운 일이지만 그 소리의 뜻을 알아듣는 것은 많은 시간과 정성과 애정을 필요로 한다. 연은 종종 피아노 건반 위에 엎드려 많은 시간을 보냈다. 조율을 하는 중이라고 했다. 사람의 숨소리로 그 사람의 상태를 알 수 있는 것처럼 소리를 가진 모든 것의 소리를 살피는 일은 중요하다고 말했다. 나는 연이 과연 피아노의 숨소리를 들을 수 있었는지에 대해서는 자신 있게 말할 수 없다. 그러나 나도 연을 따라 많은 시간을 조율의 자세로 보냈다. 그 시간은 음파와 음파가 만나 새로운 소리가 되는 시간이었다. 절대음감의 능력은 생기지 않았지만 상관없었다. 우리에게는 그런 조율의 의식을 가장한 시간이 필요했다. 우리는 종종 하릴없이 자신의 악기에 기대 앉아 시간을 보냈고 가끔 서로의 모습에 키득거렸지만,

지금은 키득거리기만 할 수 없다. 나는 점점 그 메모의 내용에 집착하는 나를 깨닫는다. 비록 아무것도 기억하지 못하더라도 그 메모는 누군가 내 손에 쥐여준 것이 분명하고 내 손은 스스로의 의지로 그것을 놓지 않았다. 그것은 조금 놀라운 일이지만 반가운 일은 아니다. 집세를 걱정해야 하는 내가 공연한 일에 신경을 쓰게 된 것이 적잖이 짜증스럽기도 하다. 그러나 젠장,

나에게는 나를 잊어버릴 그 무엇인가가 필요하다. 내 의지와 상관없는 일이 끝없이 일어나지만 그것이 내 탓은 아니다. 자신의 탓이 아니라고 물에 젖어 떨고 있던 나에게 강변하던 부부로부터 배운 것이 있다면 그것이다. 어쩌다 보니 여기까지 와 있는 것이다. 나는 내가 모르는 것을 알고 있을 내 손

을 본다. 중지와 검지의 굳은살 따위를 상관하지 않는 자유로
운 손을.

　제인 오스틴.

　어쩐지 익숙한 어감이다. 한번쯤 묵었던 모텔의 이름일 수
도 있다. 물론 그럴 리는 없지만 만약 그것이 사실이라고 해
도 기억날 리 없다. 무엇인가를 기억하는 것은 횟수의 문제가
아니라 관심의 영역에 속하는 문제다. 어딘가에 있는 그곳에
가본 적이 있을지는 모르지만 어딘가에 있는 그곳의 이름을
기억하는 경우란 드문 일이다. 모텔의 이름을 기억하는 건 쓸
데없는 일이고 그곳의 시간은 이름이 무엇이든 상관없는 시
간이다.

　어디인지 모를 그곳에서의 오늘 저녁 8시는 어떤 시간일까.
한동안 잠잠하던 위층이 좀 전과는 비교도 안 되게 요란해진
다. 녹슨 씨가 들뜬 듯 울림통과 넥을 떤다. 미움과 원망의
사이 어디쯤, 이 세계를 움직이는 동력의 주요한 부분이다.
나는 머리 위의 요란한 인기척으로 그들을 읽으며 식탁 위에
놓인 뿌연 조화 송이가, 벽에 걸린 시계의 분침이, 녹슨 씨의
현들이 겨우 숨을 쉬는 것을 본다. 연이 떠나고 내가 얻는 얼
마 안 되는 실감들이다. 이른 태풍이 지나갔으니 곧 나비가
날아올 것이다. 오전 11시다. 시간은 아직 충분하다. 지금 내
가 우선할 일은 잠을 자는 것이다. 그런데 왜 여전히 아이들

은 태어나는 것일까. 알 수 없다. 다만 자야 한다.

*　*　*

컴퓨터 앞에 앉아 제인 오스틴 모텔이라는 검색어를 입력한 나는 당황한다. 2세기도 전에 살았던 소설가의 이름이 왜 모텔의 이름이 되어 이 세기에 존재하는 것인지는 그렇다 쳐도 이렇게 많은 제인과 오스틴이 여전히 번창한다는 사실이 그저 놀라울 따름이다. 셀 수도 없는 사이트들이 끝도 없이 늘어선다. 지루하다. 새로움에 대한 병적인 탐닉으로 넘쳐나는 터널 같은 밤 동안, 연주하고 노래하는 사람들은 예명으로 자신들의 평범함과 지루함을 숨겼다. 영희나 철수는 아직도 존재하기는 하지만 실재하지는 않는다. 지난밤 내가 속했던 밴드의 이름은 '나비메리앤드커즌'이고 그 멤버 중 한 명의 이름은 이결이었지만 실제의 그는 철수였다.

나는 나비고 영희고 철수고 톰이고 메리야.

수많은 제인 오스틴을 들락거리며 나는 중얼거린다. 오만과 편견을 넘어 이성과 감성 어느 쪽에 치우치지 않고 누구에게도 설득당하지 않을 냉정함을 유지하며 모텔 제인 오스틴을 찾아야 한다. 아직 그곳에 가기로 작정한 것은 아니다. 다만 함부로 지나칠 일이 아니라고 느낄 뿐이다. 이미 꿈속에서 온갖 가능성에 대해 궁리한 터다. 그 메모는 매매에 대한 유혹이거나, 어쩌면 밀교 집단의 유혹일 수도 있고, 한편으로 세련된 상술일지도 모른다. 호기심을 자극하는 것이 상술의 기본이라고 한다면 유혹은 상술의 전략적 전술이다.

그러니까 말하자면 나는, 유혹에 보기 좋게 걸린 것이다, 젠장.

한때 내가 쥐고 있었던 그 짧은 메모는 최소한의 정보로 적당한 거리를 유지하며 꿈속까지 따라와 나를 자극했다. 도대체 무엇을 위한 상술일까. 사방으로 머리를 흔들며 정신없이 자는 여자에게 매력을 느끼는 것이 가능한지에 대해서는 도무지 알 길 없지만 며칠 전 전동차에서 눈이 마주친 여자와 모텔에 갔었다고 떠벌리던 드러머 연기 군의 말이 기억났다. 비결을 묻는 우리들에게 연기 군은 어깨를 으쓱하며 말했다.

눈을 마주치지 않는 게 중요해. 나머지는 몸이 다 알아서 해주거든.

나는 연이 버리고 간 수첩에 '나는 나비이고 영희이고 철수이고 톰이고 메리였네'라고 쓰고 '부디'라고 덧붙인다. 그리고 두 군데의 모텔 제인 오스틴을 찾아낸다. 하나는 이곳에서 가깝고 다른 하나는 너무 멀다. 아직 그곳에 가기로 작정한 것은 아니다. 그럼에도 불구하고 내가 그곳을 찾는 이유는 내가 한 번도 써보지 못한 '부디'라는 단어 때문이다. 꼭도 아니고 제발도 아니고 부디, 라니.

부디, 라고 중얼거리자 나는 너그러워진다. 간절히 원하는 동안은 결코 가질 수 없다는 말을 들을 때마다 침이라도 뱉고 싶었다. 나는 아홉 살에 간절한 것은 이루어진다는 것을 알았다. 그러나 올랜도까지 갈 수는 없다. 「올랜도」는 연과 처음 봤던 영화였다. 결국 두 군데의 주소 중 하나의 주소를 지운다. 그것으로 족했다.

눈을 마주치지 않게 조심하면서 몸이 알아서 하게 내버려두면 될 것이다. 내 손이 스스로 밧줄을 찾아 쥐었던 것처럼 말이다. 수첩에는 '나는 나비이고 영희이고 철수이고 톰이고 메리였네'와 하나의 주소만 남았다. 그 옆에 '1207 저녁 8'이라고 쓰고 수첩을 덮는다. 오후 4시다.

곧 나는 몸을 씻고 빨아놓은 옷을 골라 입고 깨끗한 운동화를 찾아 신고 대수롭지 않게 어스름한 거리로 나설 것이다. 젠장.

무기력하게 버스에 앉아 있다. 바람이 분다. 처음 무작정 집을 나와 버스를 탔던 날, 붉은색 하이힐을 신고 어디로 갈 것인지 생각했다. 그날 세상은 한 뼘쯤 낮아져 있었다. 한 무리의 바람이 높고 낮은 가로수 사이를 지나 길 너머로 사라져가는 것을 보았다. 딱히 바람이 되고 싶었던 건 아니었지만 바람은 한 번도 같은 길을 가지 않을 거라는 생각이 들었다. 그래서 한 번도 타보지 않았던 번호의 버스를 탔다. 수많은 상황이 내 앞에 멈춰 서서 꼬리를 흔들었다. 그 상황들은 운명이 아니라 단지 내 선택을 기다리는 우연일 뿐이었다. 낯선 번호의 버스는 나를 다른 길로 데려다 줄 것이다. 나는 메리와 철수와 영희와 여러 개의 의미를 가진 올랜도에 지나지 않는다,고 생각하니 쉬운 일이 아니었던 선택이 더 이상 어려운 일로 여겨지지 않는다. 나는 그곳에 가서 아무것도 사지 않을 것이며 아무것도 팔지 않을 것이다.

물론 미친 짓이다. 그러나 관계는 모두 미친 짓이었다.

우리는 명명된 관계도 아니었으며 무엇이라고 이름 붙일 수도 없는 사이였다. 길에서 메리라는 명찰을 목에 건 강아지를 만났고 흰 털을 한 번 쓰다듬어주었지만 메리가 나의 개도 아니었고 나도 메리의 주인이 아니었던 것과 마찬가지다. 또한 그 메리가 지나가던 청소차에 치여 도로 한가운데서 무덤 없이 사라져간다고 해도 나는 일반적인 동정 이상의 감정은 느낄 수 없을 것이며 메리도 그런 나에 대해 원한을 품지 않을 것이라는 말이다. 그러니 '부디'라고 적힌 메모지를 모른 척한다고 해도 상관없으며 연이 떠난 것도 아니고 내가 남은 것도 아니니 괜찮은 일이다. 나는 정말 괜찮다. 그저 버스를 타고 어디론가 가고 있을 뿐이다. 처음 버스를 타고 그 버스 노선의 끝까지 갔던 날, 폐업 정리라고 붙여놓은 레코드 가게에서 랜디 로즈의 마지막 레코딩 앨범을 빼들었던 날 그랬던 것처럼 단지 내게 닥친 우연을 골라 선택했을 뿐이다.

폐업 이유를 묻는 나에게 주인은 말했다.

쓰레기 더미 속에서는 어떤 꿈도 꿀 수 없단 말이지.

그러자 바람을 타고 냄새가 흘러왔다. 냄새들이 썩고 있었다. 썩고 있다,고 생각하자 냄새는 점점 더 분명해졌다. 코를 막았다. 떠난 곳으로 돌아올 때는 마땅히 뭔가 달라져야 한다고 코를 막고 입으로 숨을 쉬며 생각했다. 붉은색 하이힐을 쓰레기 동산에 던져버리고 밑창이 벌어진 운동화 하나를 주워 신었다. 입안으로 들어간 썩은 냄새를 삼킬 자신이 없어 침을 줄줄 흘리며 밤새 랜디 로즈를 들었다. 음악은 끝없이 회전했다. 나는 바늘 끝에서 흘러나오는 그 젊은 기타리스트를 낯선 지도 보듯이 살폈다. 현들이 바늘 끝에서 온몸을 떨었다. 그리고 아침이 되었을 때 내 손은 피곤한 나를 깨우며 기뻐했다. 아무도 몰랐지만 나는 달라진 것 같았다. 나 기타를 칠래,라고 내 손이 말한 적은 없지만 나는 기타를 샀다. 두 번 다시 하이힐을 신을 일은 없었다. 나는 달라졌기 때문이었다.

연이 처음 하이힐을 신고 돌아오던 날은 내가 연을 마지막으로 본 날이었다. 드디어 꿈꿀 수 있게 되었다고 했다. 곧이어 연은 연락하겠다고 말했고 나는 연락하라고 말했다. 나는 계속 연주할 거냐고 물었고 연은 내게 연주를 포기하지 말라고 말했다. 현관문을 여는 연의 팔을 붙잡고 나는 무엇이 문제냐고 물었다.

아무 문제도 될 수 없다는 게 문제였던 것 같아.

연은 홀가분하다는 듯이 등을 돌리고 나갔다. 문 너머에서 연이 신은 하이힐의 구두 굽 소리가 또각또각 멀어지는 동안 나는 내 긴 머리카락을 손가락으로 빙글빙글 감아올리며 서 있었다. 부디,라고 말하고 싶었지만 내 몸은 어떤 소리도 내지 않았다. 그리고 나는 지금 내 머리카락을 손가락으로 빙글빙글 감아올리며 말없이 연의 노래를 듣는다.

연이 노래를 부른다. 라디오에서 흘러나오는 목소리는 분명 연이다. 명치끝이 묵직해진다. 나는 지금 혼자, 아니 내 몸과 내 손과 나 혼자, 다. 우리가 우리였을 때 우리는 한 번도 꿈에 대해 얘기를 해본 적이 없었다. 그것이 문제였을까. 클럽을 지나간 많은 가수의 배경 속에 숨어서 우리는 베이스기타와 건반악기를 연주했다. 우리가 우리였을 때 우리의 머리 위로 스포트라이트가 떨어진 적은 없었지만 한 번도 그 사실을 슬프게 얘기해본 적이 없었다. 나는 우리의 악기들이 그랬던 것처럼 우리도 같은 생각을 할 것이라는 생각을 믿었다.

그런데 아니구나.

나는 차창에 머리를 기대며 연이 옆에 있기라도 한 것처럼 중얼거린다. 우리는 서로의 말을 잘 들어주었지만 진심으로 들었던 적은 없다는 생각을 하다가 100년 동안의 진심에 대해 생각했고 마침내 나는 100년 동안 진심인 사실은 없다는 것을 알았다. 많은 시차를 두고 전해진 연의 노래는 이제껏 한 번도 알지 못했던 사람의 노래고 그 노래는 소문처럼 담담하다. 한때 연이었던 가수의 노래는 곧 끝날 것이고 나는 잊어버릴 것이다. 우리가 우리였던 시절은 지나갔고 노래가 끝나기도 전에 버스는 정차한다. 내가 내릴 정거장은 다음의 정거장을 위한 순서이고 징후다. 나는 일어섰고 문이 열렸고, 그리고 나는 거리로 내려선다. 우리가 우리였던 시절은 지나갔고 우리는 나와 나비와 영희와 철수, 그리고 톰과 메리와 연으로 나뉘어 이제 우리가 우리였던 시절은 기억나지 않는다.

안녕.

나는 편의점과 은행을 끼고 돌아 좁은 골목으로 걸어 들어간다. 골목 안을 굴러다니는 깡통처럼 두리번거리며 번쩍거리는 간판들 속에서 제인 오스틴을 찾는다. 불을 켠 간판들은 저마다의 빛깔로 반짝거렸지만 언제나 그런 것처럼 그것들은 모두 뒤섞여 아무것도 없는 것과 같다. 아무도 없을 것이다. 처음부터 나는 아무것도 알지 못했다. 나는 내 손이 원하는 것을 알 뿐이었고 녹슨 씨가 우는 소리를 들을 수 있었을 뿐이고 말이 가진 소리를 들을 수 있었을 뿐이다. 내가 그 메모를 읽었던 것은 꿈일지도 모른다. 꿈꾸지 않는 사람들의 꿈이 대개 그런 것처럼, 어떤 것도 명확하거나 분명하지 않은.

그렇다고 해서 되돌아갈 수 없다. 메모지를 버린 철로의 마디를 기억할 수 없듯이, 있지만 없는 것과 같으므로 나는 되돌아갈 필요도 없다. 나는 나비이고 영희이고 철수이며 톰과 메리일 뿐이다. 인정하지 않을 수 없는 그 사실이 겨우 나를 위로한다.

모텔의 현관문을 열고 들어가 엘리베이터를 기다린다. 침묵이 축축한 해초처럼 발에 감긴다. 텅 빈 로비는 어둡다. 클럽 로비에서 로비라는 이름의 DJ를 만난 적이 있었다. 클럽 로비의 맥주는 싱거웠다. 일을 끝낸 후 문을 닫은 클럽 로비에서 로비와 싱거운 맥주를 마시며 또 다른 로비에 대해 얘기했다. 무슨 얘기였는지는 기억나지 않는다. 다만 운동화 밑창에 발효된 맥주 찌꺼기가 끈적끈적하게 달라붙던 게 떠오를 뿐이다.

발걸음을 뗄 때마다 쩍쩍하는 소리가 났다. 로비는 클럽 안을 쩍쩍거리며 돌아다녔고 틈틈이 찍찍, 침을 뱉었다. 쩍쩍찍찍. 나는 웃었다. 로비는 버지니아로 갈 것이라고 말했고 나는 웃기만 했다. 로비는 그곳의 등대에 대해 아냐고 물었고 나는 더 크게 웃으며 고개를 끄덕였다. 쩍쩍찍찍, 걸을 때마다 더러운 시멘트 바닥이 조금씩 갈라졌다. 아무래도 좋았다. 우리는 신발을 신은 채 옷을 벗었다. 로비는 테이블 위에 나를 눕히고 내 위로 올라왔다. 균열은 새로운 지형을 만들었다. 쩍쩍거리며 세상이 갈라졌다. 침묵보다는 그편이 나았다.

버지니아에는 등대가 없어.

나는 내 몸 위에서 한참 동안 늘어져 있던 로비의 귀에 대고 속삭였다. 그의 머리카락에서 썩은 맥주 냄새가 났다. 나와 로비는 테이블 위에서 내려와 클럽 로비의 문을 열고 나왔다. 맥주 찌꺼기가 달라붙은 운동화 밑창에서는 그 후로도 오랫동안 쩍쩍거리는 소리가 났다. 나는 그 소리가 더는 들리지 않게 될 때까지 거리를 쏘다녔다. 발밑에서 수많은 길이 갈라져 입을 벌렸다.

그리고 나는 제인 오스틴의 로비에 서 있다. 저녁 7시 57분, 나는 모텔 제인 오스틴 12층으로 올라가는 엘리베이터를 탄다.

1207호의 문은 열려 있다. 열린 문을 확인하는 순간 나는 긴장한다. 수없이 많은 장면을 상상했지만 문이 열려 있을 거라고는 짐작하지 못했다. 나는 두렵지만 나는 아무것도 아니다. 아무것도 아닌 것의 좋은 점은 아무것도 두려워할 필요가 없다는 거다. 보고 듣고 잊어버리면 그만이다. 그러므로 환한 실내에 귀 기울인다. 문 너머에서는 아무 소리도 들리지 않는다. 나는 노크를 하려다가 열린 문을 두드리는 건 어리석은 짓이라는 것을 깨닫는다. 젠장, 너무 순조롭다. 어쩌면 돌아간다는 말은 이 세상에 존재하지 않는 말일지도 모른다. 돌아간다,는 말은 돌이킬 수 없다,의 오기다. 나는 열린 문틈 사이로 들어서면서 돌이킬 수 없을 때 인간이 할 수 있는 몇 가지 방법에 대해 생각한다. 별로 선택의 여지가 없다. 후회하거나 뻔뻔스러워지거나. 그래도 누군가가 나를 기다리고 있을 테니까. 누군가가 있으니까,……상관없다.

있었다.

나는 잠시 잘못 옮겨진 악보처럼 비틀거린다. 내게 보이는 것이 실제 상황이라면 이곳에는 어떤 것도 사고팔 것이 없어 보이지만 내 몸은 '그'에게, 아니 '그들'에게 쉽게 다가가지 못한다. '마주 보고 잠든 그들'이라니. 이곳은 내 상상력으로는 도저히 읽을 수 없는 공간이 분명하다. 나는 재빨리 머릿속으로 시간을 확인했고 장소를 확인했고 호수를 확인한다. 그리고 마지막으로. 문이 열려 있었음을 떠올린다. 뭔가 잘못됐지만 잘못됐을 리는 없다. 나는 온돌방에 누운 그들이 깨기를 잠시 기다린다. 희미한 표백제 냄새가 끼친다. 내가 수없이 상상했던 상투적인 금기나, 냄새 혹은 온도도 없다. 다만 두 사람의 신발과 현관 곁에 놓인 가방 두 개, 정물처럼 잠든 그들이 있을 뿐이다. 나는 잠시 뒤돌아본다. 문은 여전히 열려 있다. 나는 이 지극히 사적인 영역을 침범한 것에 대해 충분히 사과할 의도가 있으므로 잠시 그들이 내 기척에 깨어나기를 기다린다. 여전히 미친 짓이라는 걸 알지만 쉽게 돌아서지 못한다. 부디, 때문이다. 젠장.

그러나 그들은 꼼짝도 하지 않을 작정인 듯 미동도 없다. 마치 꼼짝도 하지 않는 자신들이 발견되길 오래 기다린 것처럼. 나는 이 깨끗하고 조용하고 가지런한 상황이 의도된 것일지도 모른다는 생각에 이른다. 그들에게 다가선다. 창백하게 누워 있는 그들은 반쯤 뜬 눈으로 서로를 바라보고 있다. 비현실적은 것은 아름답다. 눈동자 없는 고대의 조각상들이 그렇듯이, 그들은 영영 깨지 않을 것이다.

그 사실을 깨닫기도 전에 내 손이 내 입을 막아주었다. 나는 뒷걸음질을 치며 마른 비명을 삼킨다.

눈을 마주치지 않는 게 중요해. 나머지는 몸이 다 알아서 해주거든.

연기 군의 말처럼 내 몸은 나보다 먼저 신발을 꿰어 신고 방을 뛰쳐나온다. 풀린 운동화 끈이 발에 밟힌다. 이건 정말 허술한 의도다. 그 허술한 의도조차 의심하지 않은 건 전적으로 내 탓이다. 그저 우연이었을 뿐이야. 입을 막은 내 손이 처음으로 나를 위로한다. 끝없이 이어진 모서리를 돌며 영국식 정원을 떠올린다. 영영 이 모서리들 속에서 헤어나지 못할지도 모른다는 공포가 밀려온다. 물속에 가라앉던 그때처럼 숨이 막혀온다. 내 손이 나보다 앞서 달린다. 엘리베이터 앞에서 나는 주저앉는다. 왜 나여야 했는지 궁금하지 않다. 나는 그들이 누구라도 상관없으며 그들도 내가 누구라도 상관없었다. 결과에 대한 원인과 과정을 궁금하게 여기는 것은 쓸데없는 일이다. 엘리베이터 문이 열린다. 우리는 언제나 결국 서로 나비고 영희고 철수고 톰이고 메리다. 그러므로 나는 다시 그 익숙한 이름 속으로 뛰어든다. 부디,라니. 그 낯선 단어가 나비이고 영희이고 철수이며 톰이고 메리인 나로부터 나를 제외시키도록 놔두지 말아야 했다.

물론 지상으로 내려서며 잠깐, 창백한 얼굴로 서로를 마주하고 누운 그들을 떠올린다. 어딘지 모를 어디쯤에서 나는 그들을 보았을지도 모르고 그들 또한 나를 보았을지도 모르지만 결국 우리는 서로 모르는 사람들이었다. 나를 기다리는 사람은 없었다. 엘리베이터를 타고 지상으로 내려서며 나는 '부디'라는 단어를 버린다. 그것이 모텔 제인 오스틴에서 내가 유일하게 한 일이었다. 그 단어는 거짓말이거나 사라진 사람들의 입버릇이다, 젠장.

모텔 제인 오스틴의 로비는 내가 들어올 때와 마찬가지로 어둡고 조용하다. 공중의 어느 구석에서 일어난 일이 지상에 내려앉을 때쯤이면 나는 아무 상관없는 사람이 되어 있을 것이다. 로비를 지나 출입문을 연다. 무슨 일이 있어도 이 거리의 불빛들은 여전히 견고하게 유지될 것이다. 싸늘한 봄바람이 지나가는 길에 서서 나는 모텔 제인 오스틴의 12층 어림을 올려다본다. 나는 조금 덜 생각했어야 했다. 연이 누구든지, 그 메모가 무엇이든지, 나는 그저 나비고 영희고 철수고 톰이고 메리였으므로 그 이름 속에 몸을 묻고 그 이름이 가진 관계없는 관계들 속에 묻혀 살 것이다. 크게 기쁘거나 슬프지 않겠지만 그만큼 나쁘지 않은 시간이 지나가겠지.

초봄의 밤거리는 각자의 집으로 돌아가는 익명의 다수로 소란스럽다. 두 손이 씩씩하게 허공을 휘젓는다. 녹슨 씨는 어둠에 귀 기울이며 여전히 나를 기다릴 것이다. 나는 뒤를 돌아보지 않는다. 모텔 제인 오스틴은 처음부터 거기에 없었다. 우리는 어디에나 있지만 누구든 거기에는 없는 사람들이다.

* 이제니의 시 「녹슨 씨의 녹슨 기타」에서 빌려옴.

21세기 소년

하나, 아니 두 개다. 나는 두 손으로 턱을 괴고 엎드려 문틈에 떨어진 밥풀을 노려본다. 저런 밥풀 따위를 눈으로 센다는 건 내가 이 무료함을 즐기고 있다는 뜻이다. 일어날까? 귀찮다. 나는 엎드린 채 두 팔로 배를 밀어 기어간다. 현관 앞으로 튕겨버릴 참이다. 이상하다. 밥풀이 꼬물꼬물 움직인다. 아, 벌떡 몸을 일으켜 뒤로 물러난다. 밥풀을 닮은 애벌레다. 벌레는 정말 싫다. 할 수만 있다면 그것을 못 본 걸로 하고 싶지만, 지금은 그럴 수 없다. 지금 이곳에서 벌레를 처리할 사람은 나뿐이다. 엄마라면 어떻게 했을까, 라고 생각하며 움직이는 밥풀, 아니 애벌레를 바라본다. 엄마라면 책상 위에 굴러다니는 사전으로 저것들을 압사시켰을까, 아니 사전까지도 필요 없다. 엄마라면, 두루마리 휴지 한 칸으로 거뜬히 해결했을 것이다. 그러나 엄마는 지금 바쁘고 나는 한가하다. 내가 이 문제를 해결해야 한다는 뜻이다. 나는 아랫입술을 깨물며 벌써 문틈에서 화장실 입구까지 기어가는 그것들 앞으로 다가간다. 두 마리도 아니고 셋, 넷, 다섯 마리나 되는 그 애벌레들은 과연 밥알처럼 뽀얗다.

여름이 되면서 벌레가 많아졌다. 아파트 앞으로 흐르는 개천 때문이다. 엄마는 그 덕분에 우리가 이 집에서 살 수 있는 것이라고 말했다. 그 사실은 다행스럽지만 벌레가 싫은 건 어쩔 도리가 없다. 모기는 말할 것도 없고 화장실 문을 열면 깨알 같은 날벌레가 날아다닌다. 게다가 가끔 뚫린 방충망 사이로 기분 나쁘게 번쩍거리는 똥파리도 날아든다. 나는 두루마리 휴지 두 칸을 쥐고 서서 잠시 닫힌 방문에 귀를 기울인다. 여전히 띄엄띄엄 자판 두드리는 소리가 흘러나온다. 벌써 사흘째다. 나도 모르게 한숨이 쉬어진다. 저 일이 빨리 끝났으면 좋겠다.

내가 잠시 딴 생각을 하는 동안에도 그것들은 계속 나를 향해 고물고물 다가온다. 어디가 머리고 꼬린지 알 수 없지만 가끔 그 머린지 꼬린지 알 수 없는 끝을 치켜세우고 그것들은, 몸을 좌우로 비틀기도 한다. 나는 일부러 코웃음을 친다. 자기들이 코브라쯤 되는 줄 아는 모양이다.

햇살이 마루 안으로 슬금슬금 기어든다. 실내 공기도 따라 달아오른다. 창들이 서쪽을 향한 이 집은 정오를 넘어서면서부터 종일 햇빛에 점령당한다. 이제 나는 그늘을 찾아 옮겨 앉아야 한다. 곧 숨 쉬는 사이사이,로 눈을 깜박거리는 순간 뜨거운 햇빛이 쏟아져 들어올 것이다. 내가 할 수 있는 일이라고는 시간대에 따라 달라지는 햇살이 길이를 피해 몸을 숨기는 일뿐이다.

벌레들이 기어온 자리에서 햇빛이 반질거리는 것을 보며 나는 일어선다.

다행히 빈 생수병은 많다. 나는 그중 하나의 윗동을 잘라 기분 나쁘게 생긴 애벌레를 주워 담는다. 물론 쓰레기통을 뒤져 나무젓가락도 찾아냈다. 계획을 바꿨다. 죽이는 것보다는 그편이 낫겠다 싶다. 요 녀석들을 방학 숙제로 쓸 참이다. 밥풀 몇 개를 넣어두고 주둥아리에 숨구멍까지 틔워놓았으니 죽을 걱정은 없다. 곤충 관찰 일기. 기발하다. 나는 어쩐지 뿌듯한 심정이 된다. 어차피 산으로 채집을 가거나 곤충 도감을 구하기 어려운 형편이다. 위기를 기회로 삼아라. 언젠가 책에서 읽었던 문장인데 이런 경우를 두고 하는 말인지도 모르겠다. 숙제 하나와 오늘 일기거리가 생겼다. 운이 좋다. 어쩌면 징그러운 저것들이 황금색 날개를 가진 나비로 변할지도 모를 일이다. 공중으로 날아오르는 나비들의 화려한 날개를 상상해본다. 날개에서 떨어진 가루들이 허공에서 금빛 먼지처럼 흩어진다. 황홀하다. 혹시 나에게 마법의 콩 씨나 박 씨를 가져다줄지도 모른다. 그 씨를 심어 박을 타면 뭐가 나올까. 콩을 심어 하늘 끝까지 타고 올라갈 수 있으면 좋겠다. 하늘나라에는 금은보화가 많겠지. 나는 벌렁 드러누우며 중얼거린다. 배 속에서 비둘기 울음소리가 몸을 타고 올라온다. 좀 전에 마셨던 물이 빈창자 속에서 요동치는 소리다. 아니, 배고픈 소리다. 우울하다. 배가 고프면 나는 우울해진다. 우울해서 배가 고픈 것인지 배가 고파서 우울해진 것인지 알 수는 없지만 허기와 우울은 늘 동시에 찾아온다. 그러나 밥을 조를 엄마는 지금 없다.

당분간 방해하지 마. 아주 중요한 일을 해야 하거든.

며칠 전 엄마는 그렇게 말했다. 모처럼 반찬이 네 가지나 놓인 밥상 앞이었다. 기름기가 좔좔 흐르는 햄과 과자처럼 바삭한 멸치 볶음, 온갖 야채를 다져 넣은 계란찜이 놓인 저녁이었다.

며칠이나?

나는 젓가락을 들며 느릿느릿 물었다. 그런 다음에도 아주 천천히 밥을 한 숟가락 떠먹고 햄을 오래 씹었다. 가슴이 두근거렸다. 햄을 씹고 계란찜을 숟가락 끝으로 조금 떠 맛을 보는 그 시간을 늘릴 수 있는 방법은 그것뿐이었다. 내 경험에 따르면 시간은 이해할 수 없는 길이로 분배된다. 좋은 시간은 짧고 나쁜 시간은 길다. 과거는 대개 좋은 시간이었고 현재는 대충 우울한 시간이다. 문제는, 과거는 잘 기억나지 않고 현재는 피할 수 없다는 사실이다. 사진이 없었으면, 나는 내내 피할 수 없이 우울한 시간만을 살아야 했을 거다. 그래서 냉장고 문에 붙어 있는 사진을 본다. 지난봄 엄마와 함께 갔던 대형 수족관 앞에서 찍은 사진이다.

안녕, 엄마.

나는 3개월 전의 엄마에게 인사한다. 엄마가 저 방에서 나올 때까지 방해하면 안 되므로 하는 수 없다. 엄마는 일이 잘 되면 또 그 수족관에 갈 수 있다고, 게다가 지난번에 사지 못했던 빨판상어 인형까지 사준다고 했다. 수족관 입구의 상점에 진열되어 있던 녀석의 흰 배와 넓적한 주둥이를 떠올린다. 밥을 혼자 차려 먹는 것쯤은 참을 수 있다. 피할 수 없이 우울한 시간도, 지나가게 마련이다.

햄은 이제 다 먹고 없지만 다른 반찬들은 아직 넉넉하다. 부엌 바닥에 놓인 밥통을 열어본다. 아직 밥도 많다.

밥이 없으면?

나는 엄마가 시키는 대로 가랑이를 벌리며 물었다. 어쩐 일인지 엄마는 오랜만에 내 몸을 씻겨주었다. 초등학교 4학년이 된 이후로는 처음이었다. 목욕 수건에 비누를 칠해 내 겨드랑이와 사타구니, 귓바퀴까지 문지르는 엄마의 이마에서 젖은 머리카락이 꼬불거렸다. 밥통 안의 밥이 다 없어지기 전에 끝날 거라고 엄마는 장담했다. 나는 고개를 끄덕였다. 그 순간만큼은 아무것도 따지거나 생각하고 싶지 않았다. 샤워기로 불알 뒤쪽을 몇 번이고 헹궈주던 그 시간이 마냥 좋을 따름이었다. 물줄기가 고추 끝에 닿을 때마다 손끝이 저릿했다. 욕탕 가득 서린 수증기가 뽀얗게 바닥으로 떨어져 내리는 것이 보였다. 엄마도 옷을 벗었다. 오랜만에 엄마와 벌거벗고 욕실에 있다는 사실이 믿어지지 않을 정도로 행복했다. 물론 그 행복했던 시간도 과거의 일이지만.

냉장고 문을 열자 냉기가 쏟아진다.
살 것 같아.
나는 중얼거린다. 물론 여태 죽을 것 같았던 것은 아니지만, 어쩐지 이제야 숨을 쉬는 것이 가능해진 기분이다. 오늘은 정말, 우울할 정도로 덥다. 배가 고프기는 하지만 뭔가를 먹고 싶다는 마음이 생기지 않는 것은 그 때문인지도 모르겠다. 집에 있는 단 하나의 선풍기는 엄마에게 양보했다. 스스로 그런 결정을 했다는 것이 나는 못내 자랑스럽다. 중요한 일을 하는 엄마에게 선풍기를 양보하는 것은 당연한 일이다. 날마다 햄을 먹을 수 있고 시원한 대형수족관에 다시 갈 수만 있다면 나는 그보다 더한 일도 참아야 한다. 모쪼록 엄마의 일이 잘 끝나기만을 바랄 뿐이다. 그때까지 건강하게 잘 지내려면, 밥을 먹어야 한다. 나에게는 내 몸이 필요로 하는 영양소를 섭취해야 할 의무가 있다. 이건 엄마의 어법이지만, 뭐

가족은 닮는 법이니까.

지난주에 엄마가 베란다 창고에서 꺼내놓은 휴대용 가스버너에 냄비를 올려놓고 불을 켠다. 밥 대신 라면을 먹을 참이다. 나는 물이 끓기를 기다리며 엄마가 들어가 닫은 방문 앞에 선다. 여전히 띄엄띄엄 자판 두드리는 소리와 선풍기의 모터 소리가 들린다. 엄마는 여전히 '중요한 일'에 몰두하고 있는 모양이다. 나는 엄마를 대신해 가스와 전기를 점검해야 한다. 형광등 스위치를 켰다 껐다 해보고, 수돗물을 틀어본다. 아직 가스를 제외하고는 모두, 무사하다. 그러나 이 모든 것이 어느 순간 한꺼번에 사라져버릴 것 같은 불길한 예감을 지울 수 없는 것은 어쩔 수 없다. 나는 내가 있는 곳, 그러니까 정확히 사흘 전부터 먹고 자고 뒹굴던 마루를 돌아본다. 바닥에는 만화책과 손톱깎이, 비닐봉투와 빈 생수병 들이 계통 없이 섞여 있고 내가 벗어 던진 양말과 수건 몇 장이 그것들을 한층 더 어수선하게 만든다. 오전에 관리 사무소 직원과 통화했으니 아직 전화도 불통이 된 것은 아니다. 그러나 나는 주저앉는다. 기운이 없다. 사흘 내내 하루에 두 번씩 전화를 하는 관리소 직원은 이제 내 말을 믿지 않는 눈치다. 내가 거짓말에 능숙하다고 할지라도, 매번 엄마를 부재중으로 위장하는 일은 불가능했다. 그러나 나는 여전히 누군가 현관문을 두드리거나 전화가 오면 기계적으로 엄마가 외출 중이라거나, 도저히 전화를 받을 수 없는 상황이라고 둘러댔다. 그들이 믿

거나 말거나. 이게, 엄마를 도울 수 있는 최선이다. 어리다는
것은 불편한 일이지만 때론 쓸모가 있기도 하다. 그들이 나에
게까지 돈을 내라고 협박하거나 강요하지 않는다는 것을 알
정도로 나는 영리하다.

엄마. 나는 주저앉은 채로 문 너머의 엄마를 부른다. 엄마
는 한참 만에야 작은 소리로 대답한다.

응.

지금 라면 끓이는데 같이 안 먹을래?

사흘 동안 엄마가 뭔가를 먹거나 화장실 가는 것을 보지 못
했기 때문에 조금 걱정도 된다. 대답이 없다. 방해하지 말라
는 의미가 분명하다. 고개를 숙이고 일어서는데 어디서 기어
나왔는지 애벌레 서너 마리가 새로 구물거린다. 나는 페트병
에 녀석들을 마저 넣고 밥풀을 조금 더 넣어둔다. 많을수록
관찰하기는 더 쉬울 것이다.

물이 끓는다. 실내 공기가 한층 더 후끈해진다. 머릿속에서
흘러나온 땀이 바닥으로 떨어진다. 벽에 기대앉자 시멘트의
냉기가 등허리에서 서늘하다. 햇빛이 부엌의 냉장고 끝까지
드리운다. 해가 기우는 것이다. 곧 개천 쪽에서 방향을 바꾼
바람이 흘러올 거다. 나는 서둘러 라면을 먹는다. 모기들과
함께 부패한 개천이 내뿜는 냄새가 집 안으로 들어오면 어지
간히 좋은 비위를 가진 나로서도 견디기 힘들다.

혼자 라면을 먹을 때 주의할 점은 다 먹고 난 후의 외로움을 각오해야 한다는 것이다. 기름이 뜬 국물 속에서 불어버린 라면 몇 가닥을 보고 있자면 나는, 세상에서 아무 쓸모없는 인간이 되어버린 것 같다. 불어버린 라면 가닥처럼 나는 영영 쓸모없는 사람으로 살아야 할 것 같은 예감을 견뎌야 한다는 의미다. 영영이라니. 영영이라는 말보다 더 슬픈 말이 또 있을까.

빈 냄비를 개수대에 담그고 휴지로 바닥에 튄 국물을 닦아내면서도 나는 말이 없다. 아니, 내내 혼자 말하고 혼자 대답하던 일을 관둔 것이다. 냉장고 옆 그늘에 기대 창밖에 귀를 기울일 따름이다. 세상은 조용하고 오후의 태양만 혓바닥을 날름거리며 화염을 내뿜는다. 언젠가 텔레비전에서 보았던 사막이 떠오른다. 잡목이 드문드문 난 사막 위로 뜨거운 모래바람이 지나가는 것을 보며 나는 어쩐지 울고 싶었다. 영영, 이라니. 엉엉 울고 싶다. 그러나 라면을 먹기로 마음먹었을 때부터 이미 각오한 일이다. 나는 엄마가 중요한 일을 마치고 저 방문을 열 때까지 견뎌야 한다. 영영이나 엉엉은 그 뒤에 생각해도 된다.

한여름 오후는 고요하고 아득하다. 트럭에 확성기를 매달고 지나가는 과일 장수도, 학원에서 돌아오는 아이들의 재잘거림도, 하다못해 신문 구독을 강요하는 늙수그레한 아저씨도 없다. 모두들 나처럼 그늘에 납작 엎드려 해가 지기만 기다리는 걸까. 짜고 들쩍지근한 냄새가 섞인 침을 입안에서 모아 몇 번이고 되삼킨다. 무거운 오후가 목구멍을 타고 몸 깊이 흘러간다. 4시가 조금 넘은 시간이다. 4시면 해가 지는 나라에서 살고 싶다고 나는 잠깐 생각한다. 여기의 오늘을 끝내려면, 나는 얼마나 많은 벌레와 싸워야 할까. 나는 벌레가 정말 싫지만 벌레를 견뎌야 살 수 있다. 여기는 그런 곳이다. 그리고 내 생각을 읽기라도 한 듯, 방충망으로 모기들이 모여든다. 빗자루로 방충망을 두드려 모기 떼를 털어내는 열한 살은 세상에 또 없을 것이지만 형편대로 살아야 한다.

오래된 이불 두드리듯이 하지 말고, 살살, 살금살금. 방 안의 엄마가 그렇게 말한 것은 아니지만 나는 엄마의 목소리를 흉내 내어 이렇게 중얼거린다. 엄마와 나, 우리는 살살, 살금살금 사는 것에 익숙하다. 부엌의 수챗구멍과 화장실의 하수도에서 구린내가 뭉클뭉클 새어 나온다. 나는 베란다 문을 닫고 공책 크기만 한 부엌 창문을 연다. 냄새 제거제와 살충제는 어제 바닥이 났다. 온몸의 땀구멍들이 마개 열린 물병처럼 땀을 쏟아낸다. 저 방 안에 있는 선풍기를 들고 나오고 싶은 생각이 간절하다. 숨을 쉴 때마다 콧등을 타고 흘러내린 땀이 콧구멍을 간질거린다.

나는 코를 틀어쥐고 변기 위에 앉아 찬물이 담긴 대야에 발을 담근다. 기분이 한결 낫다. 내 코는 냄새에 쉽게 마비되는 편이고 곧 해도 질 것이다. 지금은 나를 위로할 사람이 나밖에 없다. 화장실 천장에서 환기팬 도는 소리가 요란하다. 소리는 학교 도서관 구석에서 고물 로봇처럼 굉음을 내지르는 에어컨 소리와 비슷하다. 비슷하다고 다 같은 건 아니다. 그런 걸 자꾸 알아가는 건 두렵지만 어쩔 수 없다. 나는 이제 열한 살이니까.

가끔 더워서 잠이 오지 않는 밤이면 열린 창문 너머 어딘가에서 궁금하지만 듣고 싶지 않은 소리가 들렸다. 아랫집인지 윗집인지 옆집인지 구별할 수 없는 곳에서 누군가 비명을 지르기도 하고 앓는 소리를 내기도 했다. 엄마는 고양이가 우는 소리라고 황급히 창문을 닫으며 잠을 종용했다. 그러나 나도 안다, 그쯤은. 고양이는 조용히 일을, 본다. 열한 살 무렵이면 어른들이 보지 못하는 것도, 못 본 척하고 지나치는 것도 쪼그려 앉아 자세히 보는 나이다. 고양이는 지하 주차장 구석에서만 일을 본다는 것을 동네 아이들과 확인한 적 있다. 엄마에게 아파서가 아니라 좋아서 내는 소리가 아니냐고 묻지 않은 건 당연하다. 열한 살은 그럴 수 있는 나이다. 사람은 좋을 때도 앓는 소리를 낸다는 걸 나는 이미 안다. 엄마만 모를 뿐이다. 엄마는 생각보다 모르는 게 많았다. 지금 내가 나도 모르게 앓는 것도 엄마는 모를 것이다. 당연히 좋아서 내는 소리는 아니다. 꾹 다문 입술 사이에서 가끔 신음 소리가 샌다. 그건 분명하다. 나는 건강한 아이인데도 말이다. 나는 남들보다 잘 참고 건강하다. 아빠를 닮아서라고 엄마는 말했다. 아빠는 사업 때문에 중국에 갔다. 옥매트 사업이다. 중국의 북쪽 지방은 우리나라보다 훨씬 춥기 때문에 옥매트 재고를 처리하는 건 시간문제라고 했다.

그런데 왜 전화도 한번 안 해?

내가 묻자 엄마는 등을 돌리고 컴퓨터 앞에 앉으며 말했다.

아빠의 낮은 우리의 밤이거든.

시차 때문이라는 거였다. 우리의 낮이 아빠의 밤이기 때문에 통화가 어렵다는 말은 이해했지만 가끔, 예를 들어 오늘처럼, 아무 할 일이 없는 날이면 이해하기 어려워진다. 시차를 견디는 일이 어떤 문제인지 나는 모른다. 나에게 닥친 문제는 오직 지금을 견디는 것뿐이다.

그새 날벌레 몇 마리가 물위를 떠다닌다. 나는 허리를 굽혀 대야에서 그것들을 건져내고 젖은 손으로 얼굴을 쓸어내린다. 땀 섞인 물이 입속에서 간간하다. 어지간히 오래 앉아 있었는지 오른쪽 다리가 저려온다. 저릿저릿한 느낌이 물속에 잠긴 발을 타고 고추까지 기어오른다. 나는 한동안 그 자세로 앉아 있다. 나쁘지 않다. 뜨거운 난로 앞처럼 얼굴과 가슴이 홧홧해진다. 얼굴에서 흘러내린 땀이 장딴지 위에 떨어졌는데도 아무런 감각이 없다. 엉덩이가 무겁다. 이제 그만 일어나야 할 것 같다. 나는 벽을 짚고 일어선다. 오른쪽 다리가 제 마음대로 흐느적거린다. 한동안 꼼짝없이 서서 감각이 돌아오기를 기다린다. 아래쪽으로 서서히 피가 도는지 오줌을 지릴 것처럼 간지럽고 따끔거린다. 이제 뭘 할까. 혼잣말로 나에게 묻고…… 망설이다가 덧붙인다.

씨발.

특별한 이유는 없다. 문득 그 단어를 소리내어 말하면 어떤 기분인지 궁금할 따름이다. 어제 본 텔레비전 영화에서 주인공이 울면서 씨발이라고 중얼거리는 장면이 퍽 멋있어 보였다.

아, 영화. 숨겨놓았던 영화가 있었다.

'폐업 결정' '원가대세일.' 지난달 문을 닫은 동네 비디오 가게 문 앞에는 한동안 이런 문구가 붙어 있었다. 폐업이 무슨 뜻인지 정확히는 알 수 없었지만 어쩐지 '폐'라는 글자를 보고 있자니 가슴이 답답해졌다. 폐기 처분, 폐휴지, 폐물. 수요일마다 있는 컴퓨터 수업 시간에 인터넷 사전으로 검색해본 '폐'라는 글자는 모두 나쁜 의미 일색이었다. 그 문구로 인해 그 비디오 가게 전체가 불쌍해졌다. 보고 싶지 않았지만 아파트 상가 앞쪽에 위치한 가게였으므로 학교 갈 때와 학교에서 돌아올 때, 하루에 두 번씩은 볼 수밖에 없었다. 보고 싶지도, 알고 싶지도 않지만 꼭 알아지고야 마는 것이 인생이라고 엄마는 말했다.

내가 그 영화 DVD를 훔친 것은 '영화나라'라는 그 가게를 오랫동안 기억할 수 있는 뭔가가 필요했기 때문이다. 나만이라도 사라질 운명인 그 가게를 오랫동안 기억해야 할 것 같았다. 싼값에 DVD를 사려는 어른들이 끊이지 않고 들락거렸고 가게 앞 오락기에는 늘 아이들이 바글거렸다. 그 틈에 섞여 얇은 CD롬 한 장을 숨겨 나오는 것은 어렵지 않았다. 그다음이 문제였다. 엄마가 알면 자초지종을 꼬치꼬치 캐물을 것이었다. 나는 먹이를 노리는 고양이처럼 한동안 숨길 장소를 물색했다. 결국 내가 선택한 장소는 철 지난 옷을 넣어 베란다에 쌓아놓은 플라스틱 상자 속이었다. 나는 교복을 입은 학생들과 어른 한 명이 주먹을 불끈 쥐고 웃는 그 DVD를 한동안 잊고 있었다.

나는 습관대로 노트 하나를 챙겨 바닥에 널브러진 만화책 사이에 가로눕는다. 엄마는 일을 할 때마다 오래된 비디오 두 개를 번갈아 틀어주었다. 그리고 종이 한 장을 주며 궁금하거나 모르는 것들을 차곡차곡 적어놓으라고 말했다. 일을 하고 있는 동안에는 방해하지 말라는 말을 덧붙이면서 말이다. 엄마는 지금도 내가 그 비디오들을 재미있어하는 줄 안다. 하지만 그건 말도 안 된다. 하도 봐서 처음부터 끝까지 굵은 비가 내리는 화면 속에서 고양이를 닮은 동물이 나뭇잎을 머리에 붙이고 하늘을 날아다녔고 먼 미래에 개발된 로봇을 조종하는 소년의 이해할 수 없는 외로움이 끝없이 돌고 도는 동안, 나는 자랐다. 나는 자랐지만 내가 백지에 적는 단어들은 늘 비슷했다. 세기말, 고독, 소외, 정령과 요정은 어떻게 다른가 하는 것들이었다. 물론 엄마는 한 번도 속 시원히 가르쳐준 적은 없었다. 엄마가 그저 자신이 일을 하는 동안 완전하게 방해받고 싶지 않은 것이라는 것을 알 나이가 되도록 영화는 끝없이 이어졌다. 세기말, 고독, 소외 따위의 단어들에 지금, 이라는 단어가 뒤따른다고 생각해본 적은 없지만 언제나 그 단어들을 떠올릴 때마다 지금,이라는 단어가 떠오르는 것은 어쩔 도리가 없다. 그러니까 사람은 각각의 기억이 다르듯 각자의 단어장이 생긴다고, 엄마의 어투를 빌려 나는 생각, 할 뿐이다.

영화가 시작된다. 최대한 볼륨을 낮춘다. 내가 엄마를 방해하지 않는 이상 엄마가 나를 방해할 리는 없지만 혹시라도 엄마를 자극하는 소리가 튀어나오면 안 된다. 영화의 제목이 화면에 떠오른다. 고개를 갸우뚱하며 나는 노트에 「투사부일체」라고 쓴다. 처음 들어보는 말이다.

노트 한 페이지를 넘기면서 나는 적기를 그만둔다. 욕이란 이해하려고 해서는 안 된다는 것을 곧 알게 되었기 때문이다. '좆'이나 '씹' 따위를 따져 묻는 것은 정말 어리석은 일이다. 씨발이 그랬던 것처럼 그냥 혀끝에 올렸다가 뱉어버리면 그만이다. 침처럼 말이다.

해일처럼 밀려 들어오던 햇살이 서서히 밀물처럼 창밖으로

빠져나간다. 해는 어지간히 기울었지만 더위는 여전히 그악
스럽게 목덜미를 조인다. 배를 깔고 누웠던 바닥이 홍건하다.
나는 땀에 절어 쉰내가 나는 러닝과 반바지를 벗으며 영화 속
주인공의 말투를 흉내 낸다. 씨발, 졸라 덥다.

신기하다. 이 욕 한마디에 짜증 나던 더위가 한결 가시는
것 같다. 죄의식은 별로 없다. 입 밖으로 뱉은 침에 대해 생
각하는 것은 바보 같은 짓이다. 침은 얼마든지 있고 침은 침
처럼 뱉고 잊어버리면 그만이고 여름은 아직 한참이고 욕은
오줌과 비슷하다. 쏟아내면, 그것으로 안녕이다. 나는 벗어놓
은 옷가지를 뭉쳐 벽에 던지며 영화에 집중한다. 주인공이 막
학생의 대가리를 출석부로 때리는 중이다. 팬티 한 장만 걸치
고 길게 엎드려 있는 이 시간, 근심 없는 벌레처럼 나는 홀가
분하다. 웃으며 중얼거린다.

아, 좆나게 심심하다.

심심한 오후가 입 밖으로 나와 천천히 어두워져 간다.

욕을 하는 것이 나쁜 일이라는 것은 안다. 그럼에도 불구하
고 욕을 하는 애들은 지천에 널려 있다. 엄마 말이 맞다면 내
가 아니라 그 애들이 이 개천 옆 아파트에 살아야 하거나 하
루 종일 하릴없이 집에서 뒹굴어야 한다. 그러나 현실은 그리
논리적이지 않은 모양이다. 어쩌면 욕을 하지 않는 내가 잘못
된 것일지도 모른다. 물론 그런 생각을 엄마에게 털어놓을 수
는 없다. 엄마는 욕을 하며 자라는 애들은 배라먹을 거라고

단언했다.

'배라먹다.' 이것 또한 컴퓨터 수업 시간에 알게 된 말이다. 여름방학 이후로 새로운 단어의 뜻을 찾는 일은 할 수 없다. 집에 있는 컴퓨터는 엄마가 독점하고 있기도 하거니와 그나마 문서 작업이 전부다. 인터넷 선을 쥐가 끊어놓았기 때문이다.

쥐가 어디 있어?

한 번도 쥐를 본 적이 없는 내가 물었다.

쥐는 언제 어디나 있어. 보이지 않을 뿐이지.

그 말을 하는 엄마는 냉장고 속에 머리를 집어넣고 한참 동안 그대로 앉아 있었다. 그런다고 신 파김치와 김밖에 없는 냉장고가 가득 찰 리도 없는데 엄마는 자주 냉장고 속에 머리를 들이밀고 주저앉고는 했다. 아무튼 이 아파트 어딘가의 어둡고 답답한 곳에 사는 그 쥐란 녀석들이 내 인터넷 사전을 빼앗아버린 이후로 여름방학을 맞았기 때문에 지금 내 단어 실력은 방학 전과 다름없다. 그러니까 나는 지금 말도 빼앗기고 자유도 빼앗긴 상황이다. 식민지 시대도 아닌데 별로 할 수 있는 일이 없다. 관리 사무소 직원과의 전화 통화나 가끔 찾아오는 잡상인들과의 짧은 대화를 제외하고는 며칠 동안 누군가와 대화도 해본 기억이 없다. 이러다가 말하는 법을 잊어버리는 것은 아닐까 하는 걱정이 들 정도다. 그래서 입 밖으로 꺼내지 않아도 될 말까지 부러 중얼거리는 거다. 대개 심심하다, 덥다, 배고프다 정도지만 아무 말도 하지 않는 것보다는 낫다. 한마디도 하지 않고 혼자 하루를 보낸다는 것은 상상했던 것보다 훨씬 힘든 일이다. 가끔 베란다에서 축구를 하며 노는 아이들을 내려다볼 때마다 뛰쳐나가고 싶은 마음이 허기처럼 치솟지만 문밖으로 나갈 수 없다. 이번 주 들어 날마다 관리비를 독촉하는 관리 사무소 직원의 눈에 띄면 좋을 것이 없다는 것쯤은 알 나이다. 물론 그건 엄마 사정이고 나는 아무것도 모르는 척 천진하게 굴 수도 있다. 그러나 그러기에 나는 너무 많은 거짓말을 해버렸다. 뻔히 방 안에 있는 엄마가 외출 중이라고 얼마나 많은 사람에게 말을 했는지 일일이 기억할 수도 없다. 엄마와 나는 공범이다. 공범이라구. 소리 내서 중얼거려본다. 앙다문 입안에서 소리의 여운이 길게 이어진다. 공범이라는 단어는 내가 좋아하는 단어 중 하나다. 비록 나쁜 짓을 할 경우에 쓰이는 말이기는 하지만 혼자가 아닌 함께, 라는 뜻을 가지고 있기 때문이다. 나는 혼자가 싫다. 혼자 있으면 말을 할 수도 없고 태풍이 오는 밤에 창문이 덜컹거리는 소리도 이불을 뒤집어쓰고 견뎌야 한다. 무엇보다도 생각이 많아진다. 생각을 많이 하는 것은 위험한 일이다. 위층에 살던 할아버지가 구급차에 실려서 영영 가버린 밤 이후로 알게 된 사실이다.

할아버지를 먼저 알게 된 것은 엄마다. 엄마는 내가 태어나기 전에 서울에서는 팔지 않는 신문에 시가 실린 적이 있는 시인이다. 그러나 요즘은 시를 쓰는 대신 회사에서 직원들을 대상으로 하는 잡지에 글을 쓰거나, 라디오에 사연을 보낸다. 벌써 방송국에서 주는 상품을 몇 개나 탄 경험으로 보아 엄마가 시를 쓴 적이 있었다는 것은 사실인 모양이다. 아빠가 돌아오면 그때 더 좋은 걸로 살 거야. 최근에 경품으로 받은 김치 냉장고를 부동산 집 아줌마에게 되팔며 엄마는 내가 묻지도 않았는데 그렇게 말했다.

그날도 엄마는 저녁 늦게까지 컴퓨터 앞에 앉아 있었고 나는 비디오 대신 개그 프로를 소리 죽여 보고 있었다.

도저히 못 참아.

왈칵 방문이 열리고 엄마가 뛰쳐나와 슬리퍼를 신었다. 들고 있던 리모컨을 떨어뜨릴 정도로 갑작스러운 행동이었다. 나는 반사적으로 엄마를 따라나섰다. 엄마는 계단을 뛰어 올라가 903호의 초인종을 눌렀다. 그리고 다시 길게 초인종을 눌렀다. 남의 집을 방문하기에는 꽤 늦은 시간이었다. 내가 팔을 끌었지만 엄마는 좀처럼 포기할 기미를 보이지 않았다. 아무도 없는 것은 아닐까. 아니다. 규칙적으로 쿵쿵거리는 진동음이 문밖까지 새어 나왔다. 문이 열린 것은 엄마가 막 세 번째로 초인종을 누르려고 할 때였다. 문이 두 뼘쯤 열리고 낯설지 않은 얼굴이 빠끔 내밀었다. 큰 배낭을 짊어지고 약수터 쪽으로 걸어가거나 놀이방 버스를 기다리는 아줌마들 곁에 우두커니 서 있던 할아버지였다. 엄마가 격하게 계단을 올라온 이유를 알 것 같았다. 할아버지의 옆구리 사이로 소파에서 뛰어내리기를 반복하는 아이가 보였다.

당최 잠을 잘 수가 없네요.

엄마가 안을 가리키며 말했다. 거짓말이었다. 엄마가 벌써 자다니. 별것도 아닌데 왜 거짓말을 하는 걸까. 당최 이해할 수 없지만 쿵쿵거리는 소리가 거슬리는 것은 사실이었다.

할아버지는 한숨을 쉬듯 뇌까렸다.

지 에미도 못 당하는 녀석이라우.

그 말에 그냥 돌아갈 엄마가 아니었다.

밤에는 제발 자제 좀 시켜주세요. 저도 자식 키우는 사람이라 이렇게까지는 안 하려고 했지만……

엄마가 거기까지 말했을 때, 할아버지가 기침을 했다. 밭은 소리로 시작한 기침은 점점 커졌다. 못으로 쇠를 긁는 소리를 들을 때처럼 나는 소름이 돋았다. 온몸을 쥐어짜듯 기침을 하다가 주저앉는 할아버지 앞에 더 이상 서 있을 수 없었다. 나는 더 세게 엄마를 잡아끌었다. 그리고 며칠 후 놀이터 의자에 앉아 있던 할아버지를 보았다. 소파에서 뛰어내리던 아이는 역시 미끄럼틀 위에서 뛰어내리기를 반복하고 있었다.

기침은 다 나으셨나요.

모르는 척 지나치기가 멋쩍어서 내가 물었다. 할아버지는 고개를 가로저었다.

안 나을 병이란다.

할아버지는 자신이 앉은 의자 옆자리를 손으로 두드리며 나를 보았다. 가까이 갈 생각은 없었지만, 나는 자리를 내주는 것에 대한 예의는 아는 아이였다. 순순히 다가가 앉는 도리밖에 없었다. 그는 아주 오래전에 불을 캐는 일을 했다고 말해주었는데 나는 되묻지 않았다. 어쩐지 자세히 알고 싶지 않았다. 조금 두려웠다. 태어나서 그런 기침 소리는 한 번도 들어본 적이 없었기 때문이다.

불을 캐는 것이 기침하고 무슨 상관이 있나요.

할아버지는 막 뛰어내린 손자가 무사히 일어서는 것을 확인하고 나서 한참 만에 입을 열었다.

불을 캐느라 깊은 곳을 너무 오래 들여다봤단다.

며칠 후 나는 유행성 독감에 걸렸다. 온몸이 불 속에 던져진 것처럼 뜨겁고 아팠다. 밤이 낮 같고 낮이 밤 같았다. 우주를 떠돌아다니는 꿈 사이로 사이렌 소리가 지나다녔다. 불시착을 금지한다는 경고였다. 나는 그만 날고 싶었다. 나는 걷고 싶었다. 별과 별 사이를 떠돌아다니는 일은 생각보다 재미없었다. 춥고 어두웠다. 나는 울었다. 아파서 운 게 아니라 고독해서 울었다. 고독이라는 단어는 우주를 혼자 떠돌아다니는 사람들이 만들어낸 단어가 아닐까, 울면서 생각했다. 아침이었다.

이럴 줄 알았으면 그때 좀 참을 걸 그랬어.

내 이마를 짚던 엄마가 말했다. 해가 지면 다시 열이 올랐다. 903호 할아버지는 깊은 곳을 오래 들여다봐서 기침을 하다가 돌아가셨고 나는 그 비밀을 알게 되어서 병에 걸린 것이 분명했다. 내가 아는 사람이 죽었다는 것도, 나도 아프다는 사실도 무서웠다. 그날 밤, 나는 우주를 떠돌아다니지는 않았지만 울었다. 무엇인지 모르지만 아주 큰 비밀을 알아버린 것 같았다.

영화는 끝났다. 주위는 빈 화면에서 나오는 푸른색 그림자로 어슴푸레 젖어 있을 뿐이다. 드디어 해가 졌다. 지글거리던 프라이팬이 식듯 일몰과 함께 더위가 한결 가실 것이다.

창문을 열어야겠어.

하고 중얼거리면서도 나는 꼼짝할 수 없다. 땀과 함께 온몸의 기운이 빠져나간 모양이다.

밥도 먹어야지.

또 나에게 말하지만 배는 고프지 않다. 오히려 낮에 먹은 라면이 점점 부풀어 오르는 것처럼 속이 불편해진다. 끈적거리는 팔에서 반사되는 푸른빛이 불길해 보인다. 이제 불을 켜고 텔레비전을 끄고 달걀을 부쳐 간장에 비벼서 밥을 먹어야지. 나는 나에게 이렇게 충고하지만 몸은 못 들은 척 꼼짝없이 바닥에 길게 누워 있을 뿐이다. 나는 나도 모르는 사이에 내 몸이 내는 소리에 귀 기울인다. 이건 진짜 신음 소리다. 나도 모르게 내 몸이 앓고 있다. 더럭, 겁이 난다.

엄마.

나는 더 이상 참지 못하고 엄마를 부른다. 사흘 동안 방해하지 않았으니 이번 한 번은 괜찮을지도 모른다. 대답을 기다리지 못하고 계속 엄마를 부른다.

엄마. 아직 멀었어? 아직 멀었냐구. 아빠는 언제 와? 그 빌어먹을 옥매트 다 팔려면 아직 멀었을까.

배 속에서 와락 라면이 올라온다. 반사적으로 몸이 화장실 변기로 뛰어간다. 혼자 라면을 먹을 때는 이 정도 각오쯤은 해야 한다. 여태 소화되지 않은 라면 가닥들이 계속 입 밖으로 쏟아진다. 희고 통통하고 굵은 면발들과 구린 냄새가 변기 속에 쌓여간다.

빈 통이 울리듯 집 안이 텅텅 울린다. 누군가 문을 두드린다. 목구멍에 걸린 면을 손으로 뽑아내고 막 세수를 한 참이었다. 나는 꼼짝도 하지 않고 서 있다. 가슴속에서 수십 마리 나비 떼가 파닥거린다. 이대로 날아갈 수도 있을 만큼 맹렬한 기세다.

아무도 없는 거 아냐?

낯선 남자의 목소리가 복도에서 카랑카랑 흩어진다.

민원이 들어왔으니까 그냥 갈 수도 없잖아. 전화를 해봐.

다른 목소리가 재촉한다. 지난 며칠, 나를 괴롭히던 목소리가 분명하다. 나는 엄마가 일하고 있는 방문을 원망스럽게 쳐다본다. 어떻게 해야 하나. 생각할 틈도 없이 전화벨이 울린다. 그사이에도 문은 계속 텅텅 운다. 어느 한쪽도 그칠 기미가 보이지 않는다. 시간이 멈춰버린 것처럼 숨이 막혀온다. 나는 주저앉는다. 발밑에서 무엇인가가 바다 꽈리처럼 톡톡 터진다. 흰 애벌레들이 말간 물을 흘리며 납작하게 누워 있다. 그 와중에도 짜부라진 몸통 끝을 곧추세우고 나를 향해 머린지 꼬린지 알 수 없는 그것을 흔든다. 더 이상 참을 수가 없다.

그만. 그만해요.

나는 문고리를 쥐고 소리 지른다. 그만, 모두 제자리로 돌아갔으면 싶다. 아빠는 아빠 자리로, 엄마는 엄마 자리로, 나는 가끔 욕도 알고 단어도 제법 알고 아는 것도 모르는 척하는 아이로, 사람들은 사람들 갈 길로, 벌레는 개천으로, 나비는 숲으로, 말들은 집으로, 다 갔으면 좋겠다. 이제 그만하고 싶다,고 엄마는 내 옆에서 울었지만 나는 그 말을 한 번도 듣지 않았다.

이제 그만하면 좋겠어.

나는 운다.

문은 열리지 않았다. 질러놓았던 두 개의 자물쇠를 풀었지만 문고리가 계속 헛돌았다. 그 사실을 깨닫자 상황은 역전된다. 벌레가 고물거리고 창문 하나 열 수 없는 이 집을 내가 지키던 것이 아니라 이 집이, 나를 가둔 거였다. 온몸의 피가 서늘해질 만큼 초특급 공포가 밀려온다.

문이 안 열려요.

나는 울음을 참고 소리 지른다. 이미 문밖의 상황을 살필 여유 따윈 없다.

내가 안 여는 게 아니라 안 열린다구요. 씨발, 열어주세요.

엄마가 그렇게 칭찬하던 내 참을성은 이미 땀이 되어 다 날아가버린 모양이다.

열어주세요. 열어달라구요.

내 목소리는 어느새 웅얼거리는 울음소리로 변해간다. 문밖에서 잔 발소리들이 문 앞으로 모여드는 소리가 들린다. 완벽하게 밀폐된 실내가 내 뒷덜미를 야금야금 파먹는다. 나는 현관 앞에 주저앉는다. 울 기운은 없지만 우는 소리를 낸다. 내가 우는 동안에는 문 앞으로 모여든 저 발자국들이 되돌아가지 않을 것을 알기 때문이다. 그 사실과는 상관없이, 두렵다. 실은, 졸라 두렵다.

창문에 줄이 드리워지고 검은 군화를 신은 발이 보인다. 나는 허공에서 흔들리는 발을 보며 생각한다. 이건 내가 꾸는 꿈속일까. 주황색 옷을 입은 남자가 줄에 의지해 창문을 열도록 나는 계속 꿈에 대해 생각한다. 깊은 곳에 들어가 불을 캔

적도 없는데 사는 게 왜 이렇게 힘들까. 창문으로 들어온 남자가 랜턴을 켠다. 눈이 부시다. 반사적으로 눈을 가린다. 정신이 든다. 팬티 한 장만 달랑 걸친 나를 의식한다. 사는 건 이래저래 부끄러운 일투성이다. 엄마는 지금 어떤 모습일까. 아, 엄마가 있었다. 나는 혼자 이 집 안에 갇힌 게 아니었다. 그런데 왜 두려웠을까. 벌레도 잘 견디고 혼자 라면도 잘 끓이는 나는 이제 별로 두려울 것이 없어야 한다. 나는 정신을 차렸지만 나는 어디 먼 곳으로 가는 느낌이고 나는 랜턴의 빛에 눈을 가렸지만 사방의 모든 벽에서 나를 바라보는 시선을 느낀다. 나는 여기 있지만 나는 없고 나는 건강하지만 나는 아프다. 주저앉은 채로 벽에 기댄 나는 힘없이 자꾸 생각한다. 생각하지 말아야 하는데 지금은 생각하는 것밖에 할 수 있는 게 없다. 낯선 그림자가 자신의 입을 막는 것을 본다. 이해한다. 저 개천에서 비롯된 냄새는 웬만해서는 참기 힘들다. 그 그림자가 나를 부른다. 나는 말없이 그 그림자의 발밑에서 사라지는 애벌레들의 최후를 듣는다. 사방이 환해진다. 남자가 불을 켠 것이다.

방문은 열지 마세요.

나는 힘없이 중얼거린다.

이미 발기발기 찢겨버린 종이처럼 온몸이 아프다. 형광빛에 칙칙하게 변해버린 주황색 옷의 남자가 방문 앞에서 잠시 머뭇거린다.

절대 열지 마세요.

막아야 한다. 그러나 창밖의 어두운 밤이 내 몸속으로 들어온 것처럼 시야가 자꾸 깜깜해진다. 남자가 작고 짧게 비명을 지른다. 문밖이 파도 소리처럼 소란스럽다. 발소리가 다급하게 현관문 앞으로 다가와 문고리를 잡고 흔드는가 싶더니 곧 뜨거운 불 냄새가 난다. 마치 903호에 살았던 할아버지의 기침 소리처럼 쇠와 불이 만나 내지르는 비명 소리가 점점 커진다. 우주를 떠다니던 꿈보다 더 고독한 꿈, 아니 현실이다. 우주에서 만들어졌다고 믿었던 고독은, 이 집에서 만들어진 것일지도 모른다. 나는 눈을 감으며 중얼거린다. 미안해, 엄마. 이제 못 참겠어.

폐가, 잠이 들기 전에 마지막으로 내 머릿속에 떠오른 단어는 폐가라는 글자였다. 나는 폐가를 기억하기 위해 애썼지만, 겨우 열한 살인 나로서는 여기가 끝이었다.

＊　＊　＊

베란다와 방문과 부엌 창은 모두 열린 상태다. 이건 의미 없는 일이다. 그러나 나는 이불과 요가 한데 뒤섞여 바닥에 널브러져 있고 만화책이 흩어져 있는 마루로 올라선다. 낯선 곳을 방문한 사람처럼 바닥에 어지럽게 널린 발자국들 사이에 내 발자국을 찍으며 서성거리는 것도 의미 없는 짓이란 걸

안다. 그냥 어떻게든 마지막은 마지막으로서의 절차가 필요
할 뿐이다. 중국에 간 아빠에게서는 아직 아무 소식이 없다.
예상했던 일이다. 아빠는 절대 내 앞에 나타나지 않을 것이
다. 그렇지 않고서야 이렇게 깨끗이 눈앞에서 사라져버렸을
리가 없다. 마치 처음부터 없던 사람처럼 말이다. 또한 이제
엄마 없는 나는 다른 도시로 떠날 것이다. 말하자면 이 집은
혼자 남아 벌레와 햇볕과 냄새와 싸워야 한다는 말이다. 한숨
을 길게 내쉰다.

참, 오래, 걸렸다.

일주일간의 입원과 사흘간의 상담을 통해 나는 10년 정도
늙어버린 느낌이다. 나는 한꺼번에 늙었지만 이 정도는 각오
한 일이었다. 그들은 나에게 무섭지 않았냐고 물었고 왜 나흘
이나 아무에게도 말하지 않았느냐고 물었다. 혼자 라면을 먹
지 않기 위해서라고 말했다. 그건 진심이었다. 나는 이 집을
떠나기 위해서 목숨이라도 내놓고 싶은 심정이었다. 처음부
터, 그랬던 건 아니다. 다만 견딜 수 없는 지경에 이르러 귀
를 막는 걸, 선택한 거였다.
　엄마는, 엄마는 그런 바보 같은 일은 하지 말았어야 했다.
경품을 받아 되파는 그런 경품 같은 삶을 선택하면 안 되는
거였다. 나는 자신이 받은 경품 중 하나가 아니라는 사실을

엄마는 끝까지 알지 못했다. 그런 사람이 좋은 글을 쓸 수 있을 리가 없다. 내가 그때 엄마를 돕지 않은 이유는 얼마든지 있었지만 엄마가 나를 찾았을 때 귀를 막으며 나는 그런 생각을 한 것 같다. 나는 경품이 아니었다. 나를 도울 사람은 나밖에 없었다. 무섭고 고독했다. 나는 엄마의 경품으로 살아가기 싫었다. 벌레도, 냄새도, 햇볕도 지긋지긋했다.

방문을 열었다. 아직, 아니 영원히 지워지지 않을 냄새가 폭신하게 끼친다. 보이지 않는 것은 보이는 것보다 훨씬 오래 나를 괴롭힐 거라는 걸, 나는 이제 안다. 과연 보름 넘게 창문을 열어두고 환기를 시켰음에도 그 나흘의 기억은 강렬하다. 엄마는 책상에 엎드린 채 발견되었다. 등 뒤에서 부는 선풍기 바람에 등은 그나마 상태가 나은 편이었지만 얼굴과 가슴은 불행하게도 그렇지 못했다. 나는 책상 가까이 다가간다. 녹아내린 배추 줄기를 바라보듯, 책상 위를 바라본다. 그 나흘 동안 먹다 남긴 밥과 라면 찌꺼기들이 개수대에서 어떻게 썩어가는지 나는 지켜보았다. 달리, 지켜보는 것밖에 할 수 없었다. 아무 말도 할 필요는 없었다. 사람들은 열한 살에 불과한 내게 그리 많은 것을 바라지 않았다. 그러므로 그 나흘 동안 썩어가는 음식 찌꺼기 냄새 사이에서 들리던 자판 소리와 짧은 대답이 사실인지 아닌지도 이제 중요하지 않다. 어쩌면 내가 도울 사이는 없었는지도 모른다. 내가 엄마로부터 배운 게 있다면, 버려지면 집도, 음식도, 사람도 모두 금방 변한다는 사실이다. 상관없다. 지금 중요한 건, 내내 귀를 막고 있던 과거의 시간이 아니라 내가 선택한, 아직 오지 않은 나의 시간이다. 그것이 이제 여기가 아닌 어딘가로 가야 하는 이유다.

옷가지 몇 개와 교과서, 책가방을 들고 방을 나서던 나는 텔레비전 앞에 놓인 페트병을 본다. 기억이 맞다면 열 마리 넘게 모아놓았던 것이다. 모른 척할까 잠시 생각하던 나는 페트병의 입구에 덧대놓았던 비닐을 떼어내고 변기에 턴다. 말라비틀어진 밥풀 몇 개를 기대하면서.

검은색 파리 서너 마리가 퍼덕거리며 떨어지는가 싶더니 이내 공중으로 날아오른다. 여태 악착같이 죽지 않고 살아 있는 그것들이 윙윙 내 귓가를 돌다가 열린 창문 너머로 날아간다. 다들, 어떻게든 살아갈 방법을 찾게 마련이다.

나는 엄마의 눈이었고 살이었을 그것들이 날아간 쪽을 향해 인사한다.

안녕, 엄마.

그것이 내가 집을 나서며 한 첫 인사였고, 마지막 예의였다.

독서의 취향

나는 월요일부터 금요일까지 안나를 사랑했다.

물론 가끔은 월요일부터 목요일까지 그녀를 사랑했고 또 간혹 주 중에 하루를 건너뛰어야 하는 경우가 생기기도 했다. 나에게는 달력에 인쇄된 날짜의 색깔을 바꿀 힘이 없었기 때문이다. 연휴나 주 5일 근무를 충실히 따르는 것은 나의 의지와 상관없는 일이었다. 나는 힘이 없었다. 천장 구석에 집을 짓는 거미만큼도 관여할 수 없는 나의 일상은 쓸쓸했으나 평화로웠다. 안나는 그런 나를 사랑했다. 나와 안나가 우리가 될 때, 월요일부터 금요일까지 세상은 쓸쓸하고 행복했다.

월요일 아침, 나는 안나에게로 가는 중이었다. 가슴이 뛰었다. 오른손에 들었던 가방을 왼손에 옮겨 들었다. 손에 든 가방에는 지난주 금요일 저녁처럼 여덟 권의 책과 수십 장의 리플릿이 들어 있었다. 읽은 단어의 개수만큼 무게가 사라진다면 얘기는 달라지겠지만 각각의 책은 언제나 고유한 중량을 잃지 않았다. 나는 그 변함없는 무게처럼 안나를 사랑한다고 생각했다. 월요일부터 금요일까지 가방의 무게만큼 안나를 사랑하는 셈이었다. 나쁘지 않았다. 좋거나 나쁘거나. 재미있거나 재미없거나. 맛이 있거나 말거나 한결같이. 맛있다는 말을 떠올리자 나는 마음이 조급해졌다. 맛있다, 는 말이 좋아지려는 참이었다. 안나는, 맛있었다.

맛있어.

안나는 나의 몸 위에서 맛있다고 말했다. 침대 위에 맨몸으로 드러누워 듣는 그 말은 이상했다. 지구의 반대편 어딘가에서 금환식이 일어났던 날이다. 그날 식당에서 혼자 김치찌개를 먹으며 보았던 뉴스가 떠올랐다. 평생에 다시 보기 어려운 광경이라고 했다. 나는 두 팔꿈치로 바닥을 딛고 상체를 일으켜 안나를 보았다. 화면에 비친 태양은 달에 가려 속이 빈 원 모양이었다. 화면 속의 그곳은 낮이었지만 밤처럼 어두웠고 안나를 처음 안던 그 밤은 낮처럼 환했다. 안나는 무게 없는 꿈 같았다. 안나와 나는 주어진 궤도를 돌다가 우연히 마주친 사람들일 뿐이었다. 물론 그건 비현실적이었고 당첨 가능성 없는 응모권 같은 거였다. 그러나 사람들은 필요 이상으로 집

중하고 열광했다. 뉴스는 계속되었지만 금환식은 불과 5분
만에 끝났다. 열광은 알 수 없는 배신감으로 바뀌었다. 뭔가
속은 기분이었다. 사건 사고도 많았다. 높은 곳으로 올라갔다
가 실족한 사람들이 속출했다고 했다. 맛있다는 말은 앉자마
자 끝나버린 술자리처럼 나를 맥 빠지게 했다. 지붕에서 미끄
러진 금발의 남자는 후회한다고 말했다. 후회가 몰려왔다.

　무슨 말이야?

　나는 물었다. 자신의 몸 위에 있는 안나는 나가 아는 여자
가 아닐지도 몰랐다. 나는 자신의 진심이 침대 밑에 깊숙이
숨겨놓은 싸구려 잡지로 전락해버린 느낌을 좀처럼 지울 수
없었다. 몸을 떨던 안나가 움직임을 멈췄다. 풀어 헤친 머리
카락에 반쯤 가려진 안나의 몸이 땀으로 반짝거렸다.

　뭐가 잘못됐어?

　안나가 나의 얼굴 가까이로 다가왔다. 영문을 알 수 없다는
표정이었다. 바닥에 댄 팔꿈치가 아파왔다. 매수에 비해 턱없
이 빈약한 이야기로 끝나버릴 거라는 예감과 실망으로 나는
숨이 가빠졌다. 물론 그렇게 끝나버리는 이야기는 얼마든지
있었다. 왜 나는 자신이 그때 불멸의 책 한 대목을 떠올렸는
지 알지 못했다. 대학 때 선배들을 따라 어두운 방에서 학습
하고 토론하던 두껍고 어려운, 그러나 결국 자신에게 한 문장
으로 남은 책이었다. 토대가 상부를 구축한다는 거였다. 수없
이 많은 단어와 묘사는 모두 한 문장을 위해 존재했다. 안나

의 긴 머리카락이 나의 볼과 어깨를 간질였다. 자극이 더 나를 자극했다. 이곳은 나와 아무 상관없는 곳이므로 아무도 알지 못하는 곳이었다. 나는 어쩌면 맛있다는 말이 나쁜 말은 아닐지도 모른다는 생각에 이르렀다.

안나는 더욱더 몸을 밀착시켰다. 자신이 무슨 말을 했는지조차 기억하지 못하는 게 분명했다. 그녀의 유두가 나의 가슴에 닿았다. 붓이 닿은 캔버스가 그렇듯 몸이 새로운 기대감으로 긴장하며 숨죽였다. 아무 대답도 할 수 없었다. 팔꿈치 힘이 풀렸다. 안나의 몸에서 오래된 나무 냄새가 났다. 표현은 숨기거나 남기지 않는 편이 나았다. 맛있다는 말은 안나가 쓰는 표현 방법 중 하나였다. 안나는 나가 사랑하는 여자가 분명했다.

나는 안나의 유두가 점점이 몸 아래쪽으로 내려가는 것을 느꼈다. 점점점점점점. 어디선가 고양이가 울고, 멀리서 폭주하는 오토바이가 달밤을 가로질렀다. 모든 악기는 결국 독자적인 소리로 울었다. 나는 태양과 겹쳐진 달과 이곳의 거리를 생각했다. 안나와 자신의 몸이 겹쳐지면 어떤 소리를 낼까. 아직 중요한 문장은 쓰이지 않았다. 나는 안나의 머리채를 잡고 몸을 끌어올렸다. 각각 분리되었던 문장들은 접속사도 없이 한 문장으로 이어졌다. 그 문장은 한 번도 들어보지 못한 화음을 만들 거였다. 금환식이 있던 날 밤, 나와 안나는 고유한 악기로 울며 새로운 이야기가 되었다.

아직 날은 완전히 밝지 않았다. 웅덩이 속은 찌푸린 하늘을 반영하듯 어두웠다. 날씨 탓이기도 했지만 나가 다른 월요일보다 일찍 서두른 탓이기도 했다. 지난 주말은 여러모로 나에게 힘든 시간이었다. 안네는 나가 못 박는 모습조차 못마땅하게 여겼다. 장인의 칠순 잔치 때 찍은 가족사진을 걸어야 했다. 내키지 않는 일이었다. 자신을 마뜩잖게 여기는 처갓집 식구들을 매일 확인해야 하는 일이 반가울 리 없었다. 집 안에서도, 집 밖에서도 책 장수를 좋아하는 사람은 없었다. 그러나 나는 힘이 없었다. 싫거나 좋거나의 문제가 아니었다. 거실 중앙에 두꺼운 시멘트 못을 박는 일은 평화를 위해 무조건 해야 하는 일 중 하나였다. 어쩔 수 없이 거실 중앙 벽을 처갓집 식구들에게 양보하면서 나는 이번이 마지막이라고 다짐했다. 단단한 시멘트 벽에서 못은 박힐 듯 말 듯 자꾸 부러졌다.

도대체 제대로 하는 일이 뭐야?

안네가 말했다. 손에는 큰 액자를 든 채였다. 나는 목수가 아니라 책을 파는 사람이었으므로 못을 박는 일은 제대로 하지 못해도 그다지 나무랄 일이 아니었다. 그러나 나는 입을 앙다물고 망치로 못을 내리쳤다. 다섯 개를 부러뜨리고서야 못은 간신히 벽에 박혔다. 나는 잠시 부러진 못을 정수리에 박아 넣는 상상을 했다. 단지 상상에 지나지 않았으므로 별

가책은 없었다.

못을 박고 난 후에는 액자의 균형을 잡는 일이 문제가 됐다. 액자를 들고 의자 위에 서서 나는 안네가 시키는 대로 좌우, 혹은 상하로 액자를 움직였다. 그러나 좀처럼 액자는 똑바로 걸리지 않았다. 마치 세상이 기울어진 것처럼. 균형은 꿈꾸는 자들의 언어였다. 세상은 비뚤어지고 더럽고 지루했다.

세상이 기울었으니 액자가 기우는 건 당연한 거야.

나의 말에 안네는 어처구니없다는 듯 나를 바라보았다.

시 써? 파는 일이나 잘하시지.

나가 알기에 시는 그런 것이 아니었지만 안네에게 그건 중요한 게 아니었다. 그녀는 현실을 현실적으로 파악하는 힘이 있었다. 그건 안네가 맡은 역할이었다. 시는 시인이 쓰고 나는 책이나 팔고 나와 살지 않는 안나는 나를 사랑했고 나와 사는 안네는 나를 지상에 단단히 묶었다. 다들 각자의 역할에 충실했다. 놀랄 일은 아니었지만 놀라웠다. 이토록 한결같을 수 있는 힘은 어디서 오는 것일까. 나는 망치를 들고 서서 안네가 자신의 마음에 들 때까지 몇 번이나 액자를 고쳐 거는 것을 바라보았다. 사진 속의 처갓집 식구들은 끝내 균형을 잡지 못했다. 그러나 한결 더 평화로운 평화가 찾아왔다.

웅덩이에 고인 빗물 위에 능소화들이 떠다녔다. 잠깐 한눈을 판 사이에 퉁퉁 불어버린 라면을 보는 느낌이었다. 퉁퉁 분

라면이 라면이면서 라면이 아니듯, 꽃받침과 분리된 능소화는
꽃이지만 이미 꽃이 아니었다. 안나의 집 주변은 떨어진 나무
이파리와 꽃 들로 어수선했다. 시간을 확인했다. 6시 50분이
었다. 월요 조회는 10시 반부터였다. 집 주변을 쓸어주고 싶
었지만 못 본 척했다. 일부러 이웃의 주목을 끌 필요는 없었
다. 가방 안쪽에서 숨어 있는 지퍼를 열고 열쇠를 꺼냈다. 열
쇠는 구멍 안에서 두어 차례 헛돌았다. 잠긴 문을 여는 일은
언제나 힘들었다. 다시 열쇠를 조심스럽게 돌렸다. 문이 마지
못해 열렸다. 현관문의 경첩은 다른 날보다 한층 더 삐걱거렸
다. 나는 숨듯이 안나의 집 안으로 들어섰다. 구두 소리가 현
관에서 작게 울렸다. 희미한 군내가 끼쳤다. 날씨 탓이었다.
시작부터 느슨하고 뻑뻑했다. 모든 것이 날씨 탓이었다.

　발밑에서 나무 바닥이 찍찍 울었다. 집 안은 조용하고 어두
웠다. 아직 안나는 깨지 않은 모양이었다. 나는 오래전에 가
죽 냄새가 가신 소파를 지나 창가로 다가갔다. 두꺼운 블라인
드 사이로 어둑한 아침이 새어들었다. 안나는 햇볕을 싫어했
다. 블라인드를 고쳐 내리고 형광등을 켰다. 실내의 식물들은
지난주와 마찬가지로 콩나물처럼 핼쑥했다. 아무래도 나무가
되기는 틀린 듯싶었다. 사실 나무는 실내에서 키울 수 있는
것이 아니다. 게다가 이 집에 볕이 드는 경우는 거의 없었다.
그래도 안나는 포기하지 않고 철마다 커다란 고무 통에 나무
를 심었다. 어떤 경우에도 나무는 나무라고 우겼다. 틀린 말

은 아니었지만 나무 곁에 놓아둔 조명 기구가 자연광과 같을
리 없었다. 현상적으로 조명도 빛의 일종이었으나 그건 그저
빛일 뿐이었다. 그리고 그 빛은 단연 살리는 능력보다 죽이는
능력이 더 뛰어났다. 나는 기형적으로 웃자란 줄기들이 타들
어가는 것을 바라보았다. 고무 통 안에 감춰진 뿌리는 썩고
있을 거였다. 많은 나무가 나와 안나의 눈앞에서 죽어갔다.
문장에만 구성 요소가 필요한 것은 아니었다. 식물에게 햇빛
과 바람과 물은 똑같이 중요했고 그중 안나가 그것들에게 줄
수 있는 것은 물뿐이었다.

그래도 사랑이 제일 중요한 거 아니야?

안나는 그렇게 주장했지만 나의 생각은 조금 달랐다. 식물
을 키우는 데 사랑은 없어도 상관없었다. 사랑 없이도 꽃들은
피고 나무는 자랐다. 나는 잡초들의 예를 들어 안나의 생각을
바꾸려고 했다. 그러나 안나는 고집을 굽히지 않고 번번이 열
대식물과 야생화와 과실목을 죽였다. 과습으로 죽은 나무 다
음에는 말라 죽는 나무가 생겼고 그다음에는 실내의 습도를
높여 곰팡이를 번식시켰다. 안나는 한동안 우울해했으나 곧
새 묘목을 들여 새 재배법을 궁리했다. 어쩔 수 없이 최후가
뻔한 묘목들을 두고 볼 수밖에 없었다. 나가 생각하기에 사랑
은 삶과 죽음에 관여하는 감정이 아니었지만 안나는 만병통
치약처럼 사랑을 맹신했다.

나는 죽어가는 어린 편백나무와 자귀나무에서 등을 돌리고 안나의 방 가까이로 다가갔다. 지난주와 마찬가지로, 지난주의 지난주와 마찬가지로 그 방에는 아직 잠에서 깨지 않은 안나가 있을 것이었다. 그리고 나는 곧 그 방문을 열고 안나의 맨살을 쓰다듬으며 잠을 깨우겠지. 나는 이 세계는 그런대로 완벽하다고 희미하게 웃었다. 방문의 손잡이를 돌렸다. 현관문과 마찬가지로 방문도 뻑뻑했다. 오랫동안 습기를 머금었다 뿜었다를 반복했기 때문이다. 나는 처음 자신이 안나와 가까워지는 데 걸린 시간과 과정을 떠올렸다. 전개가 느린 책을 읽기 위해서는 인내와 믿음이 필요했다. 그런 책일수록 여운은 오래 남았다. 나에게 안나는 그런 책 같은 존재였다. 한결같이, 천천히, 곱씹는 재미가 있었다. 나는 조급해졌다. 안나를 깨워야 했다. 방문을 힘껏 밀었다.

안나, 안나, 이제 그만……

가슴이 내려앉았다. 안나가 보이지 않았다. 마치 막다른 골목으로 돌아든 도망자가 된 기분이었다.

…… 일어날 시간이야.

빈 침대를 내려다보며 나는 맥없이 중얼거렸다. 침대에는 안나가 누웠던 흔적조차 없었다. 그러나 말을 끝내면 어디선가 안나가 나타날 것 같았다. 말이 잘리는 건 불확실과 외면의 전조였다. 물론 나는 말을 줄이는 상황에 익숙한 편이었다. 문은 이쪽과 저쪽을 나누기 위해 고안된 장치였다. 가릴 것이 많을수록, 숨기고 싶은 비밀이 늘어날수록 문은 튼튼한 쪽으로 진화했다. 나가 문 앞에서 서적 외판원이라고 자신을 소개하면 사모님과 학생과 사장님과 선생님 들은 나를 문 안에서 책 장수로 요약했다. 하기야 책 장수나 서적 외판원이나 문을 열어주지 않기는 마찬가지였다. 혹은 문이 열리더라도 사모님, 학생, 사장님, 선생님 들은 나의 말을 기다리는 일에 인색했다. 나에게 주어진 시간은 불과 1분 미만이었다. 나는 말을 빨리하는 법을 익혔다. 그에 비례해 나의 말들은 불확실하고 불성실해졌다. 어쩔 수 없다고 생각했다. 입안에 남은 불확실하고 불성실한 말들이 나의 몸 안에 지방층처럼 차곡차곡 쌓였다. 조금씩 목이 두꺼워지고 허리둘레가 늘어났다. 어쩌면 이 세상을 움직이는 힘의 원천은 비밀과 음모에서 비롯되는 것인지도 몰랐다. 고작 그렇게 자신을 위로하며 나는 닫힌 문 앞에서 돌아섰다.

어디로 갔을까. 침대 밑에도, 의자 밑에도 안나는 없었다. 방 안에 가구라고는 달랑 침대와 의자 하나뿐이었다. 우스운 짓이었지만 방문 뒤까지 살폈다. 그러나 안나는 처음부터 없었던 사람처럼, 없었다. 나는 아무 흔적 없는 침대를 바라보았다. 안나의 부재가 믿어지지 않았다. 뜻밖이라는 말은 생각보다 훨씬 뜻밖이었다. 안나의 부재는 나가 이 집에 드나든 지난 1년 동안 한 번도 없었던 일이다. 나가 아는 그녀는 산책이나 장보기 따위의 사소한 외출도 삼가는 사람이었다. 몸에 빛이 닿으면 아프다고 했다. 딱 한 번 밤 산책을 나간 적이 있었다. 그믐 즈음이었다. 동네는 먼 산에서 흘러온 아카시아 향기로 출렁거렸다. 꽃향기에 취한 사람들이 스스로 문을 열었다. 나가 아무리 두드려도 열리지 않았던 문들이다. 나는 일말의 배신감에 말이 없었고 안나는 고개를 숙이고 걷기만 했다. 나는 도어 렌즈 안에서 자신을 바라보는 눈들을 생각했다. 눈과 눈이 마주친 적은 드물었고 문도 따라 열리지 않았다. 나에게 눈과 문은 동의어였다. 아무 말도 하기 싫었다. 더 이상 걷고 싶지 않았다. 안나가 멈춰 서서 나를 보며 말했다.

돌아갈래. 별맛이 없어.

안나는 삶에 부수적으로 필요한 많은 일을 생략하고 간소화했다. 그녀의 세계는 대체로 맛있다,와 맛없다,로 정리되었다. 간결했다. 나가 바라던 삶이었다. 그 삶은 개미만큼 능률적이고 먼지처럼 사소했으며 그림자처럼 소박했다. 나도 안나와 함께 있는 동안에는 그랬다. 그런데 안나가 보이지 않았다. 나는 불안과 걱정으로 우울해졌다. 언젠가 돌아가기 위해 옷을 입는 나를 보며 안나가 그랬던 것처럼.

햇볕을 쬐지 못해서일까.

안나는 한 번도 돌아가는 나를 잡은 적이 없었지만 나는 그 말이 무슨 뜻인지 바로 알아차렸다. 그러나 어쩔 수 없었다. 안나가 어쩔 수 없다는 말을 싫어했으므로 차마 입 밖으로 꺼내지는 못했지만 나는 돌아가야 했다. 안나는 곧 나의 등을 떠밀었다.

그만 가, 어쩔 수 없을 테니까.

나는 다만 그다음 날도, 그다음 날의 다음도 변함없이 안나를 사랑하는 도리밖에 없었다. 어쨌든 우리는 충분히 이해하고 사랑한다고 믿었다. 그리고 오늘은 안나가 없는 월요일 아침이었다. 나는 아무 생각도 할 수 없었다. 무슨 생각을 해야 하는지 떠오르지 않았다.

안네는 정신 차리라고 말했다. 그 말을 듣던 순간을 나는 아직도 기억한다. 사랑이 삶을 지배하던 시간에서 삶이 사랑을 지배하는 시간으로 뒤바뀌던 순간이었다. 몇 주 동안 한 질의 책도 팔지 못하던 시절이었다. 나를 위해 문을 열어주는 사람은 거의 없었다. 무엇이 문제인지 따져봐야 했다. 오후 내내 공원에 앉아 책을 읽었다. 누군가가 놓친 풍선들이 은사시나무 꼭대기에 걸려 팔랑거리는 오후였다. 백과사전은 그 무게만큼 재밌고 유익했다. 나는 자신이 싸구려 가짜 물건을 파는 사람은 아니라는 확신이 들었다. 그건 큰 수확이었다. 하루를 소비했지만 어차피 파나 안 파나 살 사람이 없는 건 마찬가지였다. 나는 안네가 그런 자신을 이해해주길 바랐다.

세일즈라는 건 말이야⋯⋯

나는 습관대로 발뒤꿈치부터 양말을 벗어냈다.

이제 그만 정신 좀 차려.

안네가 양말을 낚아채며 말을 잘랐다. 나는 안네를 바라보
았다. 버스 정류장에서 뽑아 먹던 자판기 커피 맛이 생각났
다. 나는 안네가 양말을 빨래 통에 던져 넣고 쿵쿵거리며 부
엌으로 걸어가서 냉장고 문을 거칠게 여닫고 가스불을 켜고
식탁에 수저를 내던지듯 놓는 걸 바라보았다. 꼼짝도 할 수
없었다. 시고 쓰고 더러웠던 그 맛이 입안에 고였다. 뱉을 수
도, 삼킬 수도 없었다. 땀이 났다. 점점점점점점. 아무 소리
도 낼 수 없었다. 미처 꺼내지 못한 말들이 침과 함께 입안에
서 불었다. 목덜미를 타고 땀이 흘렀다. 끓어 넘친 양념으로
지저분한 뚝배기가 식탁 위에서 천천히 식었다. 아무 냄새도
맡을 수 없었다. 아무것도 하기 싫었다. 문장들이 침에 녹아
입 밖으로 흘러내렸다.

미친 거 아니야?

안네가 나의 모습을 보며 질색했다. 나는 계속 안네를 바라
보기만 했다. 입 밖으로 흘러나와 턱 끝에 맺혀 있던 말들이
앞섶으로 떨어졌다. 지익지익, 면 가닥처럼 길게 이어졌다.
안네는 아연한 표정으로 나에게 휴지를 던졌다. 지겹다고 혼
잣말을 했다. 정말 더럽고 지겹다고 입속으로 반복해서 말하
는 걸, 나는 안네의 입 모양으로 읽었다. 더럽게 덥고 더러운

짓을 하는 사람들이 혼잣말을 중얼거리는 저녁, 마주 대한 둘이 하는 각각의 혼잣말은 혼잣말이 아니었지만 진심인 건 분명했다. 또한 평화는 여러 형태의 폭력과 비참을 견뎌야 이루어지는 것이었다. 그것을 지키는 것이 나의 운명이었다. 안네는 견딜 수 없다는 듯 방문을 요란하게 닫았다.

나는 거실에 혼자 앉아 나뭇가지에 걸린 풍선을 생각했다. 날 수 있었으나 나무에 걸렸고 가지에서 비와 바람과 새에 의해 쪼그라들거나 터져 끝내 사라질 거였다. 정신을 차리거나 말거나, 그건 풍선의 잘못이 아니라 풍속과 환경 탓이었다. 나는 아직까지 턱에서 앞섶으로 흘러내리는 침을 후루룩 빨아 삼켰다. 내일이 되면 아무 일도 없었다는 듯 똑같은 하루가 되풀이될 거였다.

방, 방을 나와 나는 탕이 없는 욕탕의 문을 열었다. 물기 없는 욕탕에서 희미하게 곰팡이 냄새가 났다. 세면대 아래쪽 구석에 곰팡이가 피어 있는 것을 보았다. 날, 날씨 탓이었다. 나, 나는 어디에 있는 것일까. 비누 하나, 치약 하나, 양치 컵 안에 담긴 칫솔 한 개를 바라보며 나는 자신이 생각을 더듬고 있음을 깨달았다. 오래전 고쳐진 줄 알았던 버릇이 새롭게 욕탕의 곰팡이처럼 슬며시 나타난 것이다. 현기증이 일었다. 왜, 왜 갑자기. 나는 와이셔츠 단추를 풀고 넥타이를 느슨하게 고쳐 맸다. 별, 별일 아니었다. 별별 일이 다 있었지만 모두 돌이켜보면 별, 별일이 아니었다. 나는 불안해지지 않으려고 애썼다. 양치 컵에 담긴 치, 칫솔의 솔을 검지로 문질렀다. 안나와 나, 나와 안나가 같이 쓰는 칫솔이었다. 함께 있는 동안 안나와 나, 나, 나는 하나였다. 굳이 하나, 아니 두 개의 칫솔을 쓸 필요가 없었다. 눈을 감았다. 우리는 하나, 아니 둘, 하나에 또 하나, 그러니까 결국 하, 하나였다. 나는 입을 다물고 낮게 목청을 떨었다. 불안하고 초조할 때마다 혹은 화가 날 때마다 나는 눈을 감고 목청을 떨었다. 숨을 참기 어려울 때까지, 숨을 쉬고 싶어 못, 못, 못 견딜 때까지, 온몸을 쥐어짜 하나의 소리에 몰두했다. 나, 나는 안, 안네, 아니 안나, 안나를 사랑했다. 월요일부터 금요일까지 매일매일, 나, 나는 안나를 읽었고 안나는 나의 말에 귀 기울였다. 나는 잠에서 깨듯 반짝 눈을 떴다. 안나의 책이 떠올랐다. 나가 안나에게 처음 읽어준 책이었다.

이 책을 읽어줘요.
안나는 나에게 이렇게 말했다.
3월이었는데 눈발이 흩날렸다. 아무리 찾아도 현관에는 초인종이 눈에 띄지 않았다. 나는 장갑을 낀 채로 문을 두드렸다. 가죽 장갑이 철문에 쩍쩍 달라붙었다. 온몸이 시렸다. 발을 굴렀다. 어디든 들어가고 싶었다. 누구냐고 묻지도 않고 벌컥 문이 열렸다. 안에서 두꺼운 목도리를 칭칭 동여맨 여자가 빼꼼히 얼굴을 내밀어 나를 바라보았다. 표정이 보이지 않았다. 나는 책을 소개하고 싶다고 말했다. 진심은 아니었지만 거짓말도 아니었다. 여자는 망설이는 눈치였다. 나는 그런 여자의 심정을 충분히 이해했다. 그러나 이해하는 만큼 이해받고 싶은 건 본능에 가까웠다. 문이 조금 더 열렸다. 지나가던 바람이 등짝과 목덜미를 후려쳤다. 나는 도망치듯 안으로 들어섰다.

블라인드는 창을 가렸고 촉수 낮은 등 하나가 실내를 밝혔다. 안네가 그랬듯 사람들은 자신의 내력을 거실에 진열하고 싶어 했다. 행복 지수와 각종 기념사진의 개수는 비례한다고 생각하는 것 같았다. 그러나 그 거실 벽에는 달력이나 시계도 보이지 않았다. 나는 여자가 기념할 일이 별로 없는 미혼일 거라고 추측했다. 영업 매뉴얼대로 재빨리 가방 속에 든 여러 분야의 책 중 여행과 요리에 관한 책과 리플릿을 꺼냈다. 마음이 급했다. 가능한 한 짧은 시간에 많은 말을 해야 했다. 바람을 맞은 온몸이 화끈거렸다. 여자는 여전히 목도리로 얼굴을 감싸고 바짝 웅크린 채 앉아 있었다. 집주인을 기다리는 이웃처럼. 대합실에서 완행열차를 기다리는 여행객처럼. 나는 그것이 경계심 탓이라고 생각했다. 경계심은 경계를 지키게 하는 힘을 가졌다. 애초부터 별 기대는 없었다. 그러나 자신의 직업이 바뀌지 않는 한, 노력은 해야 했다. 여자를 보았다. 호칭을 뭐라고 해야 할까. 사모님은 아니었고 사장님도 아니었다. 학생이나 선생님 같아 보이지도 않았다. 여자는 딱히 뭐라 꼬집어 불리기를 거부하는 것처럼 보였다. 입을 열 때마다 흰 입김이 한숨처럼 새어 나왔다. 추운 집이었다.

여자는 전자레인지를 사용해 만들 수 있는 100가지 요리나 유명인이 뽑은 여행지에 관한 에세이 형식의 시리즈물에 별반 흥미를 보이지 않았다. 자신이 소개한 책들이 업계에서 성공하지 못한 시리즈라는 사실을 눈치챈 걸까. 나는 말을 하면서도 걱정이 되었다. 어쩌면 문학 시리즈를 소개했어야 맞는 건지도 몰랐다. 아니면 미용 관련 서적이어야 했을까. 땀이 솟았다. 힌두교인 앞에서 소를 잡는 듯한 느낌이었다. 힌두교인의 눈앞에서 소꼬리를 자르고 우족을 나눈 다음 부위별로 몸통을 가른다면 상대는 어떤 표정을 지을까. 맙소사. 나는 자신의 입에서 나오는 말이 이미 설득은 고사하고 전달력마저 상실한 상태라는 걸 느꼈지만 멈출 수 없었다. 조각난 말들이 끊임없이 흘러나왔다. 나가 더욱 당황하게 된 건 자신의 본심이 있는 그대로 쏟아졌기 때문이다.

그, 그러니까 어, 어, 어쩌면 이, 이, 일은 나, 아니 저, 저의 적성에 마, 마, 맞지 않는 일일지도 모르죠. 저, 저, 저, 저도 잘 아, 아, 암, 압니다. 소, 소, 솔직히 고, 고, 고객님에게는 어떤 채, 책을 궈, 궈, 권해야 할지 모, 모, 모르겠어요. 화장술이 구, 구, 궁, 궁금하실까요. 재태, 제테, 아니 재

테크 관련 서, 서, 서적은 믿지 마, 마세요. 하, 하, 하, 한심
한 이리, 일이죠. 나, 나, 나, 날이 왜 이럴까요. 말, 말, 말발
로 먹고살아야 하는 말, 말, 말더듬이라니. 누, 누, 누, 눈물,
아니 눈이 게, 개, 계속 내릴까요. 그러나 그래에도 어쨌거나
결코 사, 사, 사기, 사기꾼은 아니랍니다.

한 번 더듬은 말은 걷잡을 수 없었다. 나는 손으로 입을 막
았다. 쏟아지는 말처럼 땀도 그치지 않았다. 머릿속에서 목덜
미로 줄줄 흘렀다. 셔츠 깃이 축축했다. 들어올 때 그랬던 것
처럼 빨리 이곳에서 나가고 싶었다. 바람은 자주 형식과 내용
을 달리하며 끊임없이 생겨나고 사라졌다. 여자는 그때까지
꼼짝하지 않고 나를 바라보기만 했다. 차라리 비웃어주기라
도 했으면 싶었다.

말을 한다고 말이 다 통하는 건 아니었지만 말은 세일즈를
가능하게 하는 유일한 수단이었다. 얼마나 더 많은 말을 해야
이 일이 익숙해질까. 피곤했다. 나와 여자가 개미나 파리가
아닌 이상 서로를 알 방법은 없었다. 오가다 마주친 곤충처럼
더듬이로 상대를 알아보고 말없이 말을 할 수 있다면 일상은
좀더 간결하고 간략했을 거였다. 눈이 밤늦도록 내릴까, 모르
지, 여기서 집은 멀까, 멀겠지, 눈 오는 날도 비행기는 뜰까,
모르지, 이 여자는 누굴까, 내가 상관할 일이 아니지. 더 이
상 앉아 있을 수 없었다. 허둥지둥 탁자 위의 책과 리플릿을

챙기면서 나는 소음 같은 생각들에 사로잡혔다. 그토록 들키지 않기를 바랐지만 나는 한낱 말더듬이 책 장수일 뿐이었다. 눈앞의 여자가 두 번 다시 볼 일이 없는 사람이라 다행이었다. 부끄러움과 자학으로 며칠만 지내고 나면 도로 괜찮아질 거였다. 나는 가방과 장갑을 쥐고 일어섰다. 그때까지 한마디도 하지 않던 여자가 입을 열었다.

이걸 읽어봐요.

여자가 자신의 큼지막한 카디건 주머니에서 무엇인가를 꺼냈다.

천천히 이걸 읽어요.

나는 여자가 내민 것을 바라보았다. 책이었다. 아니 책이라고 하기에는 제본이 조잡했으며 책이 아니라고 하기에는 종이의 양이 많아 보였다. 자신은 책을 파는 사람이지 책을 읽어주는 사람은 아니라고 말해야 했다. 그러나 입을 열면 또 말도 안 되는 말들이 쏟아질 터였다.

여자는 목도리를 풀었다. 민얼굴이 드러났다. 동정이나 경멸의 기색은 없었다. 창밖에서 바람이 거리를 쓸고 지나가는 소리가 들렸다. 여자는 작고 얇았다. 나는 현관문 쪽을 돌아보았다. 저 문을 열고 나가면 대책 없는 거리를 쏘다녀야 했다. 나는 그 일이 죽을 때까지 계속되리라는 예감에 몸을 떨었다. 멀리서 뭔가가 넘어지고 부서져 굴러갔다. 집 안은 조용하고 서늘했다. 더듬이가 생기기를 간절히 바랐다. 그러나 당분간 인류에게서 더듬이의 흔적이 발견되는 일은 없을 거였다. 나가야 했다. 나가고 싶지 않았다. 후회할 거였다. 후회해도 괜찮을 거 같았다. 나는 주저앉았다. 여자가 내민 책을 받아들었다. 무게감이 느껴지지 않았다. 무게 없는 부피로 존재하는 사람들이 처음부터 그랬던 것은 아니었다. 그저 어쩌다 보니 그럭저럭 어느새 부피만 늘어났다. 눈이 내렸고 눈물이 났지만 울기에 너무 추웠다. 나는 눈을 비비고 책장을 넘겼다. 손으로 쓴 책, 생전 처음 보는 책이었다. 제목도 없는 책, 일기, 관찰 일지였다. 아니, 그 어떤 것으로 불러도 상관없고 그 어느 것으로도 부를 수 없는 책이었다.

읽어주세요.

여자가 고쳐 앉으며 말했다.

시간은 얼마든지 있어요.

세상에 하나뿐인 책, 아니, 일기, 아니 관찰 일지를 나는 읽었다. 시간은 천천히 흘렀다. 여자는 꼼짝하지 않고 나의 말에 귀 기울였다.

나는 어느새 파는 사람이 아니라 읽는 사람이었고 돌아가야 했지만 돌아갈 곳을 잊었다. 소리 내어 책을 읽는다는 것은 낯선 경험이었다. 각각의 단어는 개별적인 목소리를 가지고 있었으며 그 목소리들이 나를 이끌었다. 나는 무의식적으로 문장과 문장 사이에서 잠시 숨을 골랐고 자신의 목소리에 귀 기울이며 그 소리의 여운을 곱씹었다. 다른 한편으로는 치맷자락을 팔랑거리는 여자의 뒤를 따르듯 애태우며 문장을 좇았다.

그 책은 딱히 장르를 나눌 수 없는 이야기였다. 주인공은 처음부터 끝까지 등장하지 않았다. 따라서 주어 없는 풍경 묘사가 길게 이어졌고 그 묘사에 대한 묘사가 수많은 갈림길을 만들었다. 그 각각의 길 끝에는 집들이 있고 길 끝에 위치한 그 집들의 창문들에서 보이는 풍경이 제각기 다른 풍경을 만들고 그 풍경은 묘사로, 묘사의 묘사로 이어졌다. 하나의 장면이 묘사에 의해 많은 풍경과 이야기로 나타났다가 사라지고 그 자리에서 새로운 형태로 모습을 드러냈다. 그 과정에서 생전 처음 듣는 지명과 식물명과 인명 들이 나타났다 사라지기를 반복했다. 나는 읽었지만 아무 말도 하지 않았고 여자는 들을 따름이었지만 끊임없이 나에게 말을 걸었다.

그 책에 의하면 묘사는 세상의 모든 것이면서 마지막까지 지켜야 할 이야기 형식이었다. 나는 왠지 막막하고 두려운 기분에 사로잡혔다. 사정 뒤에 고이는 감정과 비슷했다. 이제 뭘 해야 하나. 슬펐다. 입술을 깨물며 다음 장의 여백을 바라보았다. 흰 종이 위에서 검은 글자의 잔상들이 벌레처럼 기어다녔다. 나는 책을 덮었다. 그 벌레들이 손을 타고 올라와 온몸을 기어 다니는 것 같았다. 그러다가 각자 적당한 위치에서 살갗을 파고 들어가 집을 짓고 알을 깔 거였다. 온몸이 따끔거리며 근질거렸다. 나는 몸을 떨며 고개를 저었다.

고객님이 쓰신 건가요?

나가 물었고 여자가 방긋 웃으며 어깨를 으쓱했다. 무슨 의미인지 궁금했지만 더 묻지 않았다. 우리는 한동안 말없이 앉아 있었다. 빛이 사라진 자리는 그 조도만큼 어두웠다. 저녁이었다. 100년을 산 것처럼 피로하고 고요해졌다. 가야 할 시간이었다. 현관문 앞까지 따라 나온 여자에게 이름을 물었다.

내 이름은 안나.

여자가 말했다. 나가 사랑하는 안나와의 처음은 그랬다. 폭설이 내린 3월의 어느 날이었다.

그 책은 안나의 베개 밑에 감춰져 있었다. 나는 안도했다. 조금 과장하자면 그 책은 안나의 신체 기관과 비슷했다. 안나는 곧 돌아올 거였다. 쓸개나 심장 따위를 베개 밑에 숨겨두고 집을 나갈 사람은 없으니까. 블라인드를 들춰 창밖을 바라보았다. 하늘은 여전히 흐렸지만 날은 완전히 밝았다. 아침이었다. 우산을 든 사람들이 물웅덩이를 피해 오고 가는 모습이 보였다. 나는 길 건너편의 마트에서 나와 횡단보도 앞에 선 안나를 그렸다. 한 손에 두부나 우유가 든 비닐봉지를 들고 다른 한 손으로 손차양을 한 채 길을 건너 나에게로 오리라. 나는 상상만으로도 가슴이 뛰었다. 여기는 안나가 사는 집이고 나는 그녀를 기다렸다. 안나는 곧 현관문을 열고 들어와 신발을 벗고 나의 품으로 뛰어들 거였다. 나는 월요일부터 금요일까지 최선을 다해 안나를 사랑했고 토요일과 일요일에는 안나를 생각하며 월요일이 오기를 기다렸다. 안나를 만날 수 없는 주말은 대부분 목덜미에 얼굴을 파묻고 자신의 체취를 맡는 안나를 떠올리며 표정 없는 안네와 마주 앉아 밥을 먹고 텔레비전을 시청했고 밤이 되면 그녀의 몸속에 사정했다. 휴일을 거부할 힘이 없었기 때문이다. 연휴나 주 5일 근무를 좋아하지 않았지만 받아들이는 이유도 그와 비슷했다. 힘이 없다는 것은 쓸쓸하고 견디기 어려웠으나 아무렇지도 않은 척 견디는 것은 가장이 받아들여야 할 운명이었다. 그리고 안나는 그런 나를 이해하고 사랑했다.

나는 집 안을 서성거렸다. 시간을 확인했다. 9시가 조금 넘었다. 여전히 안나는 돌아오지 않았다. 나는 새삼스레 눈앞에 없는 안나가 전혀 모르는 사람처럼 느껴졌다. 어쩌면 그건 진실일지도 몰랐다. 우리가 나와 안나로 분리되는 순간, 그러니까 나가 안나의 집을 나서는 순간 매번 이야기는 끝나고 다시 새로운 이야기가 시작되었으니까.

나는 주위를 돌아보았다. 이 집은 시간 밖에 존재하는 구멍이었다. 안나가 사는 곳이었지만 오랫동안 아무도 살지 않은 집처럼 칙칙하고 어두웠다. 나무들은 날마다 조금씩 죽었고 서랍들은 비었으며 부엌에도 최소한의 식기와 양념 통 몇 개를 제외하면 살림살이랄 게 없었다. 안나가 있을 때는 간략하고 소박해 보이던 실내가 지금은 축축하고 낡은 것으로 바뀌었다. 그곳에서 나는 실낱처럼 겨우 살아 있는 나무와 함께 부재중인 주인을 기다리는 거였다. 비현실적인 공간과 상황이었다. 꿈속에서 꾸는 꿈처럼 아득했다. 안나는 전생에 나를 지나간 인연처럼 멀게 느껴졌다. 물론 나와 안나는 그런 사정과 상관없이 사랑하는 사이였다. 나와 안나가 하나가 아닌 둘이 되는 순간은 매번 찾아왔지만, 나가 생각하기에 그건 어쩔 수 없는 일이었다. 딱 한 번, 안나는 그건 사랑이 아닐지도 모른다고 말했다. 사정에 따라 변하는 사랑은 사정을 가장한 다른 사정일지도 모른다는 거였다. 비록 지켜야 할 규칙과 질서를 거스를 힘은 없었지만 누구보다 진심을 다하는 나로서는 그 말을 인정할 수 없었다. 자신의 사랑을 의심하는 안나에게 섭섭한 마음이 일기도 했다. 아무리 생각해도 나가 안나를 사랑하는 건 진심이었다. 나는 사정에 따라 달라지는 사정이 사랑과는 상관없음을 안나가 이해하리라고 믿었다. 진심으로 어쩔 수 없는 일이었기 때문이다. 아무리 생각해도 자신이 더 이상 포기할 수 있는 사정은 없었다. 또한 아무리 생각해도 자신을 있는 그대로 얘기할 수 있는 사람도 안나밖에 없었다. 나가 생각하기에 그건 사랑이 아니고는 불가능했다.

처음 안나의 몸 안에 사정하던 날, 나는 오랫동안 아무에게도 말하지 못한 비밀을 안나에게 털어놓았다. 언젠가부터 자신이 요의를 잘 참을 수 없게 되었다는 것. 그래서 자신이 방문한 건물의 뒤쪽, 어두운 구석에서 오줌을 누는 것을 멈출 수가 없었다는 것. 서명처럼 오줌발을 갈겼지만 절대로 그것이 화풀이나 복수가 아니었다는 것.

다만 그렇게라도 뭔가 몸 밖으로 내뱉어야 숨을 쉴 수 있을 것 같았어.

나는 부끄러웠지만 솔직하게 말했다. 고민 끝에 방문한 비뇨기과 의사는 요도나 방광 모두 정상이라고 말했다.

남자에게 생기는 요도 질환은 잘 못 참는 쪽이 아니라 잘 나오지 않는 쪽으로 발전하는 경우가 많습니다.

의사는 책상 위 생식기 모형에서 요도와 방광 주변에 원을 그리며 말했다. 나는 안도했다. 그렇다고 아파트 벽이나 빌딩 뒤쪽 어두운 구석에 오줌을 갈기며 죄의식이 없었던 것은 아니었다. 들키는 것에 대한 공포가 클수록 오줌발은 씩씩했다. 안나는 나의 이런 고백에 아무 말도 덧붙이지 않았다.

나에게도 오줌을 눠줘.

다만 나를 쓰다듬으며 그렇게 말했을 뿐이다.

그날 나는 안나의 다리에 두 번 오줌을 눴고 두 번 사정을 했다. 의사의 말대로 그건 병이 아니었다. 어두운 담벼락 아래서 가슴을 졸이며 오줌을 갈겨야 하는 상황은 더 이상 일어나지 않았다.

9시 반이었다. 일어나야 할 시간이었다. 그러나 나는 쉽게 일어날 수 없었다. 시간에 맞춰 월요 조회에 참석하려면 지금 안나의 집을 나서야 했다. 가야 했지만 갈 수 없었다. 나는 시계 초침에 맞춰 탁자를 검지 손톱으로 두드렸다. 톡톡, 시간이 손가락 끝에서 흘러갔다. 지금 이 시간 안나가 어디서 뭘 하고 있는지 짐작할 수 없었다. 불안했지만 할 수 있는 일이 거의 없었다. 나는 안나의 책을 펼쳤다. 누군가 자신을 일으켜 문밖으로 밀어내줬으면 하는 심정이었다.

그때였다. 현관 바깥에서 문을 여는 소리가 들렸다. 나는 손에 책을 쥔 채로 반사적으로 자리에서 일어섰다. 안나일 것이었다. 어딜 다녀왔냐고 물어봐야 하나. 많이 기다렸다고 말해야 할까. 아무 말도 없이 달려가서 안아줄까. 나는 열쇠가 몇 번 헛돌다가 손잡이가 돌아가고 문이 열리는 것을 바라보았다. 천당과 지옥을 오가는 중간자의 앞모습과 뒷모습처럼 울다 웃었다. 가슴이 터질 것 같았다. 그러나, 문이 열리고 그 문틈으로 들어온 발은 안나,의 발이 아니고 몸과 발을 잇는 다리 또한 안나,의 그것이 아니고, 결론적으로 문을 연 것은 안나,가 아니었다. 이 세상은 울 일도 웃을 일도 그리 많지 않은, 그저 놀라운 곳이었다. 꿈에도 본 적 없는 사람이 현관문을 열고 들어섰다. 낯선 사람은, 남자는 신발을 신은 채 거실로 들어서려다 나를 보고 움찔했다. 나는 안나의 책을 움켜쥔 채 서 있었다. 뒤따라 집 안으로 들어선 젊은 남녀도 나를 바라보았다. 다리가 후들거렸으나 애써 태연한 척했다.

어이쿠, 이건 또 누구십니까.

말을 꺼낸 것은 앞서 들어온 낯선 사람이었다. 적당히 머리가 벗겨지고 배가 나온 그 남자는 어디서나 볼 수 있지만 어디서도 본 적 없는 사람이었다. 나는 자신을 고압적으로 훑는 남자의 시선을 느끼며 벽시계처럼 서 있었다. 자신이 좀 전에 들은 이건,이라는 단어가 풍기는 역한 냄새에 얼굴이 달아올랐지만 갑자기 왜 그 단어에서 그런 냄새가 풍기는지 알 길은 없었다. 눈앞의 남자나 나나 정당한 방법으로 문을 열고 들어왔다. 잘못 찾아올 리 없는 사람들이라는 말이다. 잘못 찾아왔을 리 없는 남자가 잘못 찾아왔을 리 없는 자신에게 함부로 이건,이라는 말을 쓸 수 있는 상황을 짐작하는 것은 불가능했다. 나는 다만, 최대한 태연하려고 애썼다. 이 냄새에 몸을 섞지 않는 길은, 그뿐인 것 같았다.

무슨 수를 써야지 이거야 원. 여기가 역사도 아니고.

남자는 재차 누구냐고 묻는 대신 나직하게 투덜거렸고 나는 꼿꼿이 서서 이건,과 누구,라는 말 사이에 끼워 넣을 수 있는 단어들의 조합과 확률에 대해 생각했다. 물론 자신이 이건,이나 누구,에 대해 무엇인가 떠올릴 수 있을 거라고 기대하지는 않았고 남자도 친절히 설명할 것 같지 않았다. 나가 누군가에게 무엇인가를 꼬치꼬치 묻는 성격은 아니었으나, 이 상황은 분명하게 알 필요가 있었다. 비상식적인 상황 앞에서 상식적인 나가 할 수 있는 생각이란, 고작 이 정도였다.

나는 말을 더듬지 않기 위해 안간힘을 썼다. 얼굴이 달아오르는 것을 느꼈지만 신경 쓰지 않았다.

무, 무슨 말씀이신지 잘 모르겠습니다.

나는 진심이었고 상대는 어이없다는 표정이었다. 남자의 말에 따르면 이 집은 오랫동안 빈집이었다. 집주인은 외국에 거주한다는 것이었다. 남자가 빈집에 들었던 집 없는 자들에 대해 얘기하는 동안 나는 기승전결의 지루함에 대해 생각했고 지난주 금요일 저녁에 대해 생각했다. 안나가 과연 여기, 에 있었던가. 그 안나가 보통 때와 똑같이 나가 읽어주는 책에 귀 기울였고 맛있다는 말을 다섯 번쯤 속삭인 후, 돌아가는 나를 배웅했던가. 이 집이 분명 나가 사랑하는 여자가 사는 집이었던가. 사랑하는 여자가 있었던가. 여자가, 아니 누군가 있기는 했던가.

결말이 지루한 이야기는 발단이 지루한 얘기보다 견디기 어려웠다. 뒤늦게 딸꾹질처럼 턱이, 눈꺼풀이, 손이, 다리가 떨려왔다. 원인 없는 결과도, 결과를 상관하지 않는 사랑도 있다. 모든 이야기에 기승전결이 필요한 건 아니었다. 맥없는 말줄임표로 끝내버린 문장처럼, 나는 지루해졌다.

남자가 말했다.

그러니까, 좋게 얘기할 때 나가야겠죠.

아니, 그건 나가 한 말일지도 몰랐지만 나는 쉽게 도망치지 못했다. 창가의 나무들과 몇 권의 책, 최소한의 살림살이들로 간결하고 소박하고 견고했던 이 세계가 실재하지 않는 곳이었다는 사실을 받아들일 시간이 필요했다. 젊은 남녀는 남자를, 아니 공인중개사를, 그러니까, 복덕방 남자를 채근했다. 그들은 욕탕 문을 여닫고 부엌의 수도꼭지를 틀었다 잠그고 방들을 돌아다녔다. 너무 어둡지 않냐고 젊은 여자가 곁에 있는 젊은 남자에게 소곤거렸다. 복덕방 남자는 급히 블라인드를 걷었다. 장막에 가렸던 햇살이 파도처럼 실내로 들어왔다. 햇살 아래서 실내는 빛과 그림자로만 존재하는 흑백의 폐허가 되었고 나는 그 폐허 안에서 잡초처럼 흔들렸다. 아름다움을 망치는 것은 추함이 아니라 빛과 희망이었다. 안나의 흔적은 어디에도 없었다. 나가 오늘 아침 이 집에 들어선 순간부터 이미 자신도 모르게 알았던 사실이다. 뭔가, 잘못됐다는 걸 인정하는 데 시간이 걸렸을 뿐이다. 내내 입속에 담고 있던 말이 의식하기도 전에 튀어나왔다.

나쁜 년.

그들이 집 안을 돌아본 시간은 불과 10분 남짓이었다. 나는 100만 년을 죽어 산 화석처럼 그 시간을 견뎠다. 배신감이 목구멍까지 차올랐다. 전원과 수도를 꼼꼼히 점검한 복덕방 남자가 나를 돌아보았다.

아직도 안 나가셨나?

복덕방 남자는 시끄럽게 해결하고 싶지는 않다고 했다. 피차에 좋을 게 없다는 그의 말은 옳았다. 나는 주머니에서 열쇠를 꺼내 그에게 주었다. 아무것도 자신의 의지대로 행동할 수 없었다. 나는 가방을 메고, 누군지 모를 여자의 책을 손에 쥐고 집 밖으로 나왔다. 그 집에서 가지고 나올 수 있는 건 그것뿐이었다.

능소화는 웅덩이 속에 처박혀 짓이겨져 있었다. 갓 떨어져 아직 생생하던 새벽의 애틋함은 이미 사라졌다. 꽃받침에서 분리된 꽃은 이미 꽃이 아니었다. 흙 속에 뿌리박은 줄기에 기대 연명하기를 거부하는 순간 조화보다 초라한 신세가 되는 것이 꽃의 운명이었다. 나는 어느 월요일 아침, 비에 떨어진 이파리들과 빗물을 밟으며 낯선 동네를 걸었다. 구두 속으로 물이 새어들었지만 별 느낌은 없었다. 날씨 탓이었다. 이 절기를 넘기면 그늘 짙은 계절이 도착할 거였다.

어디로 가야 할지 망설이지 않았다. 오늘도 가고 싶은 곳이 없기는 마찬가지였지만 갈 곳은 분명했다. 월요일이었고 아침이었다. 가방은 늘 그렇듯 무거웠다. 나는 가방을 옮겨 쥐고 버스 정류장을 향했다. 처음 자전거를 타고 속도를 이기지 못해 찔레나무 넝쿨에 처박히던 그 어느 날처럼 온몸이 따갑고 아팠으나 참을 만했다. 사실 그녀가 나에게 거짓말을 한 건 아니었다. 나가 아무것도 묻지 않았으니 그녀가 아무 말 하지 않은 걸 나무랄 수는 없었다. 표현은 숨기거나 남기지 않는 편이었지만 서로에 관해서는 묻거나 말하지 않는 사이도 있었다. 그리고 나는 예정된 평화와 책임과 의무를 저버릴 수 없는 사람이었다. 아침 조회에 참석해야 했다. 버스는 곧 도착할 거였다. 정류장 의자에 앉아 나는 들고 나온 안나의 책을 펼쳤다. 아니 안나,는 처음부터 어디에도 없는 자였으므로 그건 안나의 책이 아니었고 안나,라고 알았던 사람을 만날 일은 두 번 다시 없을 것이었으므로 이제 이 책은 아무 의미 없는 사물일 뿐이었다. 그럼에도 나가 띄엄띄엄 책장을 넘기는 것은, 나의 일관된 습관이었다.

그 책은, 아니 책이 아닌 그것은, 아무래도 상관없는 그 무엇은 아무 의미 없는 문장의 연속이었다. 각 문장은 터무니없는 상투성으로 일관했고 한편으로는 지극히 은밀한 감상의 나열에 지나지 않았다. 멸종된 식물명과 인명 들이 나의 시야에 나타났다 사라졌다. 문장을 이루는 각각의 글자는 자음과 모음이 만나는 순간 서툰 그림이 되었다가 담뱃재처럼 맥없이 부서졌다. 주어는 처음부터 끝까지 한 번도 등장하지 않았으며 주인 없는 문장들은 비겁하고 무책임했다. 숲은 처음부터 없었고 사람도, 사랑도 불확실하고 불성실한 말에 불과했다. 결국 묘사는 지극히 개인적인 감상이 만들어낸 형식적 오류에 지나지 않았다. 사랑을 묘사하는 것은 어려웠다. 상상의 세계를 묘사하는 일은 항상 실패하게 마련이었다.

나는 자리에서 일어섰다. 기억할 것이 별로 없으니 떨쳐야 할 것도 그리 많지 않았다. 언제나 토대가 상부를 구축하는 법이었다. 비록 상투적이기는 했지만 나는 자신의 토대가 선량하고 성실함에 있다고 믿었다. 모든 이야기가 상투성에서 벗어나기 위해 노력했지만 그럼에도 불구하고 그 이야기의 모든 토대는 적당히 상투적인 것에서 출발했다. 문제는 얼마나 감추고 시치미를 떼느냐에 있었다. 나는 배가 불러도 안부른 척하는 것에 소질이 있었고 싫어도 좋은 척하는 데 선수였다.

버스가 도착했다. 나는 정류장의 휴지통에 그녀의 책을 버렸다. 뒤돌아보지 않았다. 정류장은 생기고 사라지기를 반복했지만 그렇다고 해서 종점이 바뀌지는 않았다. 마찬가지로 되풀이해서 읽는다고 결말이 달라지지는 않을 것임을 알고 있었다. 며칠 밤만 자고 나면 괜찮아지리라. 언젠가는 어디서라도 어떻게든 일어날 일이 일어난 것뿐이니까. 운 좋게 자리에 앉으며 나는 그렇게 생각했다. 이제 아침잠을 설치는 일은 당분간 없을 거였다.

사랑은 늘 진심이었지만 그렇다고 사랑이 인생에 관여하는 것은 아니었다. 어쩌면 사는 데 진심이나 비밀 따위는 별 상관없는 것인지도 몰랐다. 그것이 이곳의 원칙이면서 마지막까지 지켜야 할 이야기 형식이었다. 한숨 자고 나면 버스는 여기로부터 먼 곳에 도착해 있을 것이었다. 나와 그녀는 우리가 될 수 없는, 이제 세상에 없는 사람들이었다. 나는 눈을

감았다. 나와 그녀는 월요일부터 금요일까지 사랑했다. 단지
그것뿐이었다.

그녀가 보인다

그녀가 보인다

이 방은 세상의 동쪽, 동쪽의 작은 창문으로 들어오는 저 달은 별 중에 가장 크고 선명한 별을 거느린다. 여는 날마다 몸과 시간을 바꾸는 달을 바라본다. 못처럼 유리창에 걸린 상현달은 깃털처럼 날렵하고 따뜻해 보인다. 물론 달이 깃털 같아 보인다는 건 생뚱맞은 표현이다. 그러나 눈에 보이는 세상은 상황과 기분에 따라 달라지거나 새로워지는 곳이므로 오늘의 달이 깃털이나 타조 털과 비슷하다고 해도 괜찮을지 모른다. 또 내일 뜰 달이 거북이 비늘이나 토끼 지느러미로 보인다고 우길 수도 있다. 중요한 건 깃털이나 비늘 따위가 아니라 늘 보던 달이 어느 날부터 전혀 다른 사물과 닮아 보인다는 사실이다. 그건 여가 변했거나 세상이 변했거나, 둘 중 하나일 테니까.

여는 한숨을 길게 내쉰다. 절대 변할 수 없을 거라고 여겼던 이 공간은 지금 어디론가 흘러가는 중이다. 자신 또한 점점 큰 애벌레처럼 희고 투명하게 변해가고 있음을 안다. 말라붙은 근육 사이로 창백한 달빛이 드나들거나 혈관을 드러낸 살갗이 아리는 건 그 때문이다. 처음에는 단순한 마음이었다. 쉬고 싶었다. 단순했던 그 선택이 여러 복잡한 문제를 끌고 올 줄은 몰랐다. 그 사실을 깨달은 건 후회하기에도 너무 늦은 때였다. 사람들은 숨 쉬는 여를 보며 기적이라고 말했고 눈을 깜박이는 여를 보며 감격의 눈물을 흘렸으나 여가 바란 건 그게 아니었다. 겨우 숨 쉬는 삶을 위해, 일생일대의 선택을 한 건 아니라는 말이다. 여는 가슴이 답답해진다. 가슴이 답답하다고 생각하자 귓바퀴 뒤쪽에서 시원한 바람이 몸 안으로 불어온다. 한밤에 또 저쪽의 세계가 길 고양이처럼 이곳으로 뛰어들 시간이다.

어디선가 물 흐르는 소리가 들린다. 곧 이곳은 깊고 맑고 어두운 심연이 될 것이다. 믿거나 말거나 그건 사실이다. 세상이 변한 건지 여 자신이 변한 건지 확실하지는 않지만 여의 눈에 보이는 세상이 달라진 건 정확히 지난봄 어느 보름에 보름달이 뜨면서부터다. 그 달을 떠올린다. 한 세기를 끝내고 다른 세기를 일으킬 기세로, 여의 눈앞에 부려진 그 달은 마치 누군가 힘주어 찍어놓은 마침표처럼 둥글고 단호했다.

여는 중얼거린다.

그래서…… 그래도…… 어딘가로부터…… 언젠가는.

주문이라고 말하기에는 너무 평범하지만 주문이라고 말해도 달리 반문할 수 없는, 아무도 듣지 않는 말. 누구나 습관적으로 하나씩 갖게 되는 감탄사 같은.

그래도, 그래서 어딘가로부터 언젠가는.

이상한 수족관[水鏡]

지난봄 어느 보름에 뜬 그 보름달에 비친 사방은 전날과 다르게 어딘가 이질적이었다. 보름이었으므로 보름달이 떴고 그 보름달 빛이 사물 고유의 윤곽과 음영을 투과한다는 사실은 전과 다름없었다. 그러나 마치 티끌만 한 티끌이 눈에 낀 것처럼 사방은 어딘가 뻑뻑하고 낯설었으며 자꾸 눈물이 났다. 눈을 비볐다. 시력에 문제가 생겼을 가능성도 있었다. 여는 조심스럽게 양쪽 눈을 번갈아 뜨며 주변을 살폈다. 왼쪽에 보이는 세상과 오른쪽에 보이는 세상이 달라 보였다. 물론 왼쪽 눈과 오른쪽 눈이 시력의 차이를 갖는 게 특별하게 이상한 일은 아니었지만 그렇다고 그냥 지나칠 상황도 아니었다. 왼쪽과 오른쪽으로 보이는 세상은 확실하고 완전하게 딴판이었다. 여는 오랜 시간 양쪽 눈을 깜박거리며 자신의 몸과 이불을 더듬었다. 몸은 각각 애벌레처럼 반질반질하거나 종이 인형인 양 흐느적거렸고 이불은 풀 먹인 창호지 같았다가 젖은 신문지로 변해 무겁고 축축하기를 되풀이했다. 여는 모니터 속의 분할된 화면 위를 기어 다니는 파리가 된 기분이었다. 파리 같은 목숨이라 수군거리는 말을 들은 지 며칠 지나지 않은 즈음이었으므로 파리 같은 기분을 떨치기 위해 안간힘을 썼다. 두 눈을 크게 뜨고 주위를 둘러보았다. 미간을 찌푸려 아무리 초점을 모아도 집들은, 불빛들은, 자신의 몸에서 뻗어 나온 사지는 뒤죽박죽이었다.

여는 자신의 손을 바라보았다. 한쪽 눈에 보이는 손은 평생 보아온 손과 조금도 다르지 않았지만 다른 쪽 눈에 보이는 손은 물갈퀴가 달린 개구리 뒷발처럼 짧고 뭉툭해 보였다. 인류에게 물갈퀴의 역사가 있었던가. 파리가 된 것 같은 기분을 떨치기 위해 여는 눈으로 사방을 더듬으며 자신이 알고 있는 과학과 상식적인 상식을 총동원했다. 하지만 달라진 세상은 좀처럼 제자리로 돌아오지 않았다. 눈앞의 현상(現象)이 단순히 현상(現狀)에 그치는 게 아님을 인정할 수밖에 없는 지경이었다. 결국 여는 겨드랑이나 발가락 사이는 미처 살필 엄두도 내지 못하고 멍청히 눈만 깜박거리며 밤을 보냈다. 그 와중에도 천장에서는 야광충이 별처럼 반짝였다.

그 야광충이 사라진 건 해가 뜬 후였다. 아무 일도 없었다는 듯 있는 모든 것이 있어야 할 자리에 있는 아침이었다. 물론 정상으로 돌아간 빈방에 애벌레처럼 누운 자신은 여전히 정상이 아니었다. 어딘가 허전하고 아쉬웠다. 그래서 그다음 날 밤에 비늘이 돋고 등이 간지러워지는 자신의 변화를 느꼈을 때는 반갑기까지 했다. 점점 여의 주위로 파리나 모기, 먼지 따위가 송사리나 플랑크톤과 뒤섞여 둥둥 흘러 다니는 시간이 길어졌지만 그럭저럭 그 상황을 수월하게 견뎠던 건 그 때문이다. 그 시간만큼은 아무것도 인정하거나 선택하지 않아도 괜찮았다. 그 이상한 수족관 안에서 여는 점점 지느러미가 자라고 돋은 비늘이 단단해지는 것을 느꼈다. 위험과 안전에 대해 생각한 건 양 겨드랑이 밑에 갓 돋은 지느러미를 움직여보던 어느 날 밤이었다.

그 어느 날 밤에 여는 자신의 지느러미를 쓰다듬다가 위험한 것들일수록 위장에 능하고 그것들은 의외로 가까운 곳에 머무른다는 사실을 떠올렸다. 언젠가 한밤의 길 고양이로 인한 사고가 해마다 발생하는 사건 사고의 약 8분의 1이라는 통계를 본 적이 있었다. 그 통계에 따르면 밤길 운전에서 길 고양이는 음주나 졸음보다 더 위험한 요인이었는데 그 확률은 어두운 곳에서 더 어두운 시간을 찾는 사람들과 길 고양이의 공통된 습성이 만든 것이었다. 실제로, 차는 있는데 돈이 없는 젊은 연인들이 어두운 도로를 찾다가 갑자기 튀어나온 길 고양이로 인해 차선을 넘는 일이 생길 수 있다. 돈도 없고 차도 없는 늙은 연인들이 어두운 들판을 찾아 헤매다가 그 차의 공격을 받을 수 있는 것도 얼마든지 가능하다. 또한 돈도 없고 차도 없고 애인도 없는 사람들이 분풀이할 쓰레기통을 찾아 밤거리를 돌아다니다가 길 고양이가 만든 연쇄 충돌 사고의 희생자가 되지 말란 법도 없다. 이와 같은 사례들은 의외로 연결 고리가 빈약한 애기들도 얼마든지 하나의 고리를 나눠가질 수 있다는 사실을 증명한다. 그러나 그뿐이다. 길 고양이는 어디에나 있지만 누구의 관심도 끌지 못한다. 이 통계가 중앙지에 기사화되지 못했던 이유도 그 때문이다. 길 고양이와 젊거나 늙은 연인들과 돈 없고 일 없고 배경 없는 사람들의 사고는 기삿거리가 되기에 흔하고 사소하고 하찮았다. 사소하고 하찮은 것들이 위협적일 수 없다는 건 누구나 다 아는 세상이었다. 여는 유선형으로 날렵하게 뻗은 자신의 다리를 바라보며 위험도 따지고 보면 생각보다 위험하지 않을 거라고 생각을 고쳐먹었다. 그 흔하고 사소하고 하찮은 일상이 꿈만 같았으니까. 그건 그림 때문에 생긴 변화였다. 어느 날, 이 이상한 수족관 안으로 그림이 걸어 들어온 순간부터 세상은 날마다 가슴 떨리는 날들의 연속이었다.

키스[喙]

나는 그림이야.

여의 시야에 불쑥 들어온 그림은 그렇게 말했다. 아무 쪽이나 상관없다고 여기기는 했지만 적잖게 혼란스러운 시절이었다. 여는 마땅히 할 말을 고르지 못하고 눈만 깜박거렸다. 여가 아는 그림은 하나뿐이었고 그 그림이 자신을 그림이라 소개할 능력을 가졌다는 얘기는 들어보지 못했다. 그런데 불쑥 공중을 떠도는 해파리와 눈보라 같은 멸치 떼를 헤치고 그림이라는 여자가 나타난 것이었다. 달을 너무 오래, 많이 본 모양이라고 생각했다. 절대로 그림이 그림이라고 말할 리가 없었다.

나를 보고 있다는 걸 알아.

그림은 다시 말했다. 시간을 가늠할 수 없었지만 자정은 한참 지난 시간이라는 걸 알 수 있었다. 그림의 얼굴이 선명하게 보이지 않았다. 눈꺼풀이 실룩거렸다. 그건 여의 의지와 상관없는 일이었다. 경련을 일으킨 눈꺼풀이 눈물샘을 자극했다. 눈물이 차올랐다. 그러자 흰 벽과 꼿꼿이 일어선 바닥과 어긋난 문과 틀이 눈물 속으로 빨려들었다. 어디선가 새어든 물이 빠르게 수위를 높이기 시작했다. 물이 차오르는 방에서 여가 손쓸 일은 없었다. 여는 이불을 움켜쥔 채 달라진 중력을 갖게 된 주위를 멍하니 바라보았다. 이불이 물결에 이끌려 눈앞에서 흐느적거리거나 자신의 머리카락이 물속을 헤매듯 하늘거리는 걸 느꼈지만 마땅히 해결할 방법이 생각나지 않았다. 물속에서 바라보는 그림의 얼굴이 일렁거렸다. 희다고 생각했다. 그림의 얼굴이 좀 전보다 좀더 하얘졌다. 검다고 생각했다. 그림의 머리카락이 좀 전보다 검고 길어졌다. 춥다고 생각했다. 가까이 얼굴을 들이미는 그림의 목덜미에 소름이 돋은 것이 보였다. 여는 눈물을 흘리며 안심했다. 마음 내키는 대로 보이는 게 실재일 리 없었다. 그렇지만 여전히 이상했다.

가까이 얼굴을 들이민 그림이 여의 뺨을 만졌다. 체온이라고 말할 수밖에 없는 체온이 전해졌다. 여는 긴장했다. 그림의 눈동자가 훤히 보였다. 부챗살처럼 촘촘히 퍼진 그림의 갈색 홍채가 달빛을 따라 움직였다. 체온과 홍채의 색까지 확인할 수 있는 꿈이라니. 여는 맙소사, 라고 혀끝을 굴렸다. 뒤이어 맙소사, 라고 말하듯 여의 몸도 따라 긴장했다. 혀끝을 굴리던 여의 입안으로 그림의 혀가 들어왔기 때문이다. 여는 자신의 앙상한 정강이가 단단해지고 납작했던 엉덩이가 풍선처럼 부푸는 걸 느꼈다. 아니, 몸이 온통 공처럼 당장 튀어 오르기라도 할 것 같았다. 꿈같은 그림의 혀가 여의 혀끝을 쓰다듬었다. 꿈에서도 맛을 느낄 수 있는 것인지는 알 수 없었지만 여는 달짝지근하다고 느꼈다. 그 와중에 언젠가 진과 함께 보았던 벽화의 한 부분을 떠올렸던 건 이곳으로부터 먼 곳을 상상해야 한다고 생각했기 때문이다. 벌레가 아닌 이상 어떤 순간에도 이성을 잃을 수는 없었다. 여가 생각하기에 이 상황에서는 그것만이 인간다워지는 길이었다. 적어도 애써 노력은 해야 했다. 그래서 여는 아담과 신이 손가락 끝으로 계시와 말씀을 나누던 벽화의 한 부분을 자세히 떠올리려고 노력했다. 그런 여와는 상관없이 그림의 달짝지근한 혀가 여의 아랫입술을 빨기 시작했다. 여는 자신의 가슴이 서늘해지고 발가락 끝이 시려오는 걸 애써 무시했다. 빨리 계시와 말씀을 떠올려야 했지만 아무리 생각을 더듬어도 계시와 말씀은 기억나지 않았다. 그 와중에도 그림의 혀는 계속 움직여 여의 아랫니를 쓰다듬고 더 깊이 들어왔다. 네 것과 내 것을 구별하는 일이 힘들 지경이었다. 꼼짝도 할 수 없었다. 여는 마침내 아무리 애쓰고 노력해도 몸의 느낌을 버릴 길이 없다는 걸 알았다. 계시와 말씀 따위는 아무래도 상관없는지도 몰랐다. 자신이 마치 나와 너로 분리되어 서로를 어루만지는 듯했다. 꿈이 아니었다. 이토록 간단해질 수 있는 일이었다.

자기도 느낄 수 있다는 걸 알아.

혀가 겨우 자유로워진 그림이 여의 입속에 입김을 불어 넣듯 말했다. 눈앞의 그림은 순식간에 여의 일부가 되었다. 아니, 여 자신이 그림의 일부가 된 것인지도 몰랐다. 그건 세상이 두 개가 아니라 세 개, 네 개로 나뉘는 것보다 더 놀라운 일이었다. 여는 숨을 고르며 황금색 가운으로 두 몸을 한 몸인 듯 감싼 남녀의 모습을 떠올렸다. 여인지 진인지 확실치는 않지만 오래전 둘 중 하나가 재활용수거함에서 주워온 싸구려 액자 속 그림이었다. 달력만 한 그 그림을 가운데 놓고 그때 여와 진은 그 그림의 내용과 제목과 화가의 여성편력에 대해 얘기했었다. 둘 다 그림의 원본이 가진 색감과 구도에는 별 관심이 없었다. 그건 어떻게 살아야 하는지 별로 중요하지 않은 것과 마찬가지였다. 중요한 건 어떤 내용과 제목으로 자신의 주관적인 세계를 객관화시켰느냐 하는 사실이었다. 무엇을 위해 살아야 하는지가 여와 진에게 가장 중요했던 시절의 기억이었다.

여는 자신의 곁에서 누운 그림이라는 그림을 바라보았다. 그림 속의 여자가 그랬던 것처럼 곁에 누운 그림의 얼굴에도 홍조가 떠돌았다. 자신의 손목과 발가락을 움직여보았다. 별일 아니라는 듯 손목과 발가락이 움직였다. 그림이 기댄 팔이 저려왔다. 저릿저릿한 그 느낌이 사타구니까지 전해지는 것 같았다. 지난 1년 동안 목 아래는 없다고 생각하며 살았던 여로서는 믿을 수 없는 일이었다. 믿을 수 있는 일과 믿을 수 없는 일들이 눈앞에서 꼬리를 흔들며 지나다녔다. 여는 흰 뱃가죽을 드러내고 머리 위를 맴도는 거북이와 발치로 모여들었다 사라지기를 반복하는 치어들을 바라보며 그 밤을 지났다. 그 하룻밤 동안에 평생 할 회의와 의심과 반성을 다 해버린 느낌이었다. 그래서 여는 비구름으로 변한 치어들과 올빼미가 되어 날아가버린 거북이를 눈으로 쫓으며 이제는 어떤 것도 의심하거나 단정짓지 말아야겠다고 생각했다. 밤새 들큼한 꽃 냄새로 어지러웠던, 그리 오래되지 않은 옛날의 일이었다.

눈과 눈[目雪]

여는 며칠 전 그림이 했던 말을 떠올린다. 달이 여러 형태로 보이는 하나의 달이 아니라 여러 형태를 가진 여러 개의 달이라는 그 말을 순순히 믿기는 어려웠다. 달이 하나가 아니라니. 그건 태양이 하나가 아니라는 말만큼이나 터무니없었다. 여는 고개를 흔들었다. 그림은 그치지 않고 달이 하나가 된 건 영원한 삶을 살기 위해서 유일한 숭배의 대상이 필요했던 사람들에 의해서라고 주장했다. 그리고 고백하듯 여의 귀에 속삭였다.

─오래전 목적을 알 길 없는 어떤 공동체에 의해, 대대로 전해 내려오던 문헌들은 바뀌거나 사라졌고 구전은 수정되거나 금지되었고 논리는 교묘하게 조작되고 기획되어 결국, 무지하고 가엾은 사람들이 여러 개의 달을 하나라고 믿게 된 거

야. 생각보다 간단하고 쉬운 일들은 언제나 있어.

그림이 전해준 그 오래된 사람들의 장난 같은 얘기는 특별하게 들렸다. 여는 너뿐이라든가, 네가 처음이라는 말 따위가 얼마나 많은 사건 사고를 만드는지는 굳이 통계를 찾아보지 않았지만 그것도 전체 사건 사고의 8분의 1쯤은 될 거라고 짐작했다. 입장을 바꾸는 건 달의 개수를 바꾸는 것보다 100만 배는 쉬운 일이니까. 여는 고개를 끄덕이다가 깔깔, 웃음을 터뜨렸다. 그림의 목소리에 따라 귓속이 따뜻했다가 뜨거웠다가 간지럽기를 반복해서 참을 수 없었다. 깔깔, 웃느라 눈도 뜨지 못했다. 입장과 상관없이 그림과 함께 나누는 잡담들이 꿈같았다. 이토록 사소하고 시시한 말들이 이처럼 즐거울 수 있다는 게 믿어지지 않았다. 따져보면 굳이 잘잘못을 가릴 필요가 없는 일들도 있게 마련이었다. 어쨌거나 세상은 그래도, 그래서 어딘가로부터 언젠가는…… 달라지니까.

여는 지금도 깔깔 소리내어 웃고 싶다. 굳은 입매를 누그러뜨리고 입술 끝을 추켜올려 깔깔,이라고 소리내어보려 애쓴다. 그러나 그림이 없는 이곳에서 깔깔, 소리는 나오지 않는다. 목이 깔깔하고 으슬으슬 한기가 떠돌 뿐이다. 웃는 것을 포기한 여는 눈을 감는다. 눈을 감은 시간만큼은 자신이 파충류나 포유류나 어류나 애벌레가 아니라고 스스로를 위로할

수 있다. 파충류나 포유류나 어류, 애벌레가 생각에 생각을
거듭하는 지능을 가졌을 리는 없으니까. 여는 지느러미를 닮
은 그림의 날씬한 다리를 생각한다. 곧이어 대답처럼 문이 열
린다. 기척에 놀란 먼지들이 화들짝 솟아오른다. 여는 침을
삼킨다. 그림일까. 천장에 매달렸던 플랑크톤이 낙수처럼 후
드득 떨어진다. 여의 심장이 미친 듯이 피를 돌린다. 그림일
것이다. 아니, 그림이…… 아니다.

미쳤군, 미쳤어.
방 안으로 들어온 진은 여를 돌아보지 않고 사납게 말한다.
진이 반갑지 않은 건 아니지만 그렇다고 진이 그림은 아니다.
실망감이 손끝으로, 발끝으로 퍼져나간다. 미쳤다는 진의 말
은 여에게 하는 말이거나 진이 스스로에게 하는 말이거나 또
는 둘 다에게 하는 말일 것이다. 분명한 건, 누군가는 미쳤다
는 것이라고 여는 풀 죽어 생각한다. 여가 생각하기에 미치는
건 예민해지는 것만큼이나 좋지 않지만 최근 들어 고슴도치
처럼 예민해진 진은 종종 미쳤다는 혼잣말을 내뱉는다. 물론
진의 상황을 이해하지 못하는 바는 아니다. 여가 폐렴에 걸리
면 병원에 가야 하고 병원에 가면 집중 치료를 받아야 하고
집중 치료를 받으면 의료비 수가는 평소의 곱절로 뛰고 곱절
로 뛴 치료비를 지불할 사람은 진이다. 그건 확실히 재미없고
지겹고 피곤한 상황이다. 진과 여는 조금씩 미쳐가며 그런 일

상을 견디고 있는지도 모른다. 그러나, 그래도, 그럴지라도…… 미치는 건 피해야 한다. 여는 자신에게 등을 돌리고 창문을 닫는 진을 바라본다. 거칠고 투박한 행동에 밴 불안과 신경질이 여에게 전해져 온다. 그림이 나타나는 건 항상 그 사이 어디쯤이다. 오늘도 예외는 아니다. 그림은 언제나 약간 빠르거나 늦게, 여에게 온다. 어느새 나타난 그림이 웃는다. 여도 희미하게 따라 웃는다. 바보처럼 침이 새는 걸 느끼지만 닦을 수 없다. 어두워서 다행이라고 생각하며 여는 침을 질질 흘린다. 눈발 같은 달빛이 그림의 머리카락을 타고 뚝뚝 바닥으로 떨어져 주위는 금방 흥건해진다. 이런 그림을 자신이 사랑하고 이런 자신을 사랑하는 그림 때문에 여는 눈물이 난다. 눈물 같은 침과 침 같은 눈물이 얼굴에 어지럽게 흐른다. 그 사이로 눈발처럼 차가운 진의 목소리가 끼어든다.

눈이잖아.

진의 말에 여와 그림이 창밖으로 고개를 돌린다. 언젠가 가난한 여가 사랑하는 진에게 사주었던 스노 볼 안의 세상처럼, 눈이 내린다. 그때 여는 자신의 선물을 흔들어보라고 진에게 말했다. 진은 마지못해 손에 쥔 볼을 흔들었다. 작은 볼 안에서 작은 마을이 마법처럼 반짝거렸다. 가짜 눈이 진짜 눈보라처럼 보였다. 진은 시큰둥한 표정으로 여의 눈앞에서 볼을 흔들다가 놓아버렸다. 순식간에 작은 집과 나무와 두 손을 모은 소년과 소녀가 깨진 볼 안에서 튕겨져 나와 사방으로 흩어졌다. 발밑에 약간의 물과 반짝이 가루만 남았을 뿐, 한 세상은 눈 깜박할 사이에 사라졌다. 여는 그 물과 마을과 소년 소녀를 쓸어 모으며 한 세계가 사라지는 데 걸리는 시간에 대해 생각했다. 미안하다고 진이 말했는지는 기억나지 않는다. 그건 다만 한때 있었고 지금은 없는 어떤 사물에 관한 이야기일 뿐이다. 슬퍼할 일도 섭섭해할 일도 아닌, 어떤 사실을 둘러싼 이야기.

그리고 서로 멀리 떨어진 세 사람이 지금 언제 사라질지 모르는 눈과 달을 본다. 등을 보이고 선 진의 표정을 읽을 길이 없다. 하루에도 몇 번씩 여와 진은 마주치지만 보이는 것이 다 읽기 가능한 것은 아니다. 진은 이제 여에게 아무 말도 건네지 않는다. 여도 진의 얼굴이 기억나지 않는다. 침묵 위로 눈이 내린다. 바람이 거리를 쓰는 소리가 들린다. 자신과 진, 그림의 침묵 위에 눈이 내려서 아무 일도 없었던 것처럼 살고 싶다고 여는 생각한다. 그림이 다가와 눈물을 닦듯 여의 입 주변에 흘러내린 침을 닦는다. 아무 일도 아니라고 여에게 속삭인다.

그 말을 믿고 싶다. 믿고 싶을 때마다 몸이 일으키는 반응에도 익숙해지고 싶다. 현기증이 일기 시작한다. 그림의 웃는 입매가 일그러져 입이 벌어지고 그 입이 그림의 얼굴을 삼키고 그림을 통째로 먹어치운다. 진과 그림이 한공간에 모일 때 종종 나타나는 현상이다. 꼼짝할 수 없다. 벽들이 휘고 창밖의 눈송이가 휘몰아쳐 들어온다. 닫힌 창문 사이로 눈들이 들이친다. 점점이 방을 메운다. 녹아서 물방울이 된 눈송이 위에 새로 눈이 내린다. 흰점과 흰점 사이로 진이, 그림이, 여가 점점 묻힌다. 여는 누워서 구역질을 한다. 짐승처럼 신음을 내지른다. 등을 돌리고 서 있던 진이 뛰어온다. 창밖의 눈이 바람에 떤다. 오랫동안 약물이나 유동식으로 버텨온 여의 위에서 누런 액체가 뿜어져 나온다. 흰점들 사이로 누런 점들이 뿌려진다. 누런 점들이 찍힌 자리가 타들어간다. 힘없이 늘어진 여의 몸뚱이를 돌려 눕히며 진이 등을 두드린다. 불씨가 튄 종이처럼 점점이 구멍 뚫린 방 안에서 진과 여와 그림이 빙글빙글 돈다. 아귀가 맞지 않는 벽들이 몸을 허물며 가로눕는다. 열린 창 때문이라고 투덜거리는 진 곁에서 그림이 손으로 여의 눈을 가린다.

자기야, 눈을 감아.

감은 눈 속에서 눈 밟는 소리를 듣는다. 누군가 왔고 누군가 지나간다. 바람이 눈을 쓴다. 눈 속으로 얼굴을 가린 사람들이 걸어간다. 아는 사람들이고 없는 사람들이고 잊어버린 사람들이고 이제는, 바람처럼 우는 것밖에 할 수 없는 사람들이다. 아무 말도 할 수 없는 우리들은 서로 멀리서 먼 곳을 바라본다.

그것만으로 충분해.

그림이 여의 귓속에 소곤거린다. 진은 이미 불편하고 피로

한 표정으로 방을 나간 후다. 구토가 잦아든다. 귓속이 따뜻했다가 뜨거웠다가 간지럽다. 어쩐지 여는 깔깔 웃고 싶은 기분이다. 따뜻하고 간지러운 그림의 말이 여의 잠을 부른다. 자신의 눈을 가리고 선 그림을 느낀다. 멀리서 진이 우는 소리가 들린다. 진은 울고 그림은 여의 곁에 눕는다. 점이 면을 채우고 면과 면이 만나 하나인 듯 이어지고 하나인 듯 이어진 둘들이 합쳐져 사실을 구성하는 거라고 그림이 자장가를 부른다. 우리는 어쩌다 세 사람이 된 걸까. 잠들기 직전 여의 머릿속을 스쳐간 생각이다.

그러나 어쨌든 다시 언젠가는.

질문처럼, 대답처럼, 누군가가 꿈에서 말한다. 여는 고개를 끄덕거리며 잠 속으로 걸어간다.

눈을 뜬다. 유리창에는 여전히 눈을 쏟는 달빛이 뿌옇게 일렁거린다. 꽤 오랫동안 잠들었던 것 같은데 세상은 아무것도 변하지 않았다. 주변을 떠도는 시큼하고 비린 냄새가 겨우 저녁의 상황을 떠올리게 할 뿐이다. 여는 여울 같은 물결이 흰 벽에서 그리는 무늬를 보며 양쪽 눈을 교대로 깜박거린다. 물 위에 떨어진 눈송이를 묘사할 수 있는 사람이 세상에 몇 명이나 될까, 여는 문득 자신이 떠올린 생각이 대단한 발견이라도 된 듯 양쪽 눈을 깜박거린다. 물 위에 떨어진 눈송이가 툭, 이라는 소리를 가졌다는 걸 아는 사람은 그보다 더 적을 거라고 생각하며 양쪽 눈을 교차해 깜박거린다. 그런 자신의 모습이 정상으로 보이지 않는다는 걸 알지만 이미 오래전부터 여를 정상으로 보아준 사람은 없었다. 법적 보호자이자 간병인인 진만이 여의 그런 모습에 한숨을 쉬었다. 사내구실도 못하고 누워 지내는 남자가 도대체 왜 스트레스가 생기는지 알 수 없다고 누군가에게 전화로 하소연하는 소리도 들은 적이 있다. 여가 눈을 자주 깜박거리거나 양쪽 눈을 번갈아 뜨고 감는 게 아마 스트레스로 인한 현상이라고 생각하는 모양이었다. 아주 잠깐 여는 진이 자신의 일과를 시시콜콜 털어놓는 그 상대가 누군지 궁금했으나 곧 잊어버렸다. 진이 말한 사내구실에 대해 틈틈이 생각했던 것도 딱히 시간을 보낼 일을 찾지 못했기 때문일 뿐, 크게 신경 쓰이는 일은 아니었다. 그림이 여의 한쪽 눈앞에 나타나기 전까지, 여는 별로 할 일이 없었다. 손가락 하나 자신의 의지로 까딱거릴 수 없는 시간이었으니까 그건 당연했다. 지난 그믐밤까지는 적어도 그랬다.

굴뚝[堗]

지난 그믐밤, 그러니까 나흘 전, 그림은 여러 개의 달이 가진 이름들 중 몇몇을 기억하는 법에 대해 얘기했다. 둘이 나란히 누워 창밖을 바라보았다. 불빛들은 지상에 낮게 깔렸고

낮게 깔린 불빛보다 높은 곳에 누운 두 사람이 볼 수 있는 것
이라고는 캄캄한 하늘뿐이었다.

상현과 하현을 구분할 수 있어?

그림의 말에 여는 눈을 깜박거렸다.

상현달의 모양은 사랑의 첫 획.

그림의 설명에 여는 눈을 재차 깜박깜박거렸다.

간단해. 하현은 그 반대지 뭐.

그림이 웃으며 여의 몸 위로 올라왔다. 몸 위에 앉아 두 손
으로 자신의 원피스 자락을 걷어 올렸다. 문가의 간이침대에
서 잠든 진은 영영 알지 못할 일이었다. 그림이 여의 바지춤
을 더듬었다. 여의 아랫도리에 채워진 기저귀와 요도에 연결
된 소변 줄을 빼내기 위해서였다. 자신이 자신 있게 움직일
수 있는 건 머리뿐이었으므로 여는 고개를 세차게 흔들었다.
애벌레처럼 변해 관을 늘어뜨리고 기저귀를 찬 자신의 알몸
을 그림에게 보이고 싶지 않았다. 그건 여에게 남은 마지막
자존심이었다. 소변 줄과 기저귀는 한때 성인이었고, 가장이
었고, 남자였고 지금도 여전히 성인이고 남자인 여에게는 치
욕적인 장식물이었다. 그러나 거부할 도리가 없는 장식물이
기도 했다. 그건 여의 삶 중에서 유일하게 자신의 의지가 개
입된 어떤 선택에 따른 결과였다.

여는 굴뚝 위로 올라갈 때 그랬던 것처럼 계단을 세며 굴뚝

을 내려왔다. 바람은 숫자를 셀 때마다 소리를 삼켰다. 190개쯤 세었을 때 여는 잠시 움직임을 멈추고 위와 아래를 번갈아 살폈다. 죽거나 살거나, 그 어느 쪽에도 치우치지 않을 높이를 계속 가늠해야 했다. 자신의 바람을 이루기 위해서는 교묘하게 조작되고 기획된 높이가 필요하다는 걸 알았기 때문이다. 여가 세던 숫자를 바람이 몽땅 날려버린 건 그즈음이었다. 꼽던 숫자가 190이었는지 200이었는지 헷갈렸지만 그렇다고 포기할 수는 없었다. 더 이상 순순한 상황에서 내내 바람 탓만 하며 지낼 수는 없었다. 그래서 여는 200번째 계단인지 210번째 계단인지 확실히 알 수 없는 곳에서 발을 헛디뎠다. 정확히 말하자면 잡고 있던 걸 놓아버렸다. 위나 아래나 끔찍하긴 마찬가지였으나 여는 자신이 결코 위에서는 살 수 없는 사람이라는 걸 굴뚝 꼭대기에서 알았다. 굴뚝 밑에서 여를 기다리던 사람들은 두 손으로 얼굴을 가리고 비명을 질렀다. 미안하지 않은 건 아니었지만 강직하고 소신을 굽히지 않아야 하는 막막한 삶에서 사소하고 하찮은 삶으로 이동하기 위한 다른 선택의 여지는 없었다. 그건 여의 인생에서 안팎으로 가장 완벽하고 신중한 판단이었다. 물론 여는 가끔 바람을 탓하며 억울한 기분에 빠지기도 했다. 그러나 그랬더라면 오래 기다리던 지금은 결코 없었을 거였다. 그걸로 충분했다.

오래 기다렸어, 당신.

오래 공들여 여를 어루만지던 그림이 여의 몸을 덮으며 말했다. 잠든 진의 기척이 들리지 않았다. 달도 없는 밤이었다. 달이 없으니 달빛도 없었다. 달빛 없는 밤의 사랑은 은밀하고 침착했다. 여가 잊어버렸던 감각들이 소름처럼 돋았다. 목 아래가 따뜻해졌다. 여는 눈을 감고 망루 위에서 내려다보던 불빛을 생각했다. 바람은 가깝고 도시는 멀었다. 발아래 보이는 도시에서 살기 위해 굴뚝 위로 올라왔으나 기댈 것은 바람뿐이었다. 바람은 여가 지상에서 짊어지고 올라온 고집스러운 이상과 논리적인 논리와 정당한 정당성을 하나하나 훔쳐 지평선 너머로 사라졌다. 여는 웅크리고 앉아 슬퍼도 바람 같다,라고 중얼거렸고 허기와 고독도 바람이 분다,라고 느꼈다. 자신이 벌거벗은 채로 너무 오래 걸어 다녔다고 생각했다. 물론 굴뚝 꼭대기라는 장소는 벌거벗고 지내도 괜찮은 곳이었다. 그러니 부끄러움 때문에 웅크리고 시간을 보낸 건 아니었다. 부끄러운 것보다 더 두려운 건 혼자라는 사실이었다. 여는 혼자라는 사실을 잊기 위해서 안을 것이 필요했고 굴뚝 꼭대기는 필요한 것이 아무것도 없는 장소였다. 스스로를 단단히 안고 시간을 견디는 도리밖에 없었다. 여는 왼팔로 오른쪽 팔뚝을 쓰다듬었고 오른쪽 팔로 왼 팔뚝을 꽉 쥐었다가 양 무릎을 가슴에 붙이고 쪼그려 앉기도 했다. 고치처럼 끝없이 몸을 웅크린 채 자신의 몸을 쥐고 쓰다듬었다. 진이 보았더라면 기겁을 할 노릇이었지만 고독은 100년 동안 계속될 거였고 100년을 견디려면 그 수밖에 없었다. 한때 시인이었던 어느

시인이 작성해준 연설문의 '군중 속의 고독'이란 대목은 반쯤
거짓말이었다. 아무것도 없는 곳에서 겪는 고독보다는 그래
도 군중 속에서 느끼는 고독이 나았다.

　여는 몸을 떨었다. 그림은 점자 책을 읽듯 그런 여를 촘촘
히 더듬었다. 서로의 혈관이 확장되고 동공이 깊어지는 것을
볼 수는 없었으나 그믐밤은 볼 수 없는 것을 보는 밤이었다.
맞댄 가슴 사이에서 땀이 질퍽거렸다.
　진은…… 깨지…… 않을 거……야.
　그림이 띄엄띄엄 말했다. 여는 굴뚝 끝에 서서 먼 불빛에
대고 방광을 탈탈 비워내면 찾아오던 추위를 그만 잊고 싶었
다. 도시가 생기고 이념과 신념이 생기고, 자연과 인간이 나
뉘고 인간이 자연을 그리고 분석하던 기억도 버려야 했다. 밤
하늘의 화등같이 밝은 그림을 자신의 두 팔로 끌어안는 꿈만
꾸고 싶었다. 여는 기억을 비우고 그림을 빨았다. 그림의 갈
비뼈가 자신의 갈비뼈에 닿아 하나의 소리가 되는 걸 들었다.
울음이 자꾸 울음을 불렀다. 그림이 뜨거운 혓바닥으로 여의
눈물을 핥았다. 여는 그림의 얼굴을 어루만지고 싶었고 그림
의 양쪽 무릎을 잡고 문을 열고 싶었다. 그러자 단단히 잠겨
있던 문들이 삐걱거리며 몸을 허물기 시작했다. 간절히 바라
는 것들이 이루어지는 건 가장 허술한 지점이었다. 여는 사라
진 사람들을 떠올리며 그림을 안았다. 절벽 밑으로 떨어져 잊

어버린 노래를 기억하며 그림의 무릎을 잡고 문을 열었다. 여는 울면서 잃어버렸던 노래를 기억해냈다. 추워서 눈물이 난 것은 아니었지만 눈물이 멈추지 않았다. 그림은 새로 태어난 새끼를 핥는 어미 소처럼 내내 여의 눈물을 핥았다. 문가에서 잠든 진이 길게 내쉬는 숨소리가 들리지 않았다. 원하고 생각하고 바라고 상상하던 일들이 마침내 이루어져 여와 그림이 나란히 누워 잠이 들었던 밤이었다.

진(眞)과 그림[畵]

가장 중요한 건 가장 사소하고 하찮은 거야.

그 말을 한 게 여였는지 그림이었는지 확실치 않지만 새벽에 여가 깨어 제일 처음 생각한 말은 사소하고 하찮은 것에 관한 일이다. 잠이 깨자마자 양쪽 눈을 급하게 깜박거린다. 아직 해가 뜨기 전이다. 물 빠진 바닥이 질퍽해 보인다. 한쪽 눈에 보이는 세상과 다른 쪽 눈에 보이는 세상이 다른 건 여전했지만 뭔가 변했다. 허공을 떠돌던 물고기들이 뭍에 던져진 것처럼 땅바닥에서 파닥거리고 자신은 하룻밤 사이에 급히 늙어버린 것처럼 여겨진다. 여는 자신의 얼굴을 더듬는다. 다행히 눈 코 입은 아직 그대로다. 물론 코가 있던 자리에 구멍만 남았다고 하더라도 크게 이상한 일은 아니라고 생각한다. 이번에는 머리를 더듬는다. 여의 손이 닿은 자리에서 머리카락이 빠져 양어깨 위로 떨어진다. 한 달에 한 번 진이 이 발기로 다듬어주던 머리카락이 어느새 수북하게 자랐고 수북하게 자란 머리카락이 우수수 빠지는 걸, 여는 아무렇지도 않게 바라본다. 그런데 왠지 울고 싶은 기분이다. 여는 해가 뜰 때까지 양쪽 눈을 번갈아 깜박거리며 지난밤의 기억을 떠올리려고 노력했다. 애쓰고 노력했지만 아무것도 떠올리지 못한 채 파닥거리던 물고기들이 햇빛 속으로 날아가는 걸 보고 눈이 녹아 흔적도 없이 사라지는 걸 느끼고 물기가 가신 바닥이 쩍쩍 갈라지는 소리를 듣는다. 이유를 생각했으나 이유도 모른 채 하룻밤 만에 급히 늙은 여는 기운 없이 누워 하루 종일 저녁을 기다린다. 다시 새 달이 뜰 거였다. 어쨌거나 세상은 어딘가로 부터 언젠가는…… 흘러가니까.

그건 보지 않아도 훤히 알 수 있는 일이다. 날마다 몸을 바꾸는 달이 변함없는 별을 거느리고 동쪽으로 난 유리창 가운데 멈춰 설 시간을 가늠하는 것쯤은. 여는 가파르게 눈을 깜박거린다. 시든 해초처럼 누워 하루 종일 누군가를 기다렸다. 그리고 이제 시계처럼 정확한 진이 문을 열 시간이다. 진이 문을 연다. 여는 진이 자신에게 다가오는 소리를 듣는다. 눈이 왔던 어젯밤 이후 하루 만에 보는 진이다. 그런데 여기 있는 진이 보이지 않는다. 그때서야 비로소 여는 하루 종일 아무엇도 보지 못했다는 사실을 깨닫는다. 파리나 플랑크톤, 거북이는커녕 그림조차 내내 보이지 않았다. 상자 안에 던져진 애벌레 모양의 인형처럼 여기에 여,가 있을 뿐이다. 그건 기분 탓일 수도 있고 시력 탓일 수도 있다. 여는 어쩐지 될 대로 되라는 심정이다. 보거나 보이지 않거나 변하는 건 없다. 살았다고도, 죽었다고도 할 수 없는 시간을 오래 지나왔다. 보이지 않는 진이 위생 장갑을 끼고 자신의 후두에 연결된 호스를 통해 가래를 뽑아내는 시간을 견디는 것은 관습화된 예의일 것이다. 여는 아프다고, 말하지 않는다. 뒤이어 소변 통을 비우고 이불을 들춰 자신의 기저귀를 확인하는 진에게 부끄럽다고도 말할 수 없다. 괜찮아질 거라고 생각할 따름이다. 아프다고 말하지 않고 부끄럽다고 말할 수 없는 이 저녁의 시간은 지난 1년 동안 진이 여와 나누는 유일한 일상이다.

소변 통을 비우고 기저귀를 갈고 체온계로 체온을 확인하는 일을 끝낸 진은 한동안 기척이 없다. 그러다가 진이 여의 머리를 쓰다듬는다. 여는 어쩐지 어리둥절한 기분이다. 근래 없던 진의 행동 탓이다. 따뜻한 진의 체온이 여의 이마와 두피로 전해져 온다. 누군가의 심장이 뛰는 소리가 들린다. 진의 것인지 자신의 것인지 확인할 수는 없지만 아직도 심장이 뛴다는 사실이 새삼스럽다. 언제나 거기에 있는 것들은 보이거나 느껴지지 않기 때문이다. 그래서 우리는 모두, 여기 있지만 보이지 않는다.

나는 모든 준비가 돼 있었는데……

진이 말끝을 흐리며 여의 머리를 쓸어 넘긴다. 늘 준비된 진은 결정적인 한순간을 노려야 한다고 말했다. 대중의 뇌리에 각인될 한순간이면 충분하다는 게 진의 논리였다. 그런 진을 보며 여는 지도를 떠올렸다. 길을 모를 때마다 진은 자신이 읽은 길을 여 앞에 펼쳐 보였고 틀린 길을 갈 때마다 오류를 지적하고 지름길을 제시했다.

…… 이젠 다 끝났지만.

진이, 끝났다고 말한다. 싸늘하게 손을 거둔 진이 걸어간다. 방문을 열고 나간다. 여는 어디로 갈 거냐고 진에게 묻지 못한다. 이제 진이 여기 없음을 느낄 뿐이다. 여는 자신의 눈에서 눈물이 흐르는 걸 느낀다. 온몸이 찢어질 것처럼 아프다. 고통조차 삶의 실감이라고 할 수 있다면, 여는 그 어느 때보다 분명하게 자신이 여기 있음을 실감하게 된 거다. 좋아지거나 괜찮아지거나 나아질 수 없는 시간이 문을 열고 들어와 얼굴을 들이댄다. 지난밤이 온몸의 껍질을 벗기듯, 한 겹 한 겹 떠오르기 시작한다. 여는 눈물이 콧물이 되고 콧물이 침이 되고 침이 눈물이 되어 얼굴을 온통 지우도록, 운다. 진에게 그랬던 것처럼 그림에게도 끝내 어디로 갈 거냐고 묻지 못했던 지난밤 때문이다. 자신이 할 수 있는 일이라고는 벌레처럼 꿈틀거리며 우는 일뿐이라는 걸 마침내 인정해야 했다.

여기로부터 어디론가 모두, 사라진다.

　지난밤 여의 방에 나타난 그림의 온몸에서 폭포처럼 물이 흘렀다. 색들이 녹아내려 그림의 얼굴이 잘 보이지 않았다. 이렇게 살 수는 없다는 그림의 목소리가 들렸다. 아니, 진의 목소리인 것 같았다. 여는 그림의 머리카락을 귀 뒤로 쓸어 넘겼다. 눈과 코와 입이 잘 보이지 않았지만 더 잘 보기 위해 자꾸만 머리를 쓸어 넘겼다. 그림의 긴 머리카락이 낙엽처럼 우수수 바닥에 쌓였다. 영영 이렇게 사는 건 불가능하다고 그림이 말했다. 여는 계속 그림의 머리카락을 쓸고 윤곽선이 흐려지는 어깨와 팔을 더듬었다. 유리 조각 같은 눈송이들이 바닥에 쌓여 그림의 발목을 베었다. 하얗게 죽은 산호들이 천장 위에서 둥둥 떠다녔다. 그림의 머리와 얼굴과 갈색 홍채와 붉은 홍조와 눈썹이 한꺼번에 바닥으로 뚝뚝 떨어졌다. 여는 눈과 유리와 피와 얼굴과 색과, 그림이 통째로 바닥에서 뒤섞이는 걸 바라보았다. 뜨거운 불길이 닿은 캔버스처럼 색이 사라질 때까지, 선이 사라질 때까지, 목소리가 사라질 때까지 그림과 여는 그냥 바라보기만 했다. 진이 떠나면, 그림도 사라진다는 걸 알게 된 참이었다.

　진이었던 그림이, 그림이었던 진이 세상의 서쪽으로 난 문을 열고 나갔다. 여는 문 닫은 횟집의 수조가 그렇듯 아무것도 없이 뿌옇게 썩어가는 방에서 배수관도 없이 물이 빠지고, 사방의 벽이 갈라지는 걸 눈도 깜박이지 않고 바라보았다. 그녀들은 돌아오지 않을 거다. 그녀들이 말한 대로 이젠 다 끝나간다는 말이다. 여를 둘러싼 사면의 벽과 유리창과 문과 문틀은 미동도 없이 여를 바라본다. 여는 자신이 그토록 두려워하던 벌레가 되었음을 마침내 알았다. 울음을 그친다. 그리고 그게 자신의 관인 줄도 모르고 실을 뽑아 스스로의 고치를 짓는 애벌레가 되어 혼자 누운 자신을 본다.

나[余, 我]

달이 자신의 정해진 항로를 따라 벽 뒤로 사라지는 시간이다. 진과 그림이 서로 다른 공간에 속한 한몸이었던 것처럼 그림과 진과 한몸이었던 여는 이제 아무것도 보지 않는다. 다시 새벽이 가까워 온다. 여는 지난봄 어느 보름날부터 자신 앞에 나타난 두 개의 달을 생각한다. 한쪽이 기울면 한쪽이 차올랐다. 한쪽이 어두워지면 다른 한쪽은 사력을 다해 밝았다. 그건 하나가 가진 상대적이면서 절대적인 습성이었다. 앞과 뒤를 나란히 펼쳐 한 화면에 늘어놓던 어떤 세기의 유행은 앞과 뒤를 동시에 갖고자 했던 바람에 대한 모색이었고 그건 꿈에서나 가능한 일이었다. 현실은 언제나 이쪽과 저쪽으로 나뉜다. 세상을 나누는 기준은 대부분 이쪽이거나 저쪽, 이 둘 중 하나라는 말이다. 두 개의 눈으로 한 개의 세상을 볼 수밖에 없는 나와 너는 이쪽이거나 저쪽 중 하나만을 인정해야 하고 그 인정은 그 선택을 부른다. 이러한 선택이 여전히 이 세기를 움직이지만 이것이 기사화된 적이 없는 것은 그 선택들의 동기는 대부분 사소하고 하찮은 것에서 출발하기 때문이다. 여는 자신이 인정한 사실에 대한 특별한 선택을 해야 할 때가 되었다는 걸 깨닫는다. 그래서 꿈틀거리며 투명하고 창백한 사지를 움직여 방광을 압박하는 소변 줄과 콧속으로 이어진 산소 줄을 빼낸다. 지난 몇 달 동안 여를 끊임없이 괴롭히던 두 개의 공간이 살얼음 앉은 강물처럼 위태롭게 여의 시야를 떠돈다. 그림이 불쑥 튀어나왔다가 벽 속에 갇힌다. 우는 진의 목청이 여를 삼킬 듯 커졌다가 양변기의 물처럼 순식간에 지하로 빨려 들어간다. 환상처럼 보이는 사실들이 빛과 어둠의 각도에 따라 현실과 비현실의 경계를 허문다. 어색한 발을 놀려 침대에서 내려선 여는 미간을 찌푸린다. 어딘가 있을 무엇을 찾는 것이다. 침대 밑을 더듬어 상자를 찾고 상자 속에서 마침내 자신이 찾던 물건을 손에 쥘 때까지 여는 계속 움직인다. 꿈틀거리는 것이야말로 살아 있는 것들이 피할 수 없는 운명이었으므로 슬프게 꿈틀거리며 어디론가 가지 않으면 안 되는 거였다.

　그래서 그래도 곧 어딘가로부터 언젠가는…… 끄덕거리며

가야 했다.

　빛이 번진다. 곧 해가 뜰 것이다. 여는 유리창에 자신을 비춰 본다. 유리창 속에 비친 자신의 이마에 보이는 것이 더듬이인지 혹인지 확인할 길은 없지만, 더듬이가 돋는다고 해도 이상할 건 없다고 생각한다. 어쩌면 더듬이 또한 자신의 선택에 따른 결과일 거였고 더듬이가 있으면 한결 편할지도 모른다고, 여는 빙그레 웃는다. 동시에 한쪽 눈이 울기 시작한다.
　안녕.
　여는 그렇게 말하며 손에 든 가위를 자신의 다른 쪽 눈에 찔러 넣는다. 요도 구멍을 벌리고 오줌관을 꽂거나 불거진 정맥에 푸른 주삿바늘을 찌르듯 망설이지 않고, 천천히, 깊이. 굴뚝에서 스스로 손을 놓아버렸던 그때 그랬듯, 여지없는 선택이다. 찢긴 망막 사이로 후드득 피가 떨어진다. 곧이어 각막과 수정체가 터지고 언젠가 여와 진이 강변에서 보았던 폭죽같이 붉고 환한 피가 사방으로 퍼진다. 다른 쪽 눈이 더 큰 소리로 우는 걸 듣는다. 눈물과 핏물이 애벌레 같은 몸을 타고 흘러내린다. 마침내 손에 쥔 가위가 각막을 뚫고 홍채와 수정체를 지나고 유리체를 통과해 끝, 에 다다랐다.

　끝은 언제나 백지처럼 조용하고 알 수 없는 기미들로 가득하다.

그래서 곧 보이지 않던 창문들이 열리겠지.
마침내 나는 중얼거리며 그녀를 향해 돌아선다.
그녀가 보인다.

눈사람과 나

또 와도 될까?

신발 속 발가락을 꼼지락거리며 내가 묻는다. 긴장을 할 때
마다 나도 모르게 튀어나오는 습관이다. 한때 아내와 내가 알
던, 그러나 이제 누구도 기억하지 않는.

그런 것을 물을 생각은 아니었다. 어차피 대답을 들을 수
없을 거란 걸 처음부터 알았다. 그가 대답하든 말든 그건 중
요하지 않다. 어차피 드라이브에 기어만 걸어놓으면 다 알아
서 가주는 자동차처럼 내일이면 또 엘리베이터도 없는 이 꼭
대기까지 땀을 뻘뻘 흘리며 기어 올라와 있을 거니까. 그럼에
도 여전히 내 발가락들은 잘 닦인 옥스퍼드 구두 속에서 대답
을 기다리며 꼼지락거리고 주위는, 끝나지 않을 것 같은 침묵

으로 가득하다.

그가 까딱, 까딱 움직인다.

나는 그의 변화를 말없이 지켜본다. 아주 작은 변화지만 그
는 어제보다 좀더 몸집이 커졌고 그 몸을 이루는 선들은 부드
러워졌다. 그의 등 뒤로 하늘이 흘러간다. 아니, 그가 하늘을
움직이는 것인지도 모른다. 분명한 것은 그가 나지막한 한숨
을 내쉴 때마다 푸른빛에 번지던 구름들이 숨죽이고 그의 머
리 위로 모여든다는 사실뿐이다. 물론 어제와 달라진 그가 진
짜 그인지는 알 수 없다. 구름도 우연히 움직임을 멈춘 걸 수
도 있다. 그러나 여전히 밤은 새벽을 향해 운행 중이고 그는
어제와 조금 달라진 몸집과 표정으로 내 앞에 서 있고 나는
이 모든 것을 자연스럽게 받아들인다. 그저,

그를 만나게 돼서 다행일 뿐이다.

눈이 부신 듯 반들반들한 이마를 찌푸리며 그가 나를 바라
본다. 나도 그의 정수리에서 흘러내리는 물기가 일정한 간격
과 동일한 중량의 물방울이 되어 어깨와 동그란 배를 타고 바
닥으로 똑똑, 떨어지는 것을 본다. 물인지 땀인지는 알 수 없
으나 내가 할 수 있는 일이라고는 멀찍이 앉아 그의 몸에서
떨어지는 물방울을 세는 일뿐이다. 어떤 생각도 할 필요는 없

지만 생각은 인간이 익힌 습관 중 하나이므로 간간이 습관에 대해 생각하거나 먹고사는 일에 대해서 생각하기도 한다. 그러다가 나는 습관적인 동작이야말로 지상에서 가장 중요한 일이 분명하다고 생각하기에 이른다. 물론 먹고사는 일이 거룩한 일이기는 하지만 전 인류가 먹고사는 일로만 움직였다면 세상은 진작 끝장나버렸을 것이다. 그것뿐이었다면 한 남자가 자신의 화물 트럭 짐칸에서 한 여자의 치마를 들추는 일은 일어나지 않았을 것이며 그랬다면 기억 이전의 내가 힘차게 꼬리를 흔들며 한 여자의 자궁에 안착하는 일 또한 없었을 것이다. 그것이 다행인지 아닌지는 알 수 없다. 그냥 그렇다는 거다. 언제든지 일어날 수 있는 무수히 많은 일 중의 하나였다는 것밖에, 알 수 없다.

언제든지,라고 그는 끝내 대답하지 않는다. 그러나 지난 며칠간의 경험으로 그가 매일 조금씩 몸집을 바꾸기는 하지만 그 변화가 아무 때나 함부로 일어나는 것은 아니라는 걸 알게 되었다. 그러므로 그의 변화는 내 말이나 내 존재에 대응하는 그의 방식 중 하나일 수도 있다. 만약 그게 사실이라면 그건 좀 특이한 대화법이지만 뭐 그럴 수도 있다. 모르는 우리들이 마주 앉아 할 수 있는 일도 없거니와 할 일 없는 두 존재가 나눌 말도 별로 없으니까. 그냥 보고 생각하고 하품도 했다가 다시 보고 돌아오면 그만이다. 언제든지,는 묻거나 대답으로 할 수 있는 말이지만, 동시에 언제든지,는 묻거나 대답이 별로 필요 없는 말이라는 걸, 나와 그는 안다.

사실 그 말은 하나 마나 한 말이다.

어느 날, 나는 여느 때와 마찬가지로 얼음을 꺼내기 위해 냉동실 문을 열었다. 역한 비린내가 연기처럼 끼쳤다. 어제까지 또릿또릿한 눈알을 하고 있던 삼치가 벌겋게 변해버린 속살을 드러내고 누런 눈물까지 뚝뚝 흘리며 피워내는 냄새였다. 이 예상치 못한 사태를 내 뇌가 인지하기까지 나는 잠시 멍청하게 서서 썩어가는 삼치의 눈알을 노려보았다. 그리고 반사적으로 냉장실 문을 열었다. 이번에는 냉기가 깨진 수족관의 물처럼 쏟아져 나왔다. 나는 몸을 부르르 떨며 안을 들여다보았다. 반질반질하게 얼은 어묵이 냉장실 안에서 굴러다니는 것이 보였다. 불과 하룻밤 사이에 일어난 일이었다. 뭔가 잘못된 것이 분명했다. 나는 하얗게 얼음이 낀 맥주병을 사타구니에 끼고 앉아 서비스 센터에 전화를 걸었다. 언제든지 정성껏, 친절히 모시겠습니다. 잠시만 기다려주십시오, 라는 버스 차장 같은 목소리의 안내 멘트를 여덟 번쯤 들었을 때야 고객님, 무엇을 도와드릴까요라는, 더할 나위 없이 상냥한 목소리로 보이지 않는 여자가 내게 물었다.

나는 고객이라는 호칭을 쓰기 위해서는—비록 귀족이나 기사에 준하는 호칭은 아닐지라도—분명 그에 알맞은 예의와 존중이 전제되어야 한다고 생각한다. 누군가의 고객이 되기 위해서는 자신이 원하는 것이 무엇인지 정확히 표현할 수 있어야 한다. 그것이 서로에 대한 예의고 배려이다. 그래서 나는 가능한 한 명확하게 냉장고의 증상을 설명했다.

하룻밤 사이에 냉동실과 냉장실이 바뀌었습니다.

고객님, 어디가 어떻게 고장이 났는지 정확히 말씀해주시겠습니까.

내 체온이 닿은 맥주병이 급속히 녹고 있었다. 오금이 시려왔다. 나는 한숨을 내쉬었다. 이렇게 간단명료한 설명조차 알아듣지 못하다니. 답답했지만 상담원이 원하는 대로 이 세상에 존재하는 수많은 수식어 중 마땅한 것을 찾아 정확하게 떠올려보려고 노력했다. 가능하다면 기품 있는 고객이 되고 싶기도 했거니와 순식간에 기능이 뒤바뀐 저 냉장고를 그대로 둘 수도 없었기 때문이다. 그러나 좀처럼 적당한 단어가 떠오르지 않았다.

얼어야 할 것은 안 얼고 얼지 말아야 할 것들이 얼고 있다는 말입니다.

나는 사타구니가 시리다 못해 따끔따끔해진 나머지 비명을 지르듯 대답했다. 곧이어 이상적인 고객이 되는 데 실패했다는 낭패감이 엄습해왔다.

내 대답에도 불구하고 여자는 혹시 정전이 된 적이 있었는지 온도 조절 스위치를 확인했는지 하는 식의 질문을 계속해서 해댔다. 물론 정전이 된 적도 없었고 온도 조절 스위치 따위가 있을 리 없는 구형 냉장고였다. 나는 연속적으로 비명을 지르듯 아니라고 대답했다. 사타구니는 이제 감각이 없는 상태였고 대신 오줌이 마려웠다. 맥주병 표면에 낀 얼음이 녹아 거실 바닥이 흥건해졌다.

언제든지 친절하게 모시겠다고 말했던 대기업의 서비스 센터는 '언제든지' 친절하지는 않았다. 여자는 예약이 밀려 있으므로 그 시각으로부터 정확히 29시간 30분 뒤에야 점검 방문이 가능하다고 말했다. 29시간 30분이라. 맥주 거품처럼 저절로 한숨이 터졌다. 명료하게 제시된 그 시간은 내게 애매한 시각이었다. 그 시간에 나는 먹고사는 일 때문에 집에 없을 터였다. 그렇다고 해서 고장 난 냉장고가 직접 서비스 센터를 방문할 수도 없고, 고장 난 냉장고가 서비스 기사를 위해 문을 열어줄 수도 없을 거였다. 결국 냉장고는 냉동실과 냉장실이 뒤바뀐 채로 72시간이나 버텨야 했다. 나는 언 어묵을 오도독오도독 씹어 먹으며 형체도 없이 녹아버린 살 사이로 뼈를 드러낸 삼치를 쓰레기통에 버렸다.

인간의 세계에는 의례적이고 형식적인 관용어들과 수식어들이 생각보다 꽤 많이 상용된다, 는 사실을 나는 72시간 동안이나 방치되었다가 결국 1만 원짜리 분리수거용 스티커가 붙어 버려진 냉장고를 통해 알게 되었다. '언제든지' 혹은 '친절하게'란 그저 무조건 외워서 따라 해야 하는 관용구일 뿐이다.

섣불리 믿거나 의미를 따지는 것은 어리석은 일이다. 말하자면 인생은 어머니가 좋아하던 빅토리아 시크릿과 같다.

어머니가 마지막으로 골랐던 빅토리아 시크릿은 핑크색 호피 무늬의 브라 팬티 세트였다. 그것을 입은 어머니의 젖가슴은 동굴의 종유석처럼 길게 늘어졌고 넓은 골반에 걸친 T자 팬티는 움직일 때마다 흐느적거렸다. 빅토리아 시크릿은 내가 알고 싶지 않았지만 알 수밖에 없는 인생을, 빛바랜 거웃까지 남김없이 드러냈다.

어머니는 내가 사 들고 간 그 속옷을 입고 황야의 허수아비처럼 황량한 표정으로 거울 앞에 섰다.

거울아, 세상에서 누가 제일 섹시하지?

어머니가 하기에는 적당한 물음이 아니었지만 거울의 대답은 한결같았다.

자기가 최고야.

어울리든 어울리지 않든 그건 거울이 판단할 문제는 아니었다. 거울은 정확하고 명료하게 대상을 비춰야 하는 자신의 기능에 충실했지만 판단은 다른 문제였다. 판단은 무수히 왜곡되거나 변형되는 거였다. 왜곡되고 변형되는 판단에 의미를 부여할 필요는 없었다. 어머니에게 나는 이미 아들이 아니라 젊은 날, 자신의 치마를 들추던 연인이었고 수시로 자신을 비춰보는 거울이었다. 어머니의 기억을 현재로 되돌리는 일은 불가능했다. 내가 선택할 수 있는 것이라고는 여생 동안 그녀가 원하는 남자이거나 왜곡된 거울로 사는 일뿐이었다. 그것은 쉬우면서도 어려웠다. 날이 갈수록 화려하고 야해지는 어머니의 속옷을 사는 일은 쉬웠지만 그것을 입은 어머니를 보는 시간은 더디 가고 서글펐다. 거울이 된 나는 종종 눈을 마주치지 못하고 대상을 왜곡하고 과장하기를 반복했지만 그래도 항상 한결같이 말했다.

세상에서 자기가 최고야.

그때마다 흘러가버린 줄 알았던 등 뒤의 시간들이 기습적으로 명치를 걸어찼다. 가슴이 답답했다. 어머니는 내 앞에서 가느다랗게 눈을 뜨고 새치름한 표정을 지어 보였다. 빅토리아 시크릿 모델들의 포즈와 표정을 흉내 내는 어머니의 맨 엉덩이는 3년의 요양원 생활 동안 깊이 팬 볼과 마찬가지로 칙칙한 주름으로 자글거렸다. 물론 어머니가 원하는 속옷을 사다 주거나 무좀이 번지는 발톱에 진달래색 페디큐어를 해줘야 했던 일은 생각보다 어렵지 않았다. 내가 힘들었던 건 원하는 단어를 정확히 골라내야 하는 일이었다. 나는 어머니 앞에서 말을 골라내야 할 때마다 화투장으로 오늘의 운세를 점치는 기분이 들곤 했다. 똑같은 크기와 색깔의 화투 뒷장을 노려보며 뽑아내야 하는 것이 풍인지 똥인지, 내가 알 방법은 없었다. 그날 그날의 운에 맡기는 수밖에.

그건 사랑과 관심의 문제와는 전혀 다른 문제였다. 최고, 와 진짜, 가 어떻게 다른지 자기, 가 당신, 과 어떤 차이가 있는지

나는 영영 알 수 없을 거였다. 가령 내가 생각하기에 사랑해와 진심으로 사랑해라는 말은 별반 다르지 않았지만 내가 아는 그녀들은 그 두 문장이 엄연히 다르다고 믿었다. 어떻게 같을 수가 있어?라고 아내는 종종 내 사랑을 의심했고 나한테 어떻게 그렇게 말할 수 있어?라고 어머니는 주름 사이로 눈물을 흘리며 소리 질렀다. 나로서는 정말 곤혹스러운 일이었다. 그럴 때마다 나는 단어를 고르는 일이 마치 바다낚시로 진주를 삼킨 조개를 찾아내는 일처럼 막막하게 여겨졌다. 망망대해는 생각보다 넓었고 진주조개는 기적처럼 드물었다. 그리고 오랜 시간이 지나서야 고장 난 냉장고로 내가 알지 못하던 세상의 비밀을 두어 개쯤 알게 되었다. 이 정도의 깨달음이면 냉장고도 편안하게 눈감을 수 있지 싶다. 백 수짜리 망사 팬티를 입고 잠들었다 깨어나지 않은 어머니가 그랬던 것처럼 말이다.

냉장실과 냉동실이 뒤바뀐 채 얼마나 오래 버틸 수 있는지에 대해 그에게 말해주고 싶지만 나는 인사도 하지 않고 엘리베이터도 없는 그곳을 내려온다. 어차피 인사가 필요 없는 사이이기도 하고 날마다 달라지는 그의 일상에 끼어들기도 어렵거니와 이제는 먹고사는 일에 대해 생각할 시간이다. 또 오지 뭐, 언제든지 올 수 있으니까. 어쨌든 그는 나를 만나고부터 변하기 시작했고 나 또한 그를 알게 돼서 다행이라고 생각하니까. 여전히 할 말은 많지 않겠지만 말 없는 사이가 말할 것도 없는 사이라는 걸, 알 만큼, 알게 되었으니까.

전화가 온 것은 막 구두에 발을 꿰고 현관문을 열고 나가려는 순간이다. 아주 잠깐 저 전화를 받아야 할지 말아야 할지에 대해 생각하지만 전화벨이 그사이를 기다려줄 리 없다. 나는 거칠게 신발을 벗고 다시 집 안으로 들어온다. 수신되는 전화의 대부분이 '좋은 땅' 이야기를 퍼붓는 정체 모를 아줌마들이지만 최근 내 삶에서는 그마저도 흔치 않은 일이다. 이모다. 모르는 사람보다는 그래도 이모가 낫다.

여느 날처럼 의례적이고 형식적인 인사가 오고 갔을 뿐이다. 끼니와 생계에 대해 주고받고 나자 더 이상 할 얘기가 없다. 침묵 속에서 들리는 숨소리가 이모와 나, 둘 사이를 간신히 잇는다. 솔직히 말하자면 나는 이모의 얼굴을 기억하지 못한다. 이모가 있다는 얘기조차 들어본 일이 없다. 이모는 백수짜리 빅토리아 시크릿 망사 팬티를 입고 관에 누운 어머니를 화장한 지 3개월쯤 지나 불쑥 전화를 걸어왔다.

잘 지냈니? 나 이모다.

이모는 처음 내게 그렇게 말했다. 그리고 엊그제 만났던 사람처럼 내 안부를 물었다. 밥은 잘 먹고 다니는지, 장마철에 우산은 잘 챙겨 다니는지 따위의 사소한 것들이었다. 너무나 태연한 그녀에 비해 나는 이모라는 여자의 말 전체가 먼 외계의 언어처럼 들렸다. 도대체 이모라는 단어가 있기나 한 건지 의심스러울 지경이었다. 사진첩을 아무리 뒤져도 그녀로 추정되는 인물은 없었다.

아무리 찾아도 찾을 수가 없어요.

나는 솔직하게 말했다.

전화기 속에서 이모가 까르르 웃었다.

당연하지.

뭐가 당연해야 하는지 나는 여전히 짐작도 할 수 없었다.

사진첩을 다시 뒤져봐. 자라가 있는지 없는지.

나는 다시 사진첩을 들여다보았다. 물론 사진을 굳이 들추지 않아도 자라라는 이름의 자라가 거기 있다는 사실은 알고 있었다. 그러나 내가 아는 자라가 이모가 말한 그 자라가 맞는지는 단정할 수 없었다. 내가 아는 자라는 어머니가 키우던 자라였는데 그 자라는 식탁 옆의 넓은 장방형 어항 속에서 살던 자라였다. 이모는 자라라는 자라가 있는지 확인해보라는 말을 했을 뿐, 내가 아는 자라와 자신이 말한 자라가 어떤 관계인지, 또 자신이 자라와 어떤 사이인지에 대해서는 말하지 않았다. 나는 사진첩을 덮고 말하는 자라에 대해 생각해보았다. 다행히 별로 어렵지는 않았다. 말하는 새는 물론이거니와 말하는 개나 고양이, 말, 벌레, 어류 들은 사방 어디에나 있었으므로 자라가 말을 하는 것 또한 그다지 이상한 일은 아니었다. 그렇지만 자라라는 자라에게 이모라고 부르는 것은 어딘가 이상했다. 물론 여전히 이모와 자라가 어떤 관계인지 나는 모른다.

나는 더 생각하지 않기로 했다. 그녀가 무엇인가 물건을 팔고자 하는 의도도 없어 보였고, 한 번도 보험 상품 따위를 권한 적도 없었으므로 그다지 중요한 일이 아닐지도 몰랐다. 게다가 내게는 남들이 욕심낼 만한 유산도 없었다. 아무리 생각해도 나는 진짜 이모가 아니면 절대 전화할 일이 없는 평범한 남자였다. 아니, 차라리 얼굴 모르는 이모라도 있는 것이 낫겠다 싶기도 했다.

이제 출근해야 돼요.

이모와의 대화가 지루한 것은 아니었지만 어젯밤에도 높은 곳을 오르내린 나는 조금 피곤하다.

혼자라고 밤 마실 너무 자주 다니지 말라구.

그때서야 이모는 전화를 건 이유가 생각났다는 듯 말한다. 가끔 있는 일이다. 이모는 다짜고짜 동쪽으로는 가지 마라, 서쪽을 향해 눕지 마라 하는 식의 안 해도 그만인 말을 한다. 매일 아침마다 동쪽으로 가는 버스를 타고 서쪽으로 난 창 밑에 놓인 침대에 눕는 나에게 그런 당부는 무리다. 나는 시계를 보고 하품을 하며 무심히 흘린다.

그래도 동그라미라서 다행이다.

이모의 마지막 인사는 그랬다. 무슨 말인지 알 수 없는 건 여전하다. 그러나 마치 한집에 사는 사람처럼, 식탁 앞이나 현관 앞에 서서 차 조심하라던 어머니나 아내처럼 이모는 그렇게 말한다. 나는 거실로 길게 들이친 햇살 속에 먼지들을 바라본다. 햇살의 통로를 빠져나온 먼지들이 마린 스노 같은 모양으로 음지의 거실 바닥에 가라앉는다. 어지럽다. 균형을 잡기 위해 나는 벽에 기대 눈을 감는다.

마린 스노? 그게 뭔데?

아내는 내가 늘 정확히 물음표를 붙여 물어주기를 바랐다. 그래서 나는 별로 궁금하지 않은 것들을 매번 궁금한 듯 강약을 조절해서 물어야 했다. 그건 말하자면 음식물 쓰레기를 처리하는 일과 같았다. 귀찮지만 모른 척할 수 없는, 모른 척하는 날엔 대번에 고약한 냄새를 풍기기 십상이므로 늘 조심해야 할 일, 이었다.

플랑크톤이 죽으면 서로 몸이 엉겨 붙어 함박눈처럼 보인대. 그 몸들이 바다 밑바닥에 가라앉는 거구. 영원히 함께하는 방법 중에서도 퍽 낭만적인 방법이지.

아내는 스스로를 낭만적인 사람이라고 믿었다. 그리고 자신의 낭만을 지키기 위해서는 여러 가지가 필요하다는 것을 숨기지 않았다. 꽃과 촛불이 곁들여진 식사가 낭만을 대변하는 것은 아니었지만, 아내는 꽃과 촛불이 곁들여진 저녁 식사를 위해서는 며칠쯤 굶는 것도 마다하지 않을 기세였다. 나는 진짜 낭만에는 꽃과 촛불이 필요 없다고 생각하는 편이었지만 생각을 말로 표현하는 것은 그리 좋은 생각이 아니었으므로 아무 말도 하지 않았다. 혼자 있을 때와 마찬가지로 아내와 지내는 시간에 나는 언제나 생각은 혼잣말과 같은 거라 믿으려고 애썼다. 아내가 떠난 것은 그 생활에 점점 익숙해질 무렵이었다. 현실을 견디지 못했던 걸 보면 낭만적 성향이 아주 없지는 않았던 모양이다. 그리고 마린 스노였던 먼지와 불 꺼진 양초와 손길이 닿을 때마다 바스락거리는 마른 꽃잎들과 내가, 남았다.

발 달린 짐승을 막을 방법은 없는 거야.

아내가 떠나고 어느 날 이모가 말했다. 아내가 있었다는 말도, 아내가 떠났다는 말도 한 적 없는 나는 그냥 묵묵히 듣기만 했다. 뭘 알고 뭘 모르는지 알 수 없었지만 묻기도 귀찮았다. 이모는 말하고 나는 듣고, 그것이 그즈음 내가 익힌 새로운 대화 방법이었다.

나는 지금 그때로부터 약 20킬로미터 거리만큼 멀어져 있다. 기억에 거리가 없다는 것쯤은 안다. 그러나 이삿짐을 싸며 나는 기억에는 분명 가시거리가 존재한다고 스스로에게 억지를 부렸다. 어머니의 요양원 비용을 충당하기 위해서 집을 줄여야 했던 상황이 차라리 다행이었다. 눈에서 멀어지면 마음에서도 멀어지듯이 익숙한 모퉁이를 돌아 담벼락을 끼고 걸을 때마다 고개를 주억거리던 장미꽃을 보지 않게 되거나 아내가 즐겨 쓰던 섬유 린스 냄새를 더 이상 맡지 않게 되면 그 이전의 삶은 내 현재로부터 완전히 격리될 것이라고 생각했다. 나는 이삿짐 트럭 조수석에 앉아 강을 건너며 그렇게 믿었다.

낯선 동네의 3층짜리 빌라 꼭대기 집에 중고 가구와 가전제품을 들여놓으며 내내 불 줄도 모르는 휘파람을 내불었다. 더 이상 몸 안에 몰아낼 바람이 남아 있지 않을 때까지. 내가 아는 모든 리듬이 몸 밖으로 쏟아져 나왔다. 「나비야 나비야」로 시작해서 「하숙생」까지 왔을 때 나는 휘파람 부는 것을 멈췄다. 새벽이었고 배가 고팠다. 24시간 문을 여는 감자탕집에서 돼지 뼈를 빨아 먹으며 입 달린 짐승들의 슬픔에 대해 생각했다. 부른 배를 두드리며 드러누워 슬프다고 중얼거렸다. 한편으로는 생각을 말로 표현해도 된다는 사실이, 기쁘기도 했다. 슬펐다가 기쁘기를 반복하는 건 새로 생긴 습관일지도 몰랐다.

다시 전화를 걸어볼까, 생각하다가 나는 이모의 전화번호를 모르고 있다는 사실을 깨달았다. 이모는 늘 내게 불쑥 나타났다 사라지는 사람이었다. 뭔가를 물어볼 생각을 하기 전에 안부를 물었고 내가 뭔가를 묻기 전에 전화를 끊었다. 그러니까 이모에 대해서는 생각하거나 묻는 것이 불가능했다는 말이다. 또한 내가 밤마다 꾸는 꿈에 대해 이모가 안다는 것도 그랬다. 불가능하다. 수면 시간의 대부분을 관악산 꼭대기만큼 높은 곳에 사는 그와의 조우를 위해 허비한다는 사실을 이모가 알 확률은 세계가 끝장나버릴 확률보다 더 낮다. 하지만 설사 안다고 한들, 아무것도 달라질 것은 없다. 알게 뭐람. 볼일이나 보고, …… 출근하자. 현관에 아무렇게나 뒤집힌 구두를 바라보다 나는 중얼거린다.

아내는 변기 시트를 올리지 않고 소변을 보는 내 습관에 대해 늘 잔소리했다. 소변 보기 전에 변기 시트를 올리는 일은 세상에서 제일 쉬운 일 중 하나라고 아내가 투덜거릴 때마다 나는 무릎을 꿇고 아내의 발가락을 빨았다. 그것이 내가 진심으로 사과하는 법이었고 아내도 그 사실을 알고 있었다. 그래서 나는 일부러 변기 시트를 올리지 않고 볼일을 봤고 아내 또한 매번 지치는 법 없이 잔소리를 했으므로 나는 자주 사과의 의미로 아내의 발가락을 빨 수 있었다. 아내는, 내가 아는 한 세상에서 가장 예쁜 발을 가진 여자였다.

나는 매일 밤 아내의 발치에 누워 초승달 모양의 흰 반점이 박힌 발톱을 혀끝으로 핥으며 세상에 더 이상 존재하지 않은 시간 속으로 흘러갔다. 아내의 통통한 엄지발가락을 빨고 있으면 눈에 보이지 않는 세상의 형상들이 내 몸속으로 흘러 들어오는 듯했다. 아내의 발을 통해 비로소 어느 종족의 '없는 시간'을 이해하게 되었다고 해도 과언이 아니다. 세계와 시간이 통째로 한몸이 되어 움직이므로 수치화된 거리나 장소는 존재하지 않았다. 만약 어느 인종의 인사법이 볼을 마주 대거나 입을 맞추는 것이 아니라 발가락을 빨아주는 것이었다면 세상은 지금보다 훨씬 행복하고 낭만적인 곳이 되었을지도 모른다고 생각했다. 그것은 일견 정상적이거나 보편적이지 않은 행위처럼 보일지 모르지만 내 생각에 무릎을 꿇고 누군가의 가장 낮은 곳을 쓰다듬는다는 행위는 형식적이거나 의례적인 사과보다 훨씬 간절하고 진심 어린 것이었다.

아내의 복사뼈가 이루는 음영은 여자의 쇄골보다 훨씬 더 자극적이었다. 아내의 발은 분홍색으로 반짝이는 둥근 발톱과 굳은살 하나 없이 매끈한 발바닥으로 또 다른 세계를 이루었다. 들고 난 곳이 없이 석고로 빚은 것처럼 미끈한 아내의 발을 쥐고 잠들 때면 세상의 모든 빛과 어둠이 우리의 지붕 위에 머물러 그 시간을 지킨다고 믿었으므로 행복하다고 믿는 것은 어렵지 않았다. 그러나 그 절묘한 균형과 조화로 이루어진 세계는 부엉이가 사라진 숲처럼 순식간에 어두워졌다. 아내와 이혼을 한 것은 어느 날 밤 어머니가 아내와 내 사이로 파고 들어온 지 정확히 6개월 후였지만 내가 발견했던 세계는 과거로 돌아가버린 어머니가 처음 내 옆에 눕는 순간부터 이미 허물어지기 시작했다. 믿는 것이 전부 진실은, 아니었다.

나는 늘 동쪽으로 가는 버스를 타고 서쪽을 향해 걸어서 남

과 북을 가로지르는 교차로를 지나 출근을 했다가 북과 남을
가로지르는 교차로를 지나 서쪽으로 가는 버스를 타고 동쪽
을 향해 걸어서 퇴근한다. 3년 전, 한창 잘나가는 IT 회사에
사표를 쓰고 우리 사주까지 몽땅 팔았을 때 동료들은 경쟁업
체에 스카웃이라도 됐느냐고 나에게 물었다. 그렇지 않고서
야 날마다 붉은 꼬리를 흔들며 상승 중인 주식까지 모조리 정
리할 이유가 없다는 것이었다. 사방에서 의혹의 눈초리가 날
아왔다. 다만 온갖 PT 자료와 도표와 숫자에 매달리는 일이
더 이상 견딜 수 없이 어지러웠을 뿐이지만 나는 부정도 긍정
도 하지 않고 인수인계를 위해 날마다 자장면을 시켜 먹으며
야근을 했다. 물론 혹시 회사 기밀이 유출될까 전전긍긍하던
동료들도 덩달아 자장면을 먹어가며 자리를 지켰다.

세상에 다시 그런 발을 볼 수 있을까.
그의 동그스름한 콧등에 송글송글 물방울이 맺히는 걸 보
며 묻는다. 그리고 발은 그냥 발이라고 그가 말한 건 아니지
만 나는 이내 고개를 젓는다. 흘러가던 구름이 젖은 빨래처럼
그의 머리에 걸린다.
누군가의 발을 발견한다는 것은 또 다른 세상을 발견하는
거랑 비슷한 거야.
그가 나를 바라본다. 며칠 사이에 눈에 띄게 짧아져서 이제
는 거의 보이지 않는 목과 어항처럼 동그스름하게 부푼 배를

내 쪽으로 향한 채. 목이 사라져 고개를 돌릴 수 없으므로 몸
전체를 돌려야 하는 것이다. 그게 퇴화인지 진화인지 알 수는
없지만 어쨌거나 간략해지는 것임에는 분명하다. 어제보다
조금 더 목이 짧아지고 배가 나온 그가 어제보다 조금 더 순
해진 표정으로 나를 빤히 바라보는 것을 나도 바라본다. 그의
표정은 발은 매일 보는 건데 새삼스럽게 발견이라는 말을 쓸
거까지는 없다고 말하고 싶은 듯하다. 어차피 나는 내 생각을
말로 표현하는 데 서툴다는 것을 알지만 아침이 올 때까지는
별로 할 일도 없으므로 그에게 차근차근 말을 건다.

　날마다 발가락을 훤히 다 드러낸 사람들이 수도 없이 걸어
다니는데도 발이 거기 있다는 사실에 대해서는 다들 생각하
지 않는 거 같다는 말이야.

　그는 내 말에 뭔가 골똘한 표정을 짓는다. 그게 동의의 의
미인지 동의할 수 없다는 의미인지, 아니면 아무래도 상관없
다는 완곡한 자기표현인지 나로서는 알 도리가 없다. 그저 나
는 묻고 나는 대답하고 나는 고개를 끄덕일 뿐이다.

　결국 무엇을 보느냐가 아니라 어떻게 보느냐가 문제겠지.
　어쩐지 쓸쓸하다. 이 모든 건 말장난일 수도 있다. 처음으
로, 아내가 나를 떠난 것이 아니라 내가 아내를 떠난 것일 수
도 있다는 사실을 생각해낸다. 이곳은 별로 할 일이 없는 곳
이므로 수없는 가능성을 조립하고 조합하는 일이 어렵지 않

은 장소다. 내가 밤마다 땀을 뻘뻘 흘리며 이곳에 올라오는 이유는 어쩌면, 그것 때문이다. 나에게는 꼼짝 않고 생각할 시간이 필요하다. 나는 한참을 그의 곁에 앉아 하늘을 바라본다. 까딱거리던 그는 이제 움직이는 대신 생각에 잠기는 시간이 많아진다. 그러다 이내 쿨쿨 잠들기 일쑤지만.

아닌 게 아니라 햇빛이 몸속으로 스며들어 발가락 끝까지 노곤하다. 물속에 앉은 것처럼 소리와 중력이 아주 멀게 느껴진다. 온몸이 부르르 떨린다. 나는 일어선다. 주머니 속에 들어 있던 휴대전화의 알림 벨이다. 눈을 뜬다.

'자라가 과연 자라였을까?'

자라라 불렸던 자라와 어떤 관계인지 도무지 알 길 없는 이 모다운 메시지다. 눈을 뜬 나는 여느 때와 마찬가지로 이불 바깥으로 나온 발가락들을 꼼지락거린다. 그리고 누운 채로 고개를 든다. 보통 때 같으면 보였어야 할 내 발가락들이 잘 보이지 않는다. 아무래도 어제보다 조금 더 배가 나온 모양이다. 그 사실을 제외하고는 어제와 다름없는 아침이다.

* * *

같이 근무하는 나이트 박이 내 옆구리를 찌른다. 오피스 박스에 앉아 수선 목록과 수선 품목을 대조하던 나는 나이트 박을 쳐다본다. 한 달에 절반 이상을 퇴근 후 나이트로 직행했다가 근처 찜질방에서 출근하는 습관을 가진 그는 오늘도 눈자위가 빨갛게 충혈된 모습이다.

또 왔어요. 여기가 무슨 편의점도 아니고……

나는 자리에서 일어나 매장으로 나간다. 오늘도 역시 똑같은 옷에 똑같은 신발을 신은 그녀가 반짝이는 조명 아래 진열된 구두들 앞에 서 있다. 그녀의 청록색 반팔 유니폼은 반질반질하게 닳아 검은빛을 띠고 짧은 청바지의 끝단은 너덜너덜한 채로 발등 위에서 나풀거린다. 일주일이 넘도록 한 번도 변함없는 그녀의 매무새가 가을 신상품들 앞에서 한층 더 초라해 보이는 건 어쩔 수 없다. 첨단을 쫓는 나이트 박이 질색할 만도 하다. 그러나 내가 거슬리는 것은 그런 옷차림 때문이 아니라 끈을 반쯤 풀어 헤쳐 바닥에 끌고 다니는 컨버스화 때문이다. 그 운동화는 한 번도 새것인 적이 없다고 생각될 만큼 닳고 낡아 보인다. 나는 그 운동화를 통해 감색이 빛이 바래면 푸른색이 아니라 보라색으로 변한다는 것과 보라색이 결코 화려한 색깔이 아니라는 것을 알게 된다. 매일 혹은 이틀 간격으로 다 해지고 더러운 운동화 끈을 끌고 매장을 서성거리다 돌아가는 모습을 보고 있자면 그녀가 마치 현관 앞에 놓인 세 줄짜리 슬리퍼처럼 느껴진다. 신는다는 행위 이외에는 다른 어떤 이유도 댈 수 없는 신발처럼 그녀는 어떤 모양이나 색깔 없이 그냥 거기에, 있다.

그녀는 우두커니 가을 신상품들을 감상하듯 바라본다. 물론 그래도 상관없다. 구매 의사가 없는 고객을 고객이라고 불러야 하는지에 대해서는 깊이 생각할 필요 없지만 아무튼, 그녀가 이 구두 매장 안을 서성대는 시간이 신경 쓰이는 건 어쩔 수 없다. 목구멍 깊숙이 걸려 삼킬 수도, 뱉을 수도 없는 생선 가시처럼 그녀는 답답하고 거슬린다.

나는 며칠 전 퇴근길에 보았던 작은 요크셔테리어를 떠올린다. 정류장 표지판 아래 웅크리고 앉아 있던 녀석이었다. 한때 눈처럼 희고 푹신했을 털은 땟국에 절어 앙상한 몸뚱이에 달라붙었고 어디서 다쳤는지 연신 왼쪽 앞발을 핥아대는 녀석이었다. 그 앞에서 걸음을 멈춘 것이 실수였다. 아주 잠깐 눈길이 스쳤을 뿐인데 녀석은 슬그머니 내 뒤를 따라오기 시작했다. 한때 사랑을 받아본 기억이 아직 남아 있는 것이 분명했다. 나는 반쯤 털이 빠져 비루먹은 꼬리를 흔들며 쫓아오는 그 모습을 외면했다. 나는 뛰기 시작했고 녀석도 따라 뛰었다. 빌라 입구의 현관문을 열고 몸을 날리듯 3층까지 거슬러 올라오는 내내 녀석의 발소리가 들렸다. 나는 뒤돌아보는 대신 문을 열고 집 안으로 들어와 다시는 열지 않을 것처럼 온 체중을 실어 문을 닫았다. 거칠고 요란한 소리가 3층 복도와 계단을 지나 지상의 거리로 내려갔다. 그 소리 사이로 문틈에 코를 대고 낑낑거리는 녀석의 울음소리를 들었다. 나는 문을 열지 않았다. 바닥이 움직이는 건지 내가 움직이는 건지 알 수 없지만 나는 현기증을 느끼며 신발을 벗어 던지고 거실로 들어와 텔레비전을 켰다. 막 9시 뉴스를 시작한 참이었다. 나는 볼륨을 높이고 라면을 끓였다. 가을 단풍이 절정을 이루고 덩달아 도로의 정체도 절정인 날이었다. 나는 절정의 한가운데 앉아 물이 끓기를 기다리며 캔맥주를 땄다.

잘 지내고 있을까, 앞발의 상처는 다 나았을까, 따위의 쓸데없는 생각이 꼬리를 문다. 그사이에 그녀가 자신의 운동화 끈을 밟아 비틀거리더니 진열대에 의지해서 간신히 균형을 잡는다. 진열되어 있던 부츠 중 한두 개가 쓰러진다. 지켜보던 나이트 박이 짜증스럽게 부츠들을 향해 걸어간다.
　자기가 신데렐란 줄 아는 거 아냐.
　나이트 박의 말소리는 제법 크다. 하지 않아도 좋을 말이라고, 나는 생각한다. 조마조마한 기분으로 그녀를 바라본다. 자극할 필요는 없다. 무엇보다,
　왜 화조차 내지 않는 걸까.
　차라리 노려보며 짖기라도 했으면 여태 그 강아지를 생각하는 일은 없을 거다. 나 또한 꼬리를 흔들지 말라거나 따라오지 말라고 소리를 질렀으면 잊어버리기가 한결 쉬웠을지도 모른다. 도망치지 말아야 했다. 도망치지 않을 거다. 도망치는 건 지나치게 낭만적이다. 나는 낭만적인 사람이 아니다. 참지 못한 나는 서랍에서 선물포장용 흰 리본 뭉치를 꺼내 그

녀에게로 다가간다. 후회하지 않는다. 후회는 미련한 짓이다. 또한 미련은, 더 이상 쓸모없다.

이걸로 바꿔 매드릴게요.

어쩔 줄 몰라 하는 그녀를 다짜고짜 의자에 앉혀놓고 나는 무릎을 꿇는다. 이상하다. 나는 아주 조금 어제보다 무릎 꿇는 일이 어려워진 느낌이다. 몸을 앞으로 굽히는 일도 아주 조금 더 지난주보다 힘들다. 과식을 한 기억은 없다. 기분 탓일지도 모른다. 나이트 박이 나를 쳐다보는 시선이 따갑다. 그러나 이 운동화 끈만 밟지 않게 할 수 있다면 어떤 일도 할 수 있을 것 같다. 그녀가 거부의 몸짓으로 의자에서 일어나려고 한다. 세상이 움찔움찔 흔들리는 듯하다. 나는 그녀의 발목을 쥔 채 말한다.

그냥 잠깐이면 돼요.

진심이라고 덧붙이고 싶다. 진심이다. 나는 진심으로 그녀의 더러운 운동화 끈을 빼버리고 싶다. 조여 묶지도, 그렇다고 풀어버리지도 못하고 항상 끌고 다니는 그 끈을 끊어버리면 어제와 다른 오늘을 살 수 있을 것 같다. 어제보다 무릎을 꿇는 일이 어려워진다든지 어제보다 몸을 앞으로 숙이는 일이 힘들어지는 것 따위는 상관없다. 나는 다만 달라지고, 싶다. 잘 갔을까. 후회해도 소용없다. 후회는 미련과 동의어다. 미련은 미련한 짓이다. 나는 다시 고개를 숙여 그녀의 운동화 끈을 풀어낸다.

이 리본을 끼워드릴게요. 한결 개운해질 겁니다.

타인의 신발을 벗기고 신기는 일이 현재 내 직업이기는 하지만 누군가의 신발을 벗긴다는 행위는 항상 조심스러운 일이다. 망설이던 그녀가 다시 두 발에 힘을 주고 일어나려고 한다. 갑자기 세상이 좌우로 흔들,거린다. 나는 두 손으로 땅을 짚고 간신히 균형을 잡는다. 등이 후끈 달아오른다.

언제든지 가셔도 됩니다. 이 끈만 다시 끼우고요.

왜?

누군가가 그 이유를 묻는다고 해도 나는 아무런 이유도 생각해낼 수 없을 거다. 그냥,이라고 대답할 밖에.

무좀으로 인해 허물이 너덜거리고 발톱이 하얗게 부서지는 어머니의 발을 씻기고 약을 바르고 마사지를 했던 이유는 발이 갖는 세계에 대한 나름의 존중이었다. 흔들거리는 그가 발은 그냥 발이라고 말한 적은 없지만 나는 발은 발이면서 살아온 습관이면서 먹고살기 위해 지불했던 흔적들이 가장 잘 보존된 곳이라고 말했었다. 말하자면 지난 시간에 대한 경의를 표하는 행위는 다시 어디론가 가기 위한 일종의 제의였다. 물론 눈앞에 있는 그녀의 삶에 내가 관여하려는 것은 아니다. 나는 그저 진심으로 그녀가, 이해해주길 바란다. 물론 가능한 일은 아니지만, 어쩌면 불가능한 일도 아니다.

무릎을 꿇은 내 눈앞에서 그녀의 무릎이 숨을 쉬듯 아주 작게 흔들리는 것을 본다. 보는 것 외에 달리 내가 할 일은 없다. 나지막하게 한숨을 내뱉기라도 한 것처럼 내 이마에 달짝지근하고 고소한 숨소리가 끼친다. 냄새는 보이지 않는 것을 보이게 한다. 아내의 냄새로부터 멀어지고서야 비로소 아내가 떠났음을 실감했던 것도 그 때문이다. 그녀의 발이 낡은 운동화 속에서 빠져나온다. 밖으로 나온 그녀의 발가락들이 매장 바닥에서 꼼지락거린다. 아내의 발을 떠올리는 날수는 천천히 줄어들었다. 눈앞에 있는 도톰한 작은 발등 위에서 힘줄이 파랗게 날을 세우는 것을 본다. 춥지도 않은데 작은 새가 뜬다. 복사뼈 밑에 드리워진 그늘이 파닥거린다. 파닥파닥, 심장이 뛴다. 파랑새도 잡아야 내 것이 되는 거란다. 평범한 시절의 어머니는 나에게 그렇게 말했다. 그러나 동화에 따르면 파랑새는 잡을 수 없는 새였다. 또한 나는 파랑새를 잡고 싶었던 적이 없었다. 먹고사는 일에, 파랑새는 그다지 도움이 되지 않는다는 걸, 너무 일찍 알아버린 탓이었다. 나는 나와 상관없는 그녀의 발을 본다. 아내는 떠났고 발 모양은 기억나지 않고 입 밖으로 꺼내지 않는 기억은 점점 흐려진다. 나는 결코 눈앞에서 파닥거리던 발이 잠든 새처럼 보인다고 말할 수 없지만 그건, 사실이다.

물론 그것은 과학적으로 불가능한 해석이다. 그러나 사실이야 어찌됐든 누구나 나름대로 진실을 갖는다. 나에게는 인간이 자신의 몸에 숨긴 최후의 시간처럼 발이 혼자 움직이고 있는 것이 진실이다. 주의 깊게 살피지 않으면 알아채지 못할 그 미세한 떨림이 천천히 내 발치로 다가온다. 파랑새는 한 번 읽은 걸로 족했지만 그렇다고 내가 파랑새를 잊어버린 것은 아니다. 또한 먹고사는 일에 별 도움이 되지 않는 파랑새라고 해서 반드시 필요 없는 것도 아니다. 생각만으로도 좋은 것도, 있고 내 것이 아니라고 해도 거기 있다는 걸 아는 것만으로도 그건, 의미가 있다. 나는 잠에서 깨어 어리둥절한 표정을 짓는 것 같은 그녀의 발을 본다. 그녀가 참지 못하고 운동화를 내 앞으로 내밀 때까지.

나는 운동화에 흰 리본을 끼운다. 왼쪽과 오른쪽을 교차해서 리본을 엮는 동안 매장 안을 떠도는 옅은 가죽 냄새나 유리 세정제 냄새, 방향제 냄새 들이 섞여 그녀와 나를 감싼다. 한 손이 다른 한 손을 쓰다듬듯. 온도가 다른 바람이 서로를 껴안듯. 무릎을 꿇고 그녀 앞에 앉아 쇼윈도 밖으로 지나가는 수없이 많은 발을 생각한다. 자신이 쏘아 보낸 빛을 보는 것은 자신이 아니라 늘 건너편에 있는 존재라는 사실을 누가 나에게 가르쳐준 적은 없지만, 어쩌면 그게 인생일 거다.

고맙습니다.

돌아서 문을 밀고 나가던 그녀가 나에게 그렇게 말한다. 문은 반쯤 열린 상태다. 문을 열고 나간 그녀가 뒤를 한 번 돌아보고 길을 건너간다. 그 틈새로 오전의 햇살이 조명으로 가득 찬 매장 안에 발을 들이민다. 빛의 입자들이 그녀가 나간 문으로 들어와 빈자리를 채우는 것이다. 나는 문을 닫기 위해 매장 입구로 걸어간다. 아주 조금 뒤뚱거리지만 걷기에는 아직 무리가 없다. 현기증도 없이 오른쪽과 왼쪽의 경계가 허물어지는 것을 느낀다. 나이트 박이 나를 보며 고개를 갸웃거린다. 어쩌면 나는 세상에서 가장 완벽한 동그라미가 될지도 모른다고, 곧 이모가 전화를 걸어올 것 같은 예감이 든다.

눈이 내린다. 그와 나는 고개를 들어 내리는 눈을 바라본다. 땅이 꺼지기라도 한 것처럼 하늘이 깊다. 벚꽃 같은 눈송이가 하늘로 날아간다.

그녀들은 잘 지내고 있을까.

나는 진심으로 궁금하다. 입을 함지박만 하게 벌리고 내리는 눈을 받아 먹는 그의 온몸에 눈이 쌓인다. 아니, 세상에서 경계를 이루는 모든 선 위로 눈이 쌓인다. 그리고 나는 지금 이곳에 있다. 무엇인가가 무엇인지 모르지만 그 무엇인가를 정리해야 할 때인 것 같은 느낌이다. 나는 내내 궁금했다.

기억에도 표준 시간이라는 게 있을까?

내 말에 그가 잠시 뭔가 생각하는 것처럼 미간을 찌푸리더니 양 볼을 크게 부풀렸다가 한숨을 뱉어낸다. 그 입김이 흰 너울처럼 허공으로 퍼져나가고 사라지기를 반복한다. 어디로든 갈 수 있지만 어디에도 닿기 전에 사라지는 입김을 보며 나는 아무 곳에도 닿지 못하는 일이 외로운 일일지는 모르지만 그리 슬퍼할 일은 아니라고 생각한다. 머리에 쌓인 눈이 얼굴을 타고 흘러내린다. 서늘했다가 따가웠다가 따뜻해진 물기가 턱 끝에 맺혔다가 똑똑, 떨어진다. 떨어지는 물방울을 보며 그를 처음 만났을 때를 생각한다. 그가 이제 눈사람처럼 보이기 때문이다. 믿을 수 없지만,

어느새 그는 마치 처음부터 그랬던 것처럼 완벽한 비율을 가진 눈사람이 되어 있다. 나는 어느새 그가 처음부터 눈사람이었을지도 모른다고 생각하기 시작한다. 그가 빙긋이 웃으며 짧은 양손을 들어 보인다. 아무래도 상관없는 일이라는 듯이.

언젠가는 눈 녹듯 사라지겠지?

나는 나에게 묻는다.

사라지는 건 없어. 다만 잊어버릴 뿐이지.

처음부터 눈사람이었을지 모르는 그도 스스로에게 말한다.

잊어버리면 다시 살 수 있을, 거니까.

나는 그에게, 그는 나에게 충고한다.

어느덧 나와 그는 우리가 되어 소리 없는 말들을 알아들을 수 있게 된 거다. 그러니 왼쪽으로 기운 만큼 오른쪽으로 기울며 중심을 잡기 위해 애쓰던 옛날을 떠올릴 필요 없다. 기억을 위해 노력할 필요 없다. 나는 말없이 그의, 나의, 우리의 얼굴을 빤히 쳐다본다. 이제 곧 눈앞의 그가, 반들거리는

머리와 얼굴과 목 없는 목과 동그란 몸통을 가진 그가, 내가, 우리가 되어갈 거니까. 끝없이 순환하는 절기를 지난 어느 날, 아무도 모르게 사라지겠지만 누군가는 기억하겠지. 눈을 굴리던 자신의 사각거리던 발소리를, 자신이 지나온 발자국 위에 다시 눈이 내리던 시간을, 그 곁을 따라오던 작고 가벼운 발자국을. 그건 억지로 기억해낼 수 있는 게 아니니까 이제 애쓰지 않아도, 된다.

수없이 많은 시계가 다들 제각각의 시간을 가리키는 진열대 앞에 서 있으면 말이야, 어느 시계의 시간이 맞는 시간인지 난감하지만…… 신기하게도, 간절히 시계가 필요한 사람들은 자신에게 맞는 정확한 시계를 골라간단 말이야. 간절히 원한다면 언제든지……

언제든지……
나는 그의, 나의, 우리의 마지막 말을 다시 중얼거린다. 물론 그와 나, 우리는 지금 어떤 말도 한 적이 없다. 눈발 사이로 서쪽 하늘에서 빛이 새어든다. 어떻게든, 어디서든 시간은 흐른다.
이제 그만 갈게.
라고 말하지 않았지만 그는 다시 고개를 끄덕이듯 꾸벅꾸벅 졸기 시작한다. 나는 또 와도 되냐고 묻지 않고 그는 언제나처럼 언제든지, 라고 말하지 않는다.

*　*　*

이모다.

이 새벽에 달리 누가 있겠는가. 나는 웃는다. 한 달 전보다 체형은 눈에 띄게 동그랗게 변했지만 이제는 좀처럼 기우뚱거리지 않는다.

그칠 수는 없겠지?

내가 묻는다.

발 때문에 평생 고생했으니까 발 없이 한번 살아보는 것도……

이모는 웅얼거리듯 말한다.

나는 사라져가는 발가락들을 꼼지락거린다.

그런데, 도대체 어디를 다녀온 거지?

천천히 이모가 대답한다.

살면서 내가 아닌 내가 되는 일은 가능해. …… 중요한 건 돌아오는 거야.

이모의 말에 따르면 이모는 자라를, 나는 이모와 다른 것을 선택한 것뿐이다. 잘못 선택한 시간을 헤매다 돌아오기 위해서는 다른 몸을 빌려야 한다는 이모의 말은 알쏭달쏭하지만 알쏭달쏭한 일은 도처에 널렸다. 고장 난 냉장고와 기억 속으로 돌아가버린 엄마와 낭만적인 미래를 꿈꿨던 아내를 통해 나는 그 사실을 알게 되었다.

통과해보지 않고는 도저히 모를 시간들이, 있다.

돌아오고 싶으면……
내 말에
언제든지
이모는 그렇게 말을 잇는다.

전화를 끊은 나는 도로 눕는다. 어느덧 새벽빛에 젖은 어두운 창들이 꿈에서 서서히 빠져나오는 중이다. 나는 눈을 감은 채로 한참을 누워 지구가 움직이는 소리를 듣는다. 역시 지구는 자전 중이다. 스스로 움직일 수 있다는 것은 참 다행스러운 사실이다. 어쩌면 스스로 움직이는 게 다행이라는 걸 알게 된 나도 다행일지도 모른다. 세상은 막, 또 하나의 동그라미를 완성하는 중이다. 나는 창문 끝에 걸린 차고 어둡고 선명한 하현달이 조용히 지평선 너머로 완전히 사라질 때까지, 눈 뜨지 않았다. 동그라미라서 정말 다행, 이다.

어두운 창들의 거리

같은 비행기, 라고 했다.

　게이트가 열리자마자 탑승권을 손에 쥔 사람들이 우르르 몰려든다. 족히 100명은 됨 직하다. 그 모습을 바라보며 나는 백화점 경품행사에 모여든 인파를 떠올린다. 이 사람들 중에서 단 한 사람을 찾는 일은 애초부터 불가능한 일일지도 모른다. 나는 자동차나 순금 열 냥, 세계 일주를 건 경품행사를 광고하는 문구를 볼 때마다 수입 자동차나 순금 열 냥, 세계 일주 따위의 경품은 절대 없을 거라고 생각하는 사람이니까. 그러므로 단 한 명이라는 문구는 어디에나 쓸 수 있는 표현이지만 어디에도 없다고 생각하는 게 나은 표현이다. 내가 찾는 그는, 없는 사람이 분명하다.

　같은 비행기라니.

　나는 한숨처럼 중얼거리며 의자에서 일어선다. 줄을 서는 것에 익숙지 않은 아이들이 몸을 꼬고 목청이 높아진 엄마들 뒤에 선 참을성 많은 아빠들이 아이들을 안아 올리는 저 눈앞의 대열에 끼기 위해서다. 막바지기는 했지만 아직 휴가철이다.

　등을 돌린 사람들을 바라보는 일은 언제나 막막해서 내 앞에 길게 늘어선 사람들의 뒤통수는 이름표를 뗀 교복 같아 보인다. 식별 가능한 범위는 고작해야 남자와 여자, 아이 정도인 거다. 딱히 뭔가를 바란 것은 아니므로 크게 실망할 일도 아니다. 드디어 탑승구가 열린다. 아코디언 상자처럼 생긴 작은 구멍 속으로 남자와 여자, 아이 들이 졸졸졸 따라 들어간다. 흐르는 물소리가 그치기 어려운 것처럼 행렬은 좀처럼 줄지 않는다. 지루하지만 어차피 지루함을 견디는 것이 인생이라고, 장이 말했던가. 아니 박이 했던 말이었나, 기억을 자신 있게 말하는 사람은 의심해야 한다고 말했던 건 누구였는지, 기억나지 않는다.

　내 출국 일시를 확인한 박은 같은 비행기라고 중얼거렸다. 밑도 끝도 없는 얘기였다. 처음에는 뜨거운 차를 후루룩 불어 삼키는 소리일지도 모른다고 생각했으나 그 소리가 같은 비행기라는 소리로 들릴 리 없었다. 나는 그때 같은 비행기를 타게 되는 사람이 누구냐고 묻고 싶었다. 그러나 내가 아는 박은 아는 사람이라든지 아는 동생 따위의 애매모호한 호칭을 써가며 간단히 설명하거나 정말 기억나지 않느냐는 듯 미간을 치켜뜨며 한 번도 들어본 적 없는 이름을 들이댈 거였다. 결론적으로 말하면 내가 얻을 수 있는 건 아무것도 없는 것이 분명했다. 아무것도 묻기 싫었다. 기억나지 않는 상황과 상황을 끼워 맞추고 공간과 시간 속에서 삭제된 도로와 지형을 다시 이어 붙이며 잠드는 건 그만하고 싶었다. 그래서 나는 '같은'과 '비행기' 사이에서 생략된 몇몇의 단어를 생각하며 같은, 하고 소리 없이 혀를 놀려보는 것에 만족했다. 그 단어를 발음하는데 입 모양은 크게 변하지 않았다. 사실 별로 대단한 일도 아니었다. 맞은편에 앉은 박도 아무 일 없다는 듯 찻잔을 들어 잠시 불었다가 마시기를 반복할 뿐이었으니까. 실내에는 여전히 찻잎에서 차가 우러나듯 따뜻하고 고소한 침묵이 차올랐으니까.

창밖을 바라보던 박이 갑자기 나를 돌아보았다. 뭔가 굉장한 것을 기억해냈다는 표정이었다. 나는 느슨했던 자세를 고치고 두 손으로 찻잔을 움켜쥐었다. 당장이라도 자신이 떠올린 굉장한 뭔가를 탁자 위에 와르르 쏟아놓을 기세였다. 나는 긴장했다. 가능하다면 평화롭게 잠들고 싶었다. 그러나 박은 방금 희망봉을 발견할 어느 항해자의 그것처럼 눈을 반짝이며 말을 꺼냈다.

같이 빗속에서 춤추던 날 혹시 기억나?

춤이라니. 춤이라는 단어가 뭔지 깨닫기도 전에 얼굴이 달아올랐다. 내가 아는 나는 음치이며 박치였다. 춤이나 노래 따위에 관심을 가져본 일도 없었다. 내 몸에서 걷기와 말하기에 필요한 근육들을 제외하고는 점점 퇴화하고 있을 거라고 생각한 적이 있을 정도였다. 내가 생각하기에 춤은 꿈과 비슷했다. 사람들이 꿈을 통해 욕망을 표현하기 시작한 건 오래전 우리가 날기를 포기하고 지상에 집을 짓게 된 그 무렵부터라고, 누군가 말했다. 그 말에 따르면 꿈은 실현 불가능을 인정한 대가로 얻은 일종의 무의식적인 위로 같은 거였다. 아침에 눈을 뜨면 아무것도 생각나지 않는 위로. 그 위로는 없는 것과 다름없었다. 그러므로 진정한 위안은 입 밖으로 꺼내지지 않는 것이거나 아무것도 하지 않는 거였다. 박을 좋아했던 이유도 그것이었다. 사실에는 좋거나 나쁘거나 따위의 판단이 필요 없다. 박은 처음 만나던 순간부터 사실,에 대해서만 얘기했고 그 사실,에 충실했다. 나는 나를 사실 그대로 보아줄 사람을 오랫동안 기다렸고 내가 생각하기에 박은 그런 사람이었다.

춤은 사실이 아니라 꿈이었다. 나는 날기를 소망하지 않았고 불가능한 꿈을 향해 심장이 터져라 뛰는 것도 사는 데 별 도움이 되지 않는다고 믿었다. 내가 사진을 선택한 이유도 그 때문이었다. 내가 생각하기에 움직임은 그저 움직이지 않으려는 사물들의 불연속적 저항에서 비롯되는 거였고 움직이려는 사물들과 움직이지 않으려는 세계 사이에 발생하는 저항을 가장 잘 드러내는 매체가 사진이었다. 그러니까 꽃 위에 앉은 나비나 소나무 등걸에 붙은 장수풍뎅이 들의 찰나에 침을 꽂는 곤충 학자처럼 빛과 그림자와 렌즈를 이용해 현재에 영원을 부여하는 쪽이 훨씬 현실적이라고 믿는다는 말이었다.

사진은 박제의 예술이야.

언젠가 내가 그렇게 말했을 때 박은 내 표현이 자조적이고 위악적이라고 대꾸했다.

굳이 그렇게 끔찍한 표현을 쓸 필요가 있을까.

박은 나와 생각이 달랐지만 그건 틀린 것과는 별개의 문제였으므로 결론을 낼 수 없었다. 하지만 내가 생각하기에 여전히 끔찍과 꿈은 멀고 꿈은 춤과 비슷하고 나는 꿈꾸지 않는 사람이었다. 어떤 상황에서라도 내가 춤을 추는 일은 결코, 가능하지 않았을 거였다. 그래서 나는 박의 말을 절대 믿을, 수 없었다.

정말 기억 안 나? 나는 그날 빗속에서 자기가 입고 있다 벗어버린 원피스도 기억하는데.

박은 안타깝다는 듯 덧붙이며 다리를 떨었다. 덜덜덜, 다리를 따라 식탁이 떨었고 덜덜, 찻잔에 담긴 차가 흔들렸고 나는 박을 바라보았다. 덜덜거리는 소리가 내 몸으로 전해졌다. 떨고 싶지 않았지만 온몸이, 떨렸다. 아닌 게 아니라 피곤했다.

차는 이미 식었고 창밖은 어두워 아무것도 보이지 않았다. 이따금 바람이 문을 툭툭 건드리는 소리가 들릴 뿐이었다. 나는 자리에서 일어났다. 박은 그때까지도 식탁 밑으로 뻗은 다리를 계속 떨었다. 그건 어느덧 익숙해진 박의 일상적인 모습이었다. 나는 박이 다리를 떨 때마다 그 모습이 어느 더운 나라의 진혼제에 사용되는 의식의 일부 같다고 느꼈다. 펄쩍펄쩍 뛰어올랐다가 온몸을 떨며 시신의 주위를 도는 사람들. 아니, 발을 동동 구르며 마트 바닥에 주저앉는 아이의 발놀림에 가까울까. 그 둘은 전혀 다른 차원의 시공간을 구성하지만 한편으로는 비슷한 몸놀림과 표정을 갖고 있기도 하다. 보고 싶지 않은 것을 볼 때마다 아주 먼 거리에 대해 떠올리는 건 내 오랜 습관이었다. 그건 다리의 의지일까 박의 의지일까. 얼마 전부터 나는 그렇게 묻고 싶었지만 묻지 않았다. 아마 박도, 모를 거였다. 내가 내 밤에 대해 모르는 것처럼. 나는 박에게 인사했다.

먼저 잘게.

박은 돌아서는 나를 향해 말을 이었다.

괜찮아. 다 잘될 거야.

박이 기억을 하나씩 끄집어낼 때마다 나는 내가 점점 지워지고 있다는 생각을 지우기 어려웠다. 물론 박이 없는 얘기를 지어내는 것이라고 여기지는 않았다. 어디서부터 어떻게 잘 못된 것인지 알 수 없었다. 빗속에서 옷을 벗고 춤을 추다니. 박의 기억에 관련된 중추신경 하나가 옷을 벗고 빗속에서 춤을 추는 영화 속 인물에 내 얼굴을 붙여 실재했던 일로 만들 어버렸다고 믿고 싶었다. 박의 말을 확인하기 위해 나는 옷장을 열고 그날 내가 입었을 원피스를 찾았다. 그러나 여름과 겨울과 그 사이에 긴 계절을 아무리 뒤져도 나는 아무것도 찾지 못했다. 박이 문을 열고 흘깃 나를 엿보는 걸 느꼈지만 멈출 수 없었다. 열흘 전의 일이었다. 다음 날 잠에서 깬 내가 제일 먼저 떠올린 건 내가 기억하는 나는 원피스를 입지 않는 사람이라는 사실이었다.

그 사실을 깨달은 날 아침 나는 금방 목욕을 하고 나온 사람처럼 개운했고 내 몸은 고요했다. 오랜만이었다. 물론 그 밤에 무슨 일이 벌어졌는지 알 수 없었다. 내 기억을 대신할 박이 보이지 않았다. 그 사실을 깨달았을 때 나는 희망봉을 돌아 대양으로 나온 허술한 배가 된 것 같았다. 박이 사라진 아침이었다.

아니, 사라진 건 밤이었을지도 몰랐다.

비행기가 서서히 움직인다. 잠잠하던 엔진 소리가 사납게

질주한다. 실내등이 꺼진다. 덜컹거리던 몸이 어디론가 빨려 들어가듯 무거워진다. 움직이지 않으려는 몸과 움직이려는 몸 사이에서 발생하는 마찰이다. 뒤쪽에서 내내 칭얼거리던 아이가 악을 썼고 누군가가 아이를 어르는 소리가 들린다. 엔진의 소음과 도심의 매미처럼 울어대는 아이와 누군가의 한없는 참을성으로 멀미가 날 지경이다. 주위를 돌아본다. 등받이에 머리를 기댄 사람들은 참고 견디느라 말이 없다. 나는 눈을 감고 귀를 막는다. 외부와 통하는 감각들을 차단하자 내가 만들어내는 소리가 들린다. 어딘가에서 물 흐르는 소리가 들리고 빠르고 거친 내 숨소리가 느껴진다. 눈꺼풀을 통과한 빛들이 어둠 속에서 멍처럼 번지기도 한다. 꼼짝 않는 몸 안이 온통, 소란스럽다.

사실 나는 달팽이처럼 고요하게 살고 싶다. 달팽이는 내가 키워본 생명체 중 가장 고요한 녀석이다. 함께 있지만 함께 있다는 사실을 잊어버리는 날이 많았고 그건 달팽이도 마찬가지였다. 우리는 서로를 잊어버리고도 같이 잘 지냈다. 그렇게 고요하고 느리고 지루한 달팽이가 사육 상자에서 사라졌다는 사실을 깨달은 건 너덜너덜해진 사진 한 장을 발견하고 난 후였다. 달팽이는 사진 한 장을 갉아 먹었을 뿐 별 흔적도 남기지 않았다. 언제 어디로 어떻게 사라졌는지 짐작도 할 수 없었다. 나는 빈 액자처럼 테두리만 남은 사진을 집어 올렸다. 어느 산책길에서 웃고 있던 사진 속의 박이 사라지고 없었다.

자세히 기억나지는 않지만, 우리는 그 산책길에서 나무와 나무 사이를 건너뛰는 정도로 다람쥐에게 난다는 의미의 접두사를 붙인 것이 정당한지에 대해 얘기했던 것 같다. 내가 날든지 말든지 그건 날다람쥐들이 알아서 결정할 일이라고 말하는 동안, 박은 손에 쥐고 있던 뻥튀기를 잘게 잘라 날다람쥐들에게 던져주었다. 이어서 날짐승들에게 과자 부스러기를 던져주는 행동은 어리석다고 내가 덧붙이자 지상에 사는 짐승들은 서로를 보호하고 아껴줄 의무를 가진다고 박이 대꾸했다. 사실 날다람쥐가 날든지 말든지 상관없었을 거였다. 그때 눈앞을 지나가는 것이 뱀장어나 까마귀였다면 우리는 뱀장어가 과연 뱀인지 아닌지에 대해 얘기했을 것이고 까마귀라는 이름을 지어준 이유가 깃털의 색깔 때문인지 아닌지에 대해 얘기했을 거였다. 그 모든 것이 가능했던 건 장마가 끝난 초여름 아침이었기 때문이다.

충분한 수분을 취한 풀과 잎사귀 들이 맹렬한 기세로 자랐고 햇빛은 가볍고 명랑하게 그들을 거뒀다. 눈앞의 세상은 어딘가 비현실적이었다. 찰랑거리는 햇빛으로 가득한 너도밤나무 숲과 잘 관리된 공원의 풍경이 마치 은행 담보 대출 광고처럼 보였다. 행복한 미래를 약속하거나 내일의 희망을 품 안에 안겨주지 않을 거였지만 사진은 의도적으로 그렇게 보이도록 기획되었다. 그래서 사람들은 번번이 미래를 약속하거나 희망을 보장해주는 것은 아무것도 없다는 걸 알면서도 기획된 사진에 쉽게 속았다. 아니나 다를까, 곁에 있던 박이 그래도 행복하다고 말했다. 그것은 찰나적 감각의 오류에서 생겨난 감정의 과잉이 분명했지만 나 또한 박이 곁에 있다면 오류와 과장이 반복되어도 상관없을 것 같았다. 다소 흥분 상태였기 때문일까. 그런 나를 향해 박은 지난밤의 산책보다 즐거웠다고 말을 이었다.

지난밤이라니. 하루만이라도 거짓말처럼 평화롭고 싶은 내 바람은 번번이 실패로 돌아갔다. 박은 내 기억에 없는 지난밤을 찬물 튕기듯 무심하게 내뱉었다. 그리고 나를 향해 서둘러 덧붙이기를 잊지 않았다.

괜찮아. 아무도 모를 거니까.

나는 위안이 아무 말도 하지 않는 것에서 비롯된다고 말하고 싶었지만 아무 말도 하지 않았다. 그리고 일주일 동안 사라졌던 달팽이를 발견한 것은 그제 저녁이었다. 달팽이는 책상 밑 어두운 구석에서 자신이 부려놓은 배설물 옆에 오도카니 놓여 있었다. 껍질 안을 들여다보는 짓은 하지 않았다. 다만 달팽이 껍질을 바라보다가 잠시 녀석이 껍질을 버리고 밖으로 나가버린 건 아닐까 생각했다. 안이나 밖이나 집을 떠나서는 오래 살 수 없는 녀석이었다. 사육 상자 안에 머물렀다면 편안하고 안락했을 텐데. 쓰레기통에 달팽이를 던져 넣으며 나는 중얼거렸다. 탈출은 왜 매번 번번이 시도되고 실패할까.

아는 것이 별로 없었다. 내가 아는 것이라고는 그라는 존재
가 있다,는 사실뿐이었다. 겨우, 희미하게 알게 된 그와 나는
같은 학교를 다녔을 리도 없고 업무상 마주쳤을 확률도 지극
히 낮았다. 내게 암실과 스튜디오 바깥의 이력은 거의 존재하
지 않았으니까. 스튜디오 안에서 마주치게 되는 사람들과도
대부분 간단하고 간결한 관계를 유지하는 편이었다. 안. 이게
내 이름이었으며 내 성(姓)이었고 성(性)이었다. 박이 내 앞
에 나타나기 전까지 나는 암실의 어두운 침묵과 대화했으며
카메라 너머의 피사체들과 소통했다. 그 대상은 주로 튀긴 닭
과 피자, 배추나 고추, 그리고 창백한 식물들이었다. 단조롭
기는 했지만 그 삶은 안전했다. 따라서 같은 비행기를 탔을
그가 튀긴 닭이나 피자, 배추 혹은 고추가 아닌 이상 나와 같
은,이라는 단어로 엮이는 것은 불가능했다. 그런데 어느 날
밤, 박이 불쑥 같은 비행기,라는 말을 남기고 사라졌다.

소음들이 소용돌이치는 급류의 정점에 도달했다고 느낄 무
렵 드디어 비행기가 난다. 몸이 가벼워질수록 귀는 먹먹해진
다. 기내의 소음들이 멀다. 그러나 아주 잠깐이다. 실내등이
다시 켜지는 순간부터 정적은 웅성거림으로 바뀐다. 곧이어
목적지에 도착할 시간과 그곳의 일기를 안내하는 기장의 목

소리가 스피커를 통해 흘러나온다. 기장의 말에 따르면 그곳은 지금 우기이다. 일기가 좋지 않다는 소식은 그리 반가운 일이 아니지만 그것은 현재 내가 존재하지 않는 그곳의 상태다. 지금 나는 구름 속에 있다. 함께 비행을 시작한 모르는 우리들이 이제 막 구름을 지나간다. 구름 속에서 구름을 찍는 것이 어리석은 일임을 예전부터 알았나. 지상의 모든 걱정이 아무래도 상관없는 것처럼 여겨진다. 비로소 가고 싶은 마음은 없지만 가지 않을 수 없는 곳이 조금씩 다가온다는 사실을 받아들이는 걸까. 물론 가까이 가는 것이 두려운 시간이 있었고 다가오는 것들을 피하고 싶었던 순간도 있었다. 그건 물러날 곳이 있거나 선택의 여지가 아직 남았을 때나 누릴 수 있는 감정들이다. 나에게는 더 이상 물러날 곳도, 선택할 수 있는 것도 없다. 그러니 다가오는 것들을 향해 가까이 가는 수밖에.

이봐요, 안. 자기뿐이야.
고소공포증을 겪는 장은 막 촬영을 끝낸 땅콩을 함부로 까먹으며 간단히 사정을 설명했다. 인물 촬영을 전담하는 동료가 신종 감기로 출근도 금지당한 형편이므로 별 뾰족한 수도 없었지만 단순히 사진 몇 컷 때문에 그곳까지 가길 종용하는 장이 이해되지 않는 것은 여전했다. 내가 아는 장은 마음만 먹으면 옥수수 밭을 통째로 스튜디오에 옮겨올 능력을 가진 사람이었기 때문이다.

그건 예술하는 사람들이나 하는 짓이잖아요.

간결하게 상업주의를 상기시킨 내 말에 장도 간결하게 대꾸했다.

나는 고객이 시키는 대로, 안은 장이 시키는 대로.

장은 실장의 성(姓)이자 성(性)이었다. 장은 사진에 조예가 있는 옥수수 가공업체 대표인 고객이 곧 개인 사진전을 열고 그 자리에서 시의원선거 출마를 선언할 예정이라고 나를 설득했다. 바쁜 고객을 대신해서 고객의 여정을 더듬어 사진을 찍어오라는 것이었다. 장은, 마치 대리 출석을 강요하는 동급생처럼 막무가내였다. 그 일은 내가 옥수수 가공업체 대표인 고객이 되지 않는 한, 불가능한 일이었지만 장의 생각은 조금 달랐다. 사진기는 인간이 만들어낸 기계이고 기계는 매뉴얼에 충실하다면 얼마든지 사용과 재활용이 가능하다는 것이었다. 나는 입을 다물었다. 더 이상 말을 덧붙여봤자 구태의연한 설명과 변명의 반복일 뿐이라는 것을 장도, 나도 알았다. 그래서 장이 흘린 땅콩 껍질들이 내 운동화와 장의 구두 위에 점점이 떨어진 것을 말없이 바라보았다. 그것은 아마도 땅콩이 바라던 최후는 아니었겠지만 바람은 그저 바람이었다. 나는 진정한 상업주의의 정신은 어쩌면 '주문하는 대로'에서 출발하는 것일지도 모른다고 생각했다. 잘 익혀 먹든 날것으로 먹든 그건 요리사가 결정할 일이 아니라 먹을 사람의 취향이 정할 문제였다. 말고기 육회에는 화이트 와인이 어울린다고 아무리 말해봤자 요리를 위해 돈을 지불한 사람이 소주를 고집하면, 그 요리는 그렇게 먹는 게 맞다는 사실과 비슷하다.

며칠 후, 장에게 몇 가지의 옥수수에 관련된 사진과 콘티를 제출했다. 무엇을 원하는지도 모르는 고객을 위해 무엇인가를 상상해야 한다는 사실은 생각보다 어려웠다. 문득, 발 대신 날개를 가졌더라면 마음대로 꿈을 꿀 수 있을까,라는 생각을 했지만 나에게 필요한 건 날개가 아니라 튼튼한 두 다리라는 사실은 변하지 않았다. 그러니까, 꿈을 꿈꾸는 것은 역시 하나 마나 한, 쓸모없는 생각이었다.

여름 내내 옥수수 껍질 벗기는 아르바이트를 했던 거 기억나?

박이 그렇게 물었을 때도 나는 피곤하다고 말했던 것 같다. 거짓말이 아니라 기억을 확인해야 할 때마다 피로가 장대비처럼 어깨를 때렸다. 사실 어느 여름 옥수수 껍질을 벗겼든 말든 지금 나에게 그 기억은 별 쓸모없는 거였다. 박이 내 팔에 손을 얹으며 나를 바라보았다.

그래도 자기는 언제나 변함없다는 걸 알아.

나는 박에게 끝내 그런 말은 하지 못했다.

낯선 곳이라는 실감은 냄새에서 시작된다. 공항에서부터 떠도는 이 냄새는 향신료 냄새 같기도 하다. 실크로드가 출발한 곳이었던가. 향신료 때문에 죽고 죽이는 시대가 아닌 것은 다행스러운 일이지만 높은 습도로 인해 냄새는 한층 더 짙게 느껴진다. 이미 비행 내내 멀미에 시달렸던 나는 이국의 습도와 냄새와 멀미로 벌써부터 만신창이가 된 기분이다. 그러나 이곳에서 이 냄새로부터 도망칠 길은 없을 것이다. 기억나지 않는 밤으로부터 결코 헤어날 수 없듯이 말이다.

사방을 두리번거린다. 출국장에서 나를 기다리는 사람은 없다. 또한 내가 찾는 모르는 그도 어디에도 보이지 않았다. 아는 것이 없는 사람을 찾기 위해 정한 내 나름대로의 기준은 복장에 관한 것이었다. 물론 그 기준은 모호하고 주관적이다. 넥타이를 맨 사람이거나 혹은 청바지를 입지 않은 사람이면서 동행이 없거나 안내인을 기다리지 않는 사람. 어느 장소에서든 열 명 정도는 금방 찾을 수 있는, 흔하디흔한 유형의 분류법이다. 그러나 처음부터 그 누군가를 찾을 수 있을지도 모른다는 기대조차 불가능한 상황이므로 내 주관적인 기준 외에 별다른 궁리도 불가능하다. 그나마 다행이라면 같은 비행기를 탄 사람들 중 그 기준을 통과한 사람이 생각보다 많지 않다는 점뿐이다. 운이 좋으면, 이라는 덧없는 희망이 움찔 고개를 들어서 세상이 그렇게 쉬울 리가 없다고 스스로를 다독이지만 입국장 의자에 앉은 한 남자를 보며 나는 어느새 내가 찾는 사람이 그라면 좋겠다, 는 기대를 품는다. 나로부터 적당한 간격을 둔 그는 출국장 주변에서 가장 내 불확실하고 불성실한 기준에 맞는 남자다. 그라면, 좋겠다.

그는 내가 짐을 찾고 마중 나온 안내인이 없는 것을 확인하고 장과 통화를 하는 동안 계속 그 자리에서 꼼짝 않는다. 베이지색 바지에 어두운 재킷 차림인 그의 짐이라고는 무릎 위에 올려놓은 가방 하나가 전부다. 한적한 휴가철에 하릴없이 도심의 서점에서 책을 고르다 잠시 쉬는 사람이라고 해도 믿을 정도다. 재킷 주머니에 꽂힌 포켓북이 엿보인 탓이기도 하겠지만 어쨌든 어떤 장소에서도 이목을 끌지 않는 차림인 것은 분명하다. 그러니까 그는 마치 입체적인 공간을 구성하기 위해 의도적으로 덧붙인 배경처럼 보인다. 물론 그가 내 주의를 끈 것도 의외다. 지나가는 사람들을 바라보는 그의 눈빛 때문일지도 모른다. 기다리는 것도, 가야 할 곳도 없는 사람처럼 그는 그냥, 멍하니 앉아 있다.

꼭 투명인간인 것 같았어.

내가 기억하지 못하는 내 모습에 대해 물었을 때 박은 그렇게 말했다. 좀더 기괴하거나 음산한 표현을 기대했던 나는 투명인간을 떠올려보았다. 내가 상상하는 투명인간은 어디로든 갈 수 있지만 아무 데도 갈 수 없는 괴물이었다. 붕대를 칭칭 감고 몸을 감싼 외투와 중절모를 떠올리며 나는 나지막하게 신음을 내뱉었다. 눈에서 초록색 광선이라도 나오는 거냐고 투덜거리자 박은 온몸을 들썩거리며 웃어댔다.

당신을 처음 만났을 때 내가 당신을 알아보고 말을 건넨 것
도 그 눈빛 때문이었어.

귤을 까며 박이 말했다. 시트러스 향이 연막 살충제에서 퍼
지는 연기처럼 뭉클거리며 실내를 메웠다. 한여름에 맡는 귤
냄새는 나쁘지 않았지만 뭔가, 이질적이었다. 어딘가 모르게
잘못됐다는 생각이 들었다. 뉴스에서는 잘못 배달된 택배 상
자 안에서 현금 다발을 발견한 사람이 저지른 살인에 대해 보
도되고 있었다. 나는 희극을 비극으로 만드는 힘을 가진 사람
들을 떠올렸다. 진행자는 지극히 평범한 이웃이었다는 목격
자의 진술을 덧붙이는 것으로 그 뉴스를 마무리했다. 색이 바
래고 낡아가는 것은 기억이나 재활용품이나 마찬가지였다.
누가 어떻게 알아보든 그건 중요한 일이 아니었다. 그러나 믿
음과 평화가 깨지는 건 언제나 찰나였다.

자기가 제일 좋아하는 과일이 아마 복숭아였지?

나는 기억나지 않는 박의 사사로운 기호에 대해 짐짓 아는
것처럼 물었다. 박은 깐 귤을 내게 건네며 즐겁게 고개를 끄
덕였다. 박이 며칠 전 복숭아 통조림을 먹고 밤새 두드러기로
고생했던 사실을 둘 다 까맣게 잊어버린 저녁이었다. 알지도
못하면서 아는 척하는 것만큼이나 좋아하지 않으면서 좋아한
다고 말하는 것도 어리석었다.

나는 그를 모르므로 눈앞의 그가 그라고 단정할 수 없다.

한편으로 모르는 그는 어쩌면 박이 아는 그 사람일지도 모른다. 다짜고짜 그에게 가서 박을 아느냐고 물어보면 간단히 해결될 문제지만, 나는 이유 없이 두렵다. 생면부지의 사이므로 그냥 지나치면 그만이다. 그러나 우리는 모두 생면부지의 관계에서 서로를 향해 걸어왔다가 시야 바깥으로 걸어나가기를 반복하며 기억과 세월을 만들 수밖에 없는 종(種)이다. 그래서 나는 자리를 뜨지 못하고 오지 않는 안내인을 기다리며 아무도 기다리지 않는 것처럼 보이는 그를 바라보는 일을, 그만둘 수 없다.

바다 건너 장은 평소와 다르게 말이 길다. 통역과 안내를 맡기로 했던 자신의 지인과 연락이 닿지 않는다는 말을 하기 위해서다.

숙소는 찾아갈 수 있지? 가서 기다리라고. 곧 통화가 될 테니까. 근데, 사실 혼자서도 잘하잖아. 원래 이렇게 시작하는 거야.

장은 알뜰한 사람이다. 알뜰한 장이 출장 경비를 아끼기 위해 자신의 온갖 인맥을 활용하는 일은 충분히 미루어 예상했던 일이지만 나는 버려진 전단지처럼 막막해진다. 누굴 탓하겠는가. 묶음에서 떨어져 나온 낱장처럼 혼자 낯선 공항을 두리번거리는 내가 믿을 곳은 어디에도 없다. 그것이 같은 비행기를 탔던 사람들이 대부분 떠난 공항에 아직까지 내가 남은

이유다. 어디로든 가야 했지만 여기는 방향조차 가늠할 수 없는 곳이다. 그때 그가 가방을 고쳐 메고 일어서는 게 보인다. 길을 잃을 걱정은 잠시다. 사실 나는 길을 잃을 걱정 따윈 필요 없는 사람이다. 나는 눈을 뜨고 잠이 든 채 낯선 거리를 돌아다니거나 누군가를 만나다가도 제자리로 돌아오는 능력을 가진 사람이니까. 막막하게 서 있는 것보다는 어디든지 어디론가 걷는 편이 차라리 낫다. 낫다고 믿고 싶다. 낫고 싶었다.

자주 있는 일은 아니었지만 달리 치료법은 없다고 했다. 자연스럽게 낫거나 주위의 애정 어린 도움으로 극복되는 병이라는 조언 외에는 따로 처방전도 받지 못했다. 나는 점점 낮 시간의 대부분을 기억을 더듬거나 눈에 보이는 대상이 진짜인지 아닌지에 대해 의심하는 것에 할애해야 했다. 카메라 건너편의 튀긴 닭은 실제로 산 병아리일지도 모른다고 생각했고 장미 꽃바구니를 갓 도살한 돼지나 목이 잘린 생닭이 아닐까 의심했다. 나는 점점 위축되었고 기억나지 않는 밤 때문에 괴로웠다. 박이 나를 알아본 건 그즈음이었다. 아니, 박은 내가 자신을 알아보았다고 말했다. 차라리 그 말을 하지 말았거나 내가 그 말을, 듣지 말았어야 했다. 며칠 밤을 잠들기 위해 애쓰며, 잠들지 않기 위해 애쓰며 내가 수없이 한 혼잣말은 그거였다. 그러나 그때 나는 온통 낫고 싶다는 생각뿐이었다.

나는 좀 전의 비행을 떠올려본다. 내가 찾는 그가 가족 단위의 여행객들과 여자들, 너무 젊거나 늙어 제외시킨 그들 중 한 명이었을지도 모른다는 사실에 생각이 미친 거다. 어쩌면 내 옆에 앉아 헤드셋을 쓰고 코를 골며 자던 중년의 키 작은 사람이거나 비행 내내 맥주를 마시며 화장실을 들락거리던 내 앞쪽 좌석의 뚱뚱한 사람일 가능성도 배제할 수 없다. 사실 그 사실을 떠올리는 일은 이제 별 의미 없는 일이다. 같은 비행기를 탔던 우리들은 모두 뿔뿔이 흩어졌다. 중요한 것은 그들 모두와 나는 아무 관계도 아니었으며 그러한 관계는 영원히 유지될 것이라는 점이다. 이런 생각을 하는 동안에도 나는 키가 크고 마른 그를 놓치지 않으려고 애쓴다. 어쩐지 그의 뒷모습은 그림자처럼 간결하다. 배낭을 고쳐 메며 나는 중얼거린다.

괜찮아, 아무도 모를 거야.

그 말은 상대를 위로하는 말처럼 들리기 쉬웠지만 정작 그 말에 귀 기울이고 믿고 싶어 하는 사람은 말을 꺼낸 사람뿐이다. 그러니까 언제나 말을 하는 본인에게만 다짐과 위안이 되는 말인 거였다.

괜찮아, 아무도 모를 거야.

박과 함께 아침을 맞은 날부터 박은 나에게 그렇게 말했다. 뭘 알아야 하고 뭘 몰라야 하는지 알 수 없어서 괴롭던 시간이었다.

그날 나는 어리둥절한 기분으로 잠에서 깼다. 아주 잠깐, 여기가 어딘지 알 수 없었다. 사방을 둘러보았다. 본래 흰색이었지만 이제는 누렇게 변한 벽지와 계통 없이 쌓여 있는 책 더미 옆이었다. 바둑판 무늬의 침대보가 낯익었다. 내 방이었다. 나는 섣불리 안도했다. 어젯밤에는 별일이 없었던 걸까. 내게 밤은 기사가 삭제된 신문 같았고 그로 인해 일상은 반복되는 것이 아니라 불연속적인 망각의 연속이었다. 나는 날마다 어제와 같기를 바라며 잠이 들었고 눈을 뜰 때마다 제발 여기가 여기이기를 바랐다. 그런 의미에서 잠이 깬 장소가 익숙한 곳이라는 사실은 다행스러웠다. 그때 등 뒤에서 내 숨소리와 엇갈리는 다른 숨소리가 느껴졌다. 입이 찢어져라 하품을 하던 나는, 숨과 입을 막고 천천히 돌아보았다. 익숙한 내 방에 누운 내가, 혼자가 아니었다. 눈가에 아슬아슬하게 맺혔던 눈물이 관자놀이를 타고 베갯잇으로 떨어졌다. 돌아누운 낯선 등이 보였다. 혼자가 아니기를 바랐지만 그렇다고 이런 상황을 바란 것도 아니었다. 공포가 몰려왔다. 여기가 차라리 판타지나 SF의 세계였으면 싶었다. 영화 포스터였나. 머리 뚜껑을 들어 담배 연기를 피워 올리던 남자의 사진이 떠올랐다. 나는 머릿속이 타들어가는 것처럼 아팠다. 구토가 따라왔다. 그가 잠에서 깨는 것을 느꼈다. 꿈도, 악몽도 아닌 실재하는 아침이었다.

죄송하지만 누구냐고 물었다. 박이라고 했다. 재차 누구냐고 묻는 내가 희극영화에 등장하는 얼간이처럼 보일 것이 뻔했다. 그렇다고 누구인지 묻지 않을 수 없었다. 그러자 그는 다시 박이라고 했다. 박이나 나나 답답하기는 마찬가지였다. 지난밤 역전 간이주점에서 오랜만에, 나를 만났다고 했다. 아니, 내가 먼저 자신에게 말을 걸었다고 했다.

자기가 먼저 날 기억하고 알아봤어. 진짜 지리산에 만난 거,…… 기억 안 나?

나는 당황했고 절망했다. 지리산에 가긴 갔지만 지리산 등반의 경험은 누구에게나 가능한 경험이었다. 또한 내가 기억하는 그 산행은 처음부터 끝까지 나 혼자였다. 배부른 강아지처럼 잘 자던 시절의 일이었다. 나는 절대 나일 리 없다고 말했고 박은 같이 묵었던 산장에서 끓여 먹은 라면에 대해 얘기했다. 종이컵에 라면을 넣고 라이터로 그을려 끓이는 방법은 분명히 내가 산에서 즐기던 방법이었다. 나는 혼란스러웠다. 그의 말이 사실이라면 기억할 수 없는 범주가 점점 더 넓어지는 것이 분명했다. 박이 내 발을 내려다보았다. 그때서야 내 발에 살색 밴드가 여기저기 붙어 있는 것이 보였다. 잠들 때까지만 하더라도 없던 것들이었다.

돌아오는 길에 갑자기 당신이 맨발로 대로를 달렸어.

정말 기억나지 않느냐고 박이 신기한 듯 물었다. 나는 엎드려 눈을 감았다. 약을 찾아 집으로 따라 들어왔다는 거였다. 눈을 감은 나는 돌아가는 자신에게 내가 방문을 잠가달라고 간절히 말했다고, 어쩐지 자기가 곁에 있어주기를 바라는 것처럼 보였다고 덧붙이는 박의 목소리를 들었다.

나를 끌어안고 잠이 들었는데 처음에는 같이 잠들 생각이 아니었어. 그런데 자기가 나를 안고 낀 손깍지가 풀리지 않는 거야.

박이 어깨를 으쓱 추켜올리며 무안하다는 표정을 지었다. 나는 여전히 엎드려 눈 감은 채 미안하다고 말했다. 괜찮다고, 아무도 모를 거라는 박의 말이 무슨 의미인지 따져보지 못할 정도로 미안하기만 했다. 박의 처음은 어땠는지 모르지만 내가 기억하는 나의 처음은 그랬다. 그리고 박은 내 곁에서 폐허처럼 버려진 기억을 정리하고 회고하며 나를 지키다가 어느 날 사라졌다.

닌 씨 앙취날?

차에 타자마자 기사가 묻는다. 나는 앞 차를 손가락으로 가리킨다. 기사는 문제없다는 표정이다. 닌 씨 앙취날이 무슨 뜻인지 알지 못했지만 소통에 별 문제는 없다. 그러나 거기까지다. 차에 달린 오디오에서 요란하게 흘러나오는 노랫소리를 제어하는 일은 내 능력 밖이다. 꺼달라거나 줄여달라는 말은 손가락으로 해결할 수 없는 말이므로 그저 참아야 한다. 참아야 할 게 너무 많아서 가끔 내가 아닌 척, 창문을 열고 비명이라도 지르고 싶었다.

인내심을 갖고 기다리는 방법뿐이라고 했다.

병명을 처음 알게 됐을 때 나는 암이나 고혈압, 당뇨가 아니어서 다행이라고 생각했다. 하지만 시간이 지나면서 어떤 사소한 질병도 당사자들에게는 암이나 고혈압, 당뇨와 똑같은 무게로 작용한다는 말을 이해하게 되었다. 건강한 사람들도 어딘가 한 군데쯤은 아픈 세상이었다. 실제로 장은 고층 아파트에 살면서도 창가 근처에 얼씬할 수 없었고, 변비나 편두통 혹은 여드름 때문에 자다 깨고, 밥 먹다 일어나고, 음식을 가려야 하는 사람들은 일일이 찾을 필요도 없이 많았다. 나는 낮에는 내가 앓는 병이 단순히 변비나 편두통과 같은 질환일 뿐이라고 스스로를 위로했고 오후가 되면 걱정과 긴장으로 실제 편두통이 생겼다가 아침이 되면 지난밤이 기억나지 않아 괴로웠다. 팔이나 다리를 침대 귀퉁이나 문고리에 묶어놓고 자보기도 했고 현관문을 옮기기 어려운 가구로 막아놓기도 했다. 그러나 밖으로부터 스스로를 완벽하게 차단할 방법은 없었다. 모든 문은 안에서 잠기고 열리도록 설계되었으며 모든 자물쇠는 밖에서 안을 향해 채우도록 설계되었다. 나는 안에서도, 밖에서도 나를 가둘 수 없었다. 한밤의 내가 스스로의 손발에 묶인 매듭을 풀거나 자리를 이탈한 가구를 도로 그 자리로 돌려놓는 일은 아마 어렵지 않았을 것이다. 매듭을 풀거나 가구를 치우며 나는 지킬 박사를 비웃는 하이드 씨 같은 표정이었을까. 할 수만 있다면 밖을 모조리 가두고 영영 열쇠는 잃어버리고 싶었지만, 할 수 없었다.

내가 탄 차는 앞차와 시종 일관된 거리를 유지한다. 도대체 어디로 가는 거야. 모르는 그를 향해 내뱉는 말이지만 사실은 나에게 묻는 말이기도 하다. 이건 나답지 않다. 물론 처음부터 작정한 건 아니다. 공항에서 안내인이 내 이름이 적힌 종이를 들고 기다렸거나 박이 같은 비행기라는 말만 하지 않았더라면 지금 내가 앞차를 쫓아가는 일은 없을 거다. 그러나 말끝을 흐렸던 박의 한마디가 충동을 불렀고 그 충동이 새로 나를 추동했다. 나는 지금 박이 말한 그일지도 모른다는 의혹 때문에 앞차를 따라가는 것이 아니라 박이 말한 그가 아니라는 확신을 갖기 위해 따라가는 것이라고 믿고 싶다. 나와 상관없는 사람들이다. 그래서 지금의 이 행동이 미련한 짓이라는 것을 안다. 미련한 인간이라고 했다. 아무것도 믿지 말고 믿도록 만들기만 하면 된다고 장은 충고했다.

여기는 예술하는 곳이 아니라고.

장은 면접 때 내가 들고 갔던 포트폴리오를 보고 나서 그렇게 말했다. 낱장 광고 사진에 필요한 기술은 색과 빛을 적절히 혼합해 시든 사과를 맛있는 사과처럼 보이게 하는 것임을 나는 금세 터득했다. 주관적인 해석이나 신념은 필요 없었다. 잠든 채로 거리를 돌아다니게 되기 전까지 나는 받는 만큼 제공하고 주는 만큼 요구하는, 안정되고 평화로운 삶을 살았다.

꿍꽝거리던 노래가 무협 영화의 칼싸움처럼 창창거리다가 교태를 부리는 여자의 들쩍지근한 콧소리로 바뀔 무렵 기사가 다시 입을 연다.

또우 러.

멀찍이 떨어져 정차한 앞차에서 그가 내리는 것이 보인다. 이번에도 무슨 말인지 알아들을 수 없지만 나는 지갑을 꺼낸다. 미터기가 없는 택시다. 기사는 네 손가락을 펴 보였고 나는 다섯 장의 지폐를 내민다. 마지막 한 장은 마지막까지 적당한 거리를 유지해준 것에 대한 보답이다.

셰셰.

이곳에 도착해서 처음으로 알아들은 말이다. 나도 그가 알아듣지 못할 이국의 언어로 대답하고 차에서 내린다.

고맙습니다.

서로 진심 없이 하는 말이므로 알아듣지 못한다고 해도 상관없다. 어차피 반갑고, 고맙고, 사랑하거나 미안해하다가도 헤어지고 다시 그 말은 끝없이 오고 갈 말이다. 어쩌면 인간의 역사는 대부분 이런 말들로 흘러가는지도 모른다. 반갑고 고맙다가 그치기도 하고 반갑고 고맙고 사랑하다가 행복을 빌어주기도 하겠지만, 결국 하거나 하지 않거나 상관없는 말들. 박이 사라지기 전 나에게 했던 말은 무엇이었을까. 내가 기억하는 마지막과 박이 기억할 마지막의 간극을 가늠할 수 없다. 나는 잘 가라고 말했을까. 박은 건강하라고 대답했을까. 처음으로 아무것도 기억하지 못해서 다행이라는 생각을, 한다.

'허이안 더 추앙 st.'

내가 이정표의 영문 표기를 더듬거리는 동안 그는 도로에 고인 빗물을 가로지른다. 그의 뒤에 남은 흔적들이 빗물로 금세 지워진다. 바다에 도장을 찍는 것만큼 쓸데없는 일이 있을까. 오직 지금 이 순간에만 존재하는 사실들. 곧 연못 위에 떨어진 빗방울처럼 흔적도 없이 사라질 기억들을 건너 그를 따라간다.

거리는 잠시 철거가 중단된 공사 현장처럼 보인다. 온전해 보이는 건물들은 별로 없다. 허물어진 벽마다 색색의 래커로 쓰인 글자들이 보이고 쓸 만한 목재와 고철을 줍는 사람들이 간간이 눈에 띈다. 낯설지 않은 풍경이다. 허물어진 건물 사이를 뒤지면 깨진 장독이나 짝 잃은 운동화, 플라스틱 살림살이와 빗물에 젖었다 마르기를 반복해 두툼하게 부푼 아이의 일기장이 발견될 것 같다. 마치 시간을 거슬러 숨어버린 시간의 어느 기억 한구석에 떨어진 사람처럼, 나는 낯설고 익숙하고 어리둥절하다.

공터 한 귀퉁이를 차지한 해바라기와 옥수수 몇 그루가 눈에 들어온다. 처음 그것들은 누군가가 흘린 씨앗 몇 톨에서 출발했을 거다. 아니면 오래전 누군가의 텃밭이었을까. 유목민들이 머물렀던 자리에 가장 오래 남는 것은 볍씨나 달걀 껍질이었다는 짧은 기사가 떠오른다. 떠난 자들을 위한 기억은 발아되고 자라고 꽃이 되었다가 새롭게 기억에 없는 싹이 나고 꽃이 핀다.

　폐허의 실제 모습을 그릴 수 있는 사람들은 많지 않다. 내가 그리는 폐허도 항상 허물어진 건물과 손질되지 않은 잡풀들로 상상될 뿐이다. 이처럼 대부분의 사람은 상투적인 기억에 의지해 산다. 그리고 주관적인 해석과 신념 어린 시선을 가지지 못하는 한, 사진도 그런 기억을 생산해내는 것을 게을리 하지 않을 것이다. 나는 지역사회 발전과 관련된 옥수수밭은 까맣게 잊고 녹슨 철제들과 유리가 깨진 창들, 삭아가는 대들보와 대들보 밑에 집을 지은 거미, 그리고 담벼락에서 피는 넝쿨장미나 해바라기, 옥수숫대 들을 지난다. 개미처럼 검게 그을린 사람들이 부지런히 나를 앞질러 지나가고 다가온다. 어디서나 어떻게든 사람들은, 산다.

　그가 깨진 유리병이나 바퀴만 남은 자전거가 뒹구는 공터를 지나 슬레이트 지붕을 인 건물에 기대 국수와 꼬치를 파는 노점상들 사이에서 멈춰 서는 것을 본다. 유리창들은 안을 내보이지 않고 노점상 주변으로 오물이 흐르며 도로변의 강아지풀이나 들국화는 먼지의 무게에 못 이겨 휘청거린다. 그 거

리에서 옥수숫대를 입에 문 아이들이 달려온다. 냄새만 아니
면, 여기는 바다 건너가 아니라 기억 속이었다. 기억은 언제
나 어디로부턴가 이어진다. 잡풀 사이에서 아이들이 놀고 나
무 밑에서 이발 손님을 기다리며 깨진 거울을 닦는 사람들이
사는, 허물어졌지만 계속 누군가가 사는 하나로 이어진 거리
에서 나는 그렇게 생각한다. 멈춰 선 그가, 바람에 가끔 몸을
떠는 깃발을 쳐다본다. 면(麵)이라는 붉은 글자가 씌어 있는
깃발이다. 나른한 빛을 띤 그림자가 길어지는 시간, 오늘로부
터 걸어온 길이 등을 돌리고 내일로 돌아서는 시간이다.

　면이라는 글자를 읽은 순간 짧은 시차를 극복한 내 몸이 맹
렬하게 반응한다. 그러나 원숭이의 두개골이나 제비의 침으
로 엮은 집도 삶아 먹고 볶아 먹는 민족이다. 어쩌면 내가 아
는 면과 눈앞의 면이 같은 면이 아닐 수도 있다. 비록 낯선
공간으로 옮겨온 몸이지만 낯선 음식까지 견딜 수 있을지 자
신이 없다. 그 걱정에 대해 장은 공간이 몸을 구성하니 걱정
하지 말라고 했고 동료는 몸이 공간을 극복하니 먹을 수 있는
건 스스로가 알아볼 거라고 말했었다. 박은, 박은 뭐라고 했더
라. 기억이 나지 않았다. 아니, 박은 아무 말도 하지 않았다.

　박은 언제나 지나간 일들에 대한 얘기만 했다. 주로 내 기
억에는 없고 자신의 기억에만 있는 옛날이나 지난밤에 대한
얘기들이었다. 잠 속에서 나는 한밤의 공원에서 맥주를 마시
거나 모르는 사람을 만나 어느 어두운 담벼락 밑에서 오랫동

안 입을 맞췄을지도 모르지만 낮에도 기억하지 못하는 사람을 기억해내거나 기억에 없는 사람을 붙들고 함께 춤추기를 강요하고 억지로 집 안으로 끌고 들어오는 일은 하지 않았을 가능성이 높다. 나는 미간을 찌푸리며 허공을 바라본다. 비가 그치고 구름이 터진 사이에서 흘러나온 빛들이 지상에 기둥을 박는다. 시차의 문제였을까.

박과 나의 애기는 처음부터 다른 기억을 가졌고 어긋나 삐걱거리는, 오직 배터리의 힘으로 겨우 흘러가는 시계 같았다. 박에게 내 시간을 물을 때마다 나는 나를 의심했고 부끄러워했으며 지나간 시간을 확인하려고 애썼다. 어느 날 자신의 처마 밑에 집을 짓는 벌 떼를 발견한 것처럼 불안했고 허둥거렸다.

그가 담벼락에 늘어놓은 의자에 앉는다. 노점상을 에워싼 주렴이 차르륵 차르륵 바람에 몸을 흔든다. 나는 기억을 확인하는 것이 꼭 필요한 것은 아닐지도 모른다고 등을 돌리고 앉은 그를 보며 생각한다. 내 마음대로 따라온 모르는 사람이다. 그도 나를 모른다. 그러니 이곳에서 모르는 사람들이 마주쳐 국수 한 그릇 먹는 일은 이상한 일이 아니다. 그보다는 아는 사람과 마주치는 일이 더 이상한 일이다. 우연을 가장해 나타난 이상한 일은 대부분은 우연이 아닌, 그냥 이상한 일일 뿐이다. 나는 박이 우연히 만난 아는 사람이 아니라 처음부터

끝까지 내가 모르던 사람이었을 확률이 더 컸다는 것을 인정
해야 한다. 나는 박의 처음과 중간과 마지막과 내 기억을 더듬
어본다. 박이 해준 말을 빼면 내게는 박에 관한 기억이 없다.

그러니까 박은 그저, 잘못 배달된 택배 상자였다.

나는 그 사실을 열흘 전에 알았다. 다만 돌려주는 일이 어
려웠을 뿐이다. 이상한 일을 가장한 이상하지 않은 일이 일어
났을 뿐이라고 날마다 공원에서 만난 돌부리들을 걷어차다가
생각했고 장미 꽃바구니를 보며 생각했고 삼계탕에 드라이아
이스로 연기를 피워 올리며 생각하다가 열흘을 다 써버린 거
다. 그리고 그 시간을 찾기 위해 여기까지 온 것이 아니라 그
시간을 영영 잃어버렸음을 확인하기 위해 여기까지 온 거다.

나는 벽에 기댄 의자에 무너지듯 주저앉는다. 내가 의자에
앉자마자 유명 콜라 회사의 로고가 박힌 검은 셔츠를 입은 소
년이 국수 그릇을 들고 뛰어온다. 선택의 여지가 없어 다행이
다. 플라스틱 테이블은 앞서 다녀간 사람들의 흔적들로 지저
분했지만 아무도 신경 쓰지 않는다. 나는 아직 오지 않은 누
군가를 위해 면 가닥과 국물을 마음껏 흘리는 사람들과 국수
먹기에 열중한 그의 등을 바라본다. 더운 김이 펄펄 솟아나고
땀을 닦는 사람들이 마주 보고 앉아 웃거나 심각하고 혼자 앉
은 사람들은 그들을 구경하고 그늘에 숨은 갈색 줄무늬 고양
이가 우리들을 바라본다. 나는 나고 고양이는 고양이고 국수
는 그냥 기름이 뜬 낯선 국수다.

　나는 더 이상 아무 냄새도 맡아지지 않는 국수를 먹는다. 등을 돌리고 앉은 그가 국수에서 건져낸 고깃덩이를 고양이 앞으로 던지자 고양이는 냉큼 달려 나와 고깃덩이를 물고 그늘 속으로 돌아간다. 비록 허술하고 낡았을지라도 모든 것이 자신의 자리에 앉아 있다,고 생각한다. 나는 아무것도 투과하지 않는 유리창에 비친 나를 바라본다. 박이 제대로 자신의 자리로 돌아가 있기를 바란다. 그리고 그가 자리에서 일어나 돈을 지불하고 어디론가 걸어가는 것을 바라본다. 그들은 그들이 갈 곳으로 떠난다. 나는 잘 가라고 끝내 말하지 못하지만 더 이상 상관없다. 때론 아무 말도 하지 않는 것이 최선의 예의이고 위안이기 때문이다. 우리는 그저 잘못 배달된 택배 상자처럼 만났다가 제자리로 돌아가는 과정을 지나고 있을 뿐이다. 그리고 그걸 깨달은 건 빗물이 고인 웅덩이마다 말간 하늘이 떠오르는 어느 오후의 일이다. 어지간히 길을 돌아왔으나 도로 돌아가기에 시간은 아직 넉넉하므로 아무래도 상관없었다.

최선의 방어

최선의 방어는 스스로를 가두는 것이다.

간부들은 긴 회의 끝에 그렇게 결정했다. 기간이 촉박했으므로 모든 준비는 신속히 이루어졌다. 출입문은 이중으로 셔터를 쳤고 본관 사무실 창문들은 모두 합판을 덧대어놓았다. 외부와 연결되는 모든 문은 소 불알만 한 자물쇠를 차고 안에서 잠겼다. 회사가 견고한 요새로 변하는 데 걸린 시간은 불과 이삼 일이었다.

오후 3시, 정은 소독장을 나서며 시간을 확인한다. 아직 환한 대낮이다. 예민해진 몸이 건물의 진동을 감지한다. 이 진동은 회사가 아직 정상적인 업무를 하고 있음을 의미한다. 옥상 맞은편 건조장에서 작동되는 건조기와 3층에 있는 검사실 배양기는 아직 가동 중이지만 머지않아 회사 내의 모든 기계는 작동을 멈출 것이다. 확실히 희미한 진동 속에는 평소와 다른 무엇인가가 섞여 있다. 그것은 조짐이다. 조짐은 흥분을 동반한다. 곧 흥분한 농민들이 몰려올 것이다. 그러나 아직 별 실감은 없다. 느릿느릿 옥상을 가로지르는 정의 걸음걸이는 그 때문이다. 그의 어깨 위로 쏟아지는 것이 햇볕이 아니라 소나기였다고 하더라도 사정은 크게 다르지 않을 거다. 그 사정이 변한 적은 별로 없다. 반은 그것을 불치병이라고 했고 동료들은 우직함이라고 했고 상사는 답답하다고 했다. 정은 그중 어느 명명도 마음에 쏙 들지 않았지만 그것이야말로 인간적인 것이라고 스스로를 위로하는 편이었다. 반듯하게 살기 위해서는 얼마간의 희생을 감수해야 한다. 잠깐 쉬었다 가도 되겠지. 누구에겐가 허락을 구하기라도 하듯 정은 중얼거리지만 쉴 곳은 없다. 쉴 곳이 있었던 적도 없다. 이곳 또한 햇빛을 피할 만한 곳은 보이지 않는다. 정은 숨을 쉴 때마다 오후 내내 달아오른 열기가 목구멍까지 진득하게 달라붙는 걸 느낀다. 입추라는 절기가 무색하게 이 옥상의 오후는 아직 여름의 그것 못지않다. 통풍과 풍부한 일조량. 옥상은 종자의 건조와 소독에 이상적인 장소인 데 반해 작업을 하는 정에게는 매우 열악한 곳이다. 새 기기와 작업장을 노조 총회 때마다 건의해보지만 고작 대리급 직원 하나와 아르바이트생 몇

명을 위한 예산은 없다. 정도 그 사실을 잘 안다. 그저 해마다 습관처럼 건의하고 포기하기를 반복할 뿐이다. 포기해야 할 일이 도처에 널렸다. 정은 한숨을 내쉰다. 어쩌면 자신이 쉴 곳은 지구상에 존재하지 않는지도 모른다. 살아 있는 동안은 끝없이 움직여야 한다.

정은 난간 쪽으로 걸어간다. 옥상 난간 밑의 가느다란 그늘에라도 잠시 앉을 생각이다. 정의 발소리를 따라 난간에 앉은 비둘기들이 허공으로 소스라친다. 소독장과 건조장 주위에 떨어진 종자를 주워 먹고 사는 놈들이다. 옥상에 사는 이놈들 외에도 주차장이고, 정선장이고 할 것 없이 회사는 온통 비둘기 천국이다. 핵폭탄이 터져도 살아남을 놈들이라고, 직원들은 비둘기 똥 세례를 받을 때마다 투덜거렸다. 그런 말이 나올 만도 하다. 놈들은 도태되지 않기 위해 환경에 따라 생존 방식을 바꿀 줄 아는 것이 분명하다. 녀석들은 날아다니며 싸고, 싸는 시간 외에는 하루 종일 지상을 돌아다니며 종자들을 쫀다. 살기 위해서, 비둘기들은 이제 날지 않는다.

5년이 지나도록 대리 직급을 떼지 못하는 정은 올봄 인사에서 고배를 마시던 날 스스로를 비둘기만도 못한 놈이라고 자책했다. 정이 생각하기에 이 회사에서 비둘기보다 못하다는 말은 자신이 상상할 수 있는 욕 중 최고였다. 번번이 과장 심사에서 밀려나는 상황이고 보니 그럴 만도 했다. 그러나 인

사이동 시기가 지나면 잊어버릴 일이었다. 또한 어차피 승진을 해봤자 정이 소독장에서 빠져나갈 일은 없다. 비둘기가 그런 것처럼 정 또한 그렇게 살도록 예정되어 있었던 것일지도 모른다. 받아들이고, 잠깐 괴로워했다가 잊어버리는 것. 그것이 정이 스스로에게 주어진 환경에 적응하는 방법이었다. 정은 자신이 선천적으로 변화에 둔한 특별한 족속이라고 스스로를 위로했다. 그래서 지구가 멸망해도 정만은 믿을 수 있다고, 아주 오래전 반은 말했었다.

…… 그랬었지.

정은 바지 주머니에서 풍선껌을 꺼내며 중얼거린다. 풍선껌은 늘 그렇듯 씹으면 씹을수록 딱딱해진다. 정이 풍선껌을 씹는 이유다. 잇몸이 시큰거리도록 이를 악물어야, 제대로 살수 있는 거라고 아무도 말해주지 않았지만 정은 안다. 세상은 결코 말랑말랑하거나 달달한 곳이 아니라는 걸. 그 말랑말랑하고 달콤한 건 찰나의 감각에 지나지 않아서 사람들은 끊임없이 껌을 씹고, 씹다 뱉고 또 새 껌을 씹고…… 뱉는다. 물론 그런다고 세상이 바뀌는 건 아니다. 그저 씹으며 참고 씹으며 찰나의 한때를 그리워할 뿐이다. 정 또한 아주 오래전, 어느 한때가 그립다. 정의 품에서 또르륵 몸을 말고 방울새처럼 재잘거리던 반이, 그립다. 그래서 씹는다. 이를 악물고 지금을 견디기 위해. 씹고 뱉고 또 씹고, 씹다 잊어버린다. 기

억을 유예한다. 적당히 시큰거리는 통증에 의지해 지금에 집
중한다. 아직 남은 시간이 넉넉하니까 말이다.

　비둘기 한 마리가 겁도 없이 정의 발치에서 어슬렁거린다.
발을 한번 굴러 엄포를 놓아도 녀석은 날개만 요란하게 푸득
거릴 뿐, 동그랗고 번들거리는 눈으로 정과 빤히 눈을 맞추기
까지 한다. 물론 정도 자신의 발 구르기나 녀석의 헛 날갯짓
이 다른 종(種) 사이의 공존에 필요한 일정한 경계와 주의라
는 것을 안다. 녀석은 여전히 직원들의 엄포와 위협 속에서도
쉬지 않고 먹이를 쪼고 알을 낳을 것이다. 일주일에 한 번씩
옥상을 뒤져 둥지를 찾거나 비둘기의 똥을 치울 때마다 아르
바이트생들은 먹이가 사방에 널려 있으니 날개는 퇴화하고
생식기와 소화기만 진화하는 것이 분명하다며 투덜거렸다.
그런 말과 사실들은 정을 우울하게 했다. 진화나 퇴화보다 나
쁜 건 도태다. 진화나 퇴화는 변하는 것이지만 도태는……
사라지는 것이니까.
　우울을 씹어 삼켜야 하나, 뱉어야 하나, 정은 생각한다. 껌
을 씹으며 앉은 채로 작업복을 벗는다. 벗어놓은 작업복은 소
독약과 코팅약 냄새가 소금 얼룩처럼 배어 있다. 그것은 정의
허물이고 또 다른 허물이다. 때마다 입고 벗기를 반복해야 하
고 아무리 빨아도 사라지지 않는 얼룩투성이의 일상. 잊어버
리고 싶고 가능하면 숨기고 싶다. 반은 집으로 가져오지 말라

고 했다. 정의 오염된 작업복이 자신과 배 속의 아이에게 미칠 영향을 걱정하는 거였다. 대형 마트에서 파는 유기농 야채조차 의심하게 된 반으로서는 당연한 일일지도 모른다.

나쁜 건 되도록 피하고 싶어.

반은 말했다. 이해한다. '되도록'이 아니라 '아예'라고 말했어도 이해했을 것이다. 그런 일로 마음 상할 필요 없다. 자신이 대충 빨아 입으면 된다. 반은 지금 반이면서 온전히 반만은 아니니까. 반은 9개월째 몸속에 다른 반을 품고 있다. 그래서 반이 다른 반과 각각의 몸으로 나뉠 때까지, 정은 기다린다. 오래 기다렸고, 오래 참았으므로 작업복을 혼자 빨아 입는 일 따윈 별일도 아니다.

못 들어올지도 몰라. 기다리지 마.

오늘 아침 출근하며 정은 말했다.

기다리지 않아.

반이 그 말을 소리내서 말했는지는 확실하지 않지만 정은 이제 반이 자신을 기다리지 않는 걸 안다. 반과 반이 아닌 다른 반으로 그녀는 충분히 충만하다. 당분간 집에 가 있을 거라고 반이 말했다. 반이 말하는 집은, 여기가 아니라 반의 가족이 사는 곳이고 그 가족은 정이 아닌 다른 가족을 의미한다. 여전히 반의 집과 가족은 집 밖에 존재한다는 사실에 정은 우울해진다. 동그랗게 몸을 말고 정의 품속에서 방울새처럼 재잘거리던 반은 이제, 없다. 반은 이제 혼자서 완벽하게

216

둥그래졌다.

그럼 여기는?

정은 물었다.

비어도 별 상관없잖아.

정은 껌을 씹는다. 씹다가 꿀꺽 삼킨다. 식도를 타고 딱딱하고 아무 맛도 없는 껌이 캄캄한 배 속으로 넘어간다. 똥이 될 것이다. 아무도 몰래 똥이 되어 변기 아래 더럽고 냄새나는 온갖 오물 속에 묻힐 것이다. 그게 껌의 운명이다. 맛도 없고 딱딱한 껌의 운명으로는 더할 나위 없는, 거다. 그러나 아직 아무것도 단정할 수는 없다. 어쩌면,…… 껌의 운명은 정이 생각했던 것과 다를 수도 있다. 아무도 결과를 장담할 수 없다. 아직 가능성은 반반이다.

올해도 지난해처럼 언제 어떻게 될지 모르니까, 알아서 조심들 하라구.

아침 조회 시간에 불침번 당번을 정하던 박 차장도 그렇게 말했다. 그 말은 사실이었다. 지난 5년간의 경험에 미루어볼 때, 언제 어떻게 될지 아무도 모르는 일이 곧 시작되려고 한다. 오늘 아침 출근길에 정은 풍선껌 열 개를 포장지 색깔별로 사두었다. 며칠이나 집에 가지 못하게 될지 아무도 모른다.

드디어 디데이네요.

아르바이트생들이 탁구채를 휘두르며 걸어온다. 소독장과

건조장 뒷정리 후에 치는 내기 탁구는 이 옥상에서 종례와 같은 의미다. 정은 가느다란 그늘에 걸터앉아 녀석들의 저녁 내기 탁구 경기를 구경한다. 이마에 수건을 동여매고 탁구를 치는 녀석들의 등 근육이 움직일 때마다 땀방울이 반짝거린다. 오렌지색 탁구공이 하늘로 튀어 오른다. 구름 한 점 섞이지 않은 가을 햇살이 옥상 전체에 쏟아진다. 정의 이마를 타고 땀이 흘러내린다. 흘러내린 땀이 눈썹을 비집고 눈 속으로 들어온다. 부신 눈이 따갑다. 정은 눈을 감는다. 짧아서 아쉬운 시간은 누구에게나 있다. 감은 눈을 비빈다. 지금은 딴 생각을 할 때가 아니다. 눈물로 변한 땀이 다시 얼굴을 타고 턱 끝에 맺힌다. 눈물을 흘리는 건 가을빛에 대한 일종의 탄력일 뿐이다. 정은 거칠게 얼굴을 문지른다. 환하면 환할수록 울고 싶은 기분이 드는 것도 작용에 대한 반작용이다. 정은 다시 눈을 뜨고 어지럽게 흩어져 있는 빈 약품 통과 종자 포대 사이에 앉아 눈앞의 게임에 집중한다. 오랜 시간 길들여 익힌 이 시간이 하루 중 가장 편안한 시간이다. 비록 그것이 오늘이라도 다르지 않다고 생각한다. 그러나 3시 40분이다. 이제 곧, 지상으로 내려가야 한다. 아쉽다. 아마 내일의 이 시간이 오늘의 평화와는 사뭇 다른 모습이겠지만, 예상은 쓸데없는 짓이다. 그건 꿈꾸는 것보다 더 멍청한 짓이니까.

  나흘 전 영업부에서 시작된 은밀한 술렁거림은 이미 회사에서 가장 외진 이 옥상까지 흘러왔다. 관리직 업무는 물론이고 이제 곧 정선장이나 출하장, 포장을 하던 별관의 모든 업무 또한 일제히 중단될 것이다. 오늘이 디데이기 때문이다.

정은 천천히 몸을 일으켜 옥상 난간에 기댄다. 별관과 본관 사이의 주차장으로 간간이 트럭이 드나드는 것이 보인다. 다른 날과 달리 식자재 운반 차량들뿐이다. 사흘 전부터 구내식당 주인은 각종 채소며 고기 들을 비축하느라 정신이 없다. 해마다 디데이 즈음에는 적어도 일주일치 정도의 먹을거리를 준비해놓는 일이 관례다. 또 구내식당의 메뉴는 당분간 기름진 식단 일색일 것이다. 회사 내의 모든 매점이 무상으로 개방되고 맘 편히 종자를 쫄 수 있는 비둘기들이 알을 가장 많이 치는 것도 이맘때다. 그리고 이 가을이 다 지나가기 전에 곧 또 다른 반이 태어날 것이다.

정은 옥상에서 가로질러 건물로 들어선다. 햇볕이 차단된 실내는 서늘하다. 땀이 식는다. 탄력도 따라 식는다. 복도는 늘 그렇듯 어둡고 조용하다. 관리부는 별관 1층에 위치한다. 오후 4시다. 벽에는 지역구 국회의원에게서 받은 세숫대야만 한 시계와 푸른색 작업복들이 어지럽게 걸려 있고 집기라고는 철제 책상 두 개와 스프링이 꺼진 소파가 전부인 사무실이다. 문틈 사이로 웅성거림이 새어 나온다. 벌써 다들 모인 모양이다. 정이 늦은 게 아니라 다들 일찍 온 것뿐이다. 문을 연다.

정의 등장으로 왁자하던 사무실이 일순 조용해진다. 예민해진 것은 정 자신만이 아닌 모양이다. 하긴 일이 제대로 손에 잡힐 리 없다.

소독, 정선반과 검사실, 포장반으로 나뉘는 관리부는 모두 현장직이다. 그래서 사무실은 비어 있을 때가 많았다. 빈 사무실이 회사 사정의 순조로움을 의미한다는 걸 모르는 직원은 없다. 그런 이곳에 관리부의 전 직원이 모여 있고 정까지 거기에 끼어들었다. 예삿일이 아니다. 벽에서 힘차게 돌아가는 선풍기와 에어컨이 무색하게 실내는 탁하고 덥고 좁다. 김 대리만 침낭과 합판과 무전기를 나눠주느라 정신이 없을 뿐 매년 별반 다를 것 없는 분위기다. 여기저기서 단체관람이라는 단어가 튀어나오는 것까지, 같다.

직원들은 술렁거린다. 그것이 내포한 은밀하고 자극적인 상상이 각자의 머릿속에서 작동하기 시작하는 것이다. 단체관람, 정은 씁쓸하게 웃는다. 그것은 지루한 예술영화제에서 우연히 발견한 상업영화 같은 것이다. 스토리나 인물, 어느 하나 식상하지 않은 것은 없지만 인간의 말초신경을 자극하는 그것을 직원들은 라이브 쇼라고 부른다. 그 라이브 쇼는 편집되지 않은 날것이다. 날것에는 독성이 있다. 중독을 조심해야 한다.

어른들을 모시려면 의자라도 미리 가져다 놔야 하는 거 아냐?

누군가가 꺼낸 말에 여기저기서 키득거리는 소리가 터져

나온다. 언제인가부터 가끔 관람객 중에 부장급이 섞이기 시
작했음을 염두에 둔 우스개다.

별관 2, 3층 베란다에 서면 폭 4미터 도로를 사이에 두고
면한 희빈장의 전경이 보인다. 희빈장은 허름한 모텔이다. 그
모텔은 냉방장치 또한 허술해서 창문들은 열려 있기 일쑤다.
열린 창 안을 엿보는 일은 금기 중의 하나이지만 금기는 욕망
을 부른다. 안에서 벌어질 욕망의 형태를 짐작할 수 있는 경
우는 더더욱 그렇다. 그런 의미에서 희빈장은 배설의 욕구와
관음의 욕구를 동시에 충족시킬 수 있는, 최상의 공간이다.
위치만 잘 잡으면 객실에 들어온 남녀가 일을 마치고 나갈 때
까지 모조리 구경할 수 있다는 사실을 처음 발견한 건 관리부
직원들이다. 직원들 사이에서 그 사실은 빠르게 퍼져나갔고
무리 지어 구경하는 일도 생겼다. 그것은 단체관람이라는 용
어로 통용된다. 사태가 예상치 않게 장기화됐던 작년에는 누
군가 구해온 군용 망원경까지 은밀히 돌았다.

보고 나면 영 개운치가 않지만 은밀할수록 욕망은 강력하
다. 예외는 없다. 정도, 그렇다. 그것은 순수한 감정일까. 정
은 다시 껌을 씹는다. 낄낄거리는 직원들의 표정 뒤에 숨은
긴장을 감지하거나 고약한 냄새를 풍기며 자신의 목구멍을
넘어오는 두려움 때문에 껌이라도, 씹어야 한다. 스스로의 삶
이 결코 스스로에게 우호적이지 않다는 걸 알게 된 이상, 뭐
라도 해야 했다. 도태보다는 차라리 퇴화가 낫다.

그때 정은 문에 검사실이라는 푯말이 붙은 방에 혼자 앉아 있었다. 테이블 위에는 간호사가 놓고 나간 플라스틱 컵이 놓여 있었고 화면 속에서는 금발과 민머리가 요란한 소리로 뒹굴었다. 괴로워하는 것처럼 보였다. 실제로 그들은 괴로운 것인지도 몰랐다. 정직하게 말하면 정도 괴로웠다. 미친 거 아냐? 정은 자신에게 물었다. 어떤 근거도 없는 불안이었다. 아무 문제없을지도 몰랐다. 이런 일이야말로 반과 상의해야 하는 일이었다. 그러나 반은 7년이 지나도록 아무 소식이 없는 자신의 몸에 놀랍도록 무관심했다. 반면에 정은 지치지 않고 무엇이 문제인지에 대해 고민하고 걱정했다. 그래서, 어느 쪽이든 한쪽은 분명히 확인을 할 필요가 있다고 생각했다. 확인일 뿐이었다. 정은 테이블 위에 놓인 플라스틱 컵을 손에 들고 그렇게 생각했다. 그건 순수한 본능에서 비롯되는 것이었다. 확인이 나쁜 건 아니었다. 화면 속의 민머리가 금발 위에서 몸을 떠는 것을 보았다. 정도 곧 몸을 떨었다. 괴롭기는 했지만 아주 불가능한 일은 아니었다.

정은 껌을 씹는다. 씹다가 꿀꺽 삼킨다. 딱딱하고 아무 맛도 없는 껌이 식도를 타고 캄캄한 배 속으로 넘어간다. 자신의 의혹은 똥이 될 것이다. 아무도 몰래 똥이 되어 변기 아래 더럽고 냄새나는 온갖 오물 속에 묻힐 것이다. 그리고 반의 몸에서 다른 반이 태어나면 모든 의혹은 사라질 것이다. 괴로운 오늘은 옛날이 되어 잘 기억하지도 못할 거,다.

　재채기를 터뜨리듯 갑자기 스피커에서 말소리가 튀어나온다. 1년에 한 번 시무식 때나 겨우 사용하는 방송실에서 누군가가 마이크를 잡은 것이다. 순간 떠들썩하던 실내가 기척을 멈춘다. 말없이 벽에 기대 서 있던 정도 몸을 바로 세운다.
　─드디어 도착했습니다. 모두 각자의 위치로 이동해서 다음 지시를 기다려주십시오.

　매뉴얼대로 정은 정의 위치에서 기다려야 한다. 기다리는 일은 지루하고 소식은 불시에 들이닥친다. 자신의 몸에서 일어난 일을 전하던 반도 그랬다. 농민들의 시위 때문에 닷새 만에 퇴근한 지난해 초겨울 저녁이었다. 고추 때문이었는지, 토마토 때문이었는지 확실치는 않지만 정은 농민과 정면으로 대치한 채 닷새를 보내며 끼니마다 돼지고기 불고기 백반을 먹고 스티로폼 위에서 잠을 잤다. 낳을 생각이냐고 물었던 건 아마 그 탓일 거였다. 그렇게 물을 생각은 아니었다. 좋거나 나쁘거나 슬프거나 기쁘지 않았을 뿐이다. 아니, 순수하게 놀랍다는 것이 정확한 표현이었다. 대뜸 낳을 거냐고 물으면 안 되는 거였다. 정도 자신의 반응이 믿어지지 않았다.
　무슨 뜻이야?

반이 싸늘하게 되물었다.

7년 만의 소식이었다. 정은 황급히 반을 껴안았다. 기쁘다고 했다. 피곤하기 때문에 말이 헛 나왔을 거라고 했다. 그건 진심이었다. 분명히 목덜미가 오싹했던 이유도 그 때문일 거였다. 무엇보다 기쁜 소식이었는데 꿈꾸던 그 순간이 생각보다 기쁘지 않았던 건,…… 모르겠다. 병인가 싶기도 했다. 너무 어려웠던 일이 갑자기 쉬워질 리가 없다는 생각을 떨칠 수 없어서 두려웠다. 정이 가능과 불가능 사이에서 갈팡질팡하는 동안 반의 배는 풍선처럼 금방 쑥쑥 부풀었다. 걸핏하면 울었고 예민해졌고 되도록 혼자 있고 싶다고 했다. 정과 반은 그 부분에서는 같은 마음이었다. 반이 그리웠지만 혼자 있어야 했다. 두려운 것은 바짝 껴안아 시야에서 지우든가, 일정한 거리를 유지하며 조망해야 하기 때문이었다. 그것이 기습에 대비하는 최선의 방어일지도, 몰랐다.

다음 지시가 떨어질 때까지 직원들은 각자의 자리를 사수해야 한다. 전경들은 도착했는지, 저녁 메뉴는 뭐가 될 것인지, 오늘 밤에 있을 농민 대표와의 협상은 어떻게 될 것인지를 예상하는 말소리들이 빠르게 사무실을 빠져나간다. 처음부터 협상은 없지만 전투를 위해서 늘 협상 결렬이라는 명분이 필요하다. 그러므로 오늘의 협상 또한 『피수박을 주제로 한 올해의 시위』라는 제목을 가진 책의 목차 하나를 더하는 것으로 끝날 것이다. 농민 대표는 터무니없는 액수의 보상을 요구하고 회사는 절대 불가라는 방침을 고수하다 지지부진 마무리될 거란 말이다. 그래도 어떻게든 끝은 나겠지. 정은 한숨을 내쉰다. 정이 지켜야 할 곳은 정선장이다.

반은 오늘 병원에 다녀왔을까. 노산인 것에 비해 반은 건강하고 다른 반의 성장도 순조롭다고 했다. 정은 너무 순조롭다는 것도 마음에 걸린다. 신경질적으로 관자놀이를 문지른다. 어쩌면 직업병인지도 모른다. 1년 내내 아침부터 저녁까지 종자를 소독하고 코팅하는 기계 앞에서 소음과 약품을 견디며 지내야 하는 일, 때문일 가능성이 높다. 두 개의 분열된 정이 끊임없이 의심하고 싸우고 화해하고 지치기를 반복한다.

등 뒤에서 누군가가 어깨를 친다. 가끔 탁구를 같이 치던 이 주임이다.

그래도 다행이죠? 좀 심심하긴 하겠지만.

정은 고개를 끄덕인다. 이 주임이 다행이라고 말하는 것은 그들이 지켜야 할 위치가 정선장이기 때문일 거다. 본관 쪽에 집중하는 농민들 덕분에 별관 쪽은 조용하고 따분한 편이다. 그래도 농민들과 직접적으로 대치해야 하는 본관의 출입문 수비보다는 훨씬 낫다. 지난해 본관 정문 수비를 맡았던 정은 동료의 얼굴에 깨진 술병 파편이 박히던 광경을 직접 목도한 바 있다. 동료는 결국 왼쪽 뺨을 30바늘이나 꿰매야 했다. 정은 사방으로 튀던 핏방울을 떠올리며 가볍게 몸서리를 친다.

경보기 소리가 길게 울린다. 도착을 알리는 신호다. 신호에 익숙해진 몸이 긴장한다. 드디어, 시작이다. 이 주임이 라이터를 찾고 정도 껌을 찾는다. 긴장에 대처하는 자세는 서로 다르지만 어쨌거나 견디며 지나가야 할 시간이다.

지역 종묘상연합에서 파악한 시위 참가 인원은 줄잡아 200여 명이었다. 여느 해보다 대규모다. 도시로 온 그들은 이제 곧 관광버스에서 짐을 내려 천막을 치고 음식을 준비할 것이다. 그리고 준비해온 먹을거리가 떨어질 때까지 술병과 깨진 보도블록과 쇠파이프로 회사를 에워쌀 것이다.

낯설다. 정선할 종자를 운반하던 트럭이나 열두 시간씩 가동되던 풍압정선기가 작동을 멈춘 채 구석에 늘어선 것을 보며 정은 그렇게 중얼거린다. 운행을 멈춘 정선장은 부도난 공장처럼 음산하고 스산한 공기로 가득하다. 움직이는 것이라고는 번을 설 두 사람과 창틀에 줄지어 앉아 있는 비둘기들뿐이다. 이 주임이 외부와 통하는 출입문에 굵은 쇠사슬이 감겨 있는 것을 확인하는 동안 정은 임시직들의 출퇴근을 관리하는 철제 책상으로 다가가 걸터앉는다.

혼자 두고 나오기가 불안하죠?

이 주임이 말을 건넨다. 정이 힘주어 껌을 씹는 게 반 때문이라고 생각하는 모양이다. 아주 틀린 말은 아니다. 정은 씁쓸하게 웃으며 고개를 끄덕인다.

힘들 텐데 하필 이런 때에……

이미 세 아이를 둔 이 주임이 말꼬리를 흐린다. 오래 알고 지낸 사람들은 상대에 대해 더 알기를 원하고 더 말하기를 원한다. 나쁜 것은 아니지만 그렇다고 마냥 좋기만 한 것도 아니다. 지금 정의 입장에서는 모른 척해주기를 바랄 뿐이다. 이 주임이 필터만 남기고 알뜰하게 담배를 피우는 동안 풍선껌을 씹던 정은 납작하게 눌린 껌을 혀로 밀어내며 풍선을 분다. 풍선은 제법 크게 부푸는가 싶더니 이내 터지고 만다. 재밌다는 듯이 자신을 바라보는 이 주임의 시선을 느낀다. 그런 이 주임의 반응과는 달리 반은 정이 풍선껌 씹는 것을 싫어했다. 애들이나 하는 짓이라고 말했다. 반에 따르면 껌은 아이들이 자신의 발산 욕구를 해소하기 위해 사용하는 도구였다. 그러므로 잠깐 씹다가 버려야 하는 거였다. 마땅히 버릴 곳을 찾지 못할 때는 삼킬 줄도 알아야 한다고 반은 정을 나무랐다. 정도 그 생각에 동의했다. 마냥 뱉지도, 삼키지도 못하고 지낼 수는 없다는 것을 정도, 안다. 믿거나 말거나, 둘 중 하나다. 자신에게 문제가 있거나 말거나 반을 믿어야 한다. 이처럼 간단한 일이 왜 어려운지 정 자신조차…… 모르겠다.

정은 자신이 특별히 잘난 구석도, 크게 모자란 구석도 없는 평범한 존재라고 생각하며 살았다. 철없는 아이들이 대통령을 꿈꿀 때 정은 대형 슈퍼마켓을 경영하는 꿈을 꿨고 그들이 대통령에서 과학자나 선생님을 꿈꾸는 것으로 자신들의 미래를 하향조정하자 정도 과일 가게나 채소 가게로 미래를 축소했다. 그저 정은 어느 노랫말처럼 비둘기처럼 다정한 사람을 만나 행복하게 살고 싶었을 뿐이다. 그 꿈은 구체적이거나 현실적이지 않았지만 구체적이고 현실적인 꿈조차 반드시 현실이 되는 세상은 아니었다. 그러므로 반듯하고 성실하게 사는 것만이 최선이었다. 그 정도 마음가짐이면 비둘기처럼 다정한 사람을 만나 행복하게 살 수 있을 거라고 생각했다. 그런 자신에게 내려진 진단 결과는 정자무력증과 왜소정자증이라는 복합질병이었다. 의사는 현대 남성이 앓는 가장 흔한 증상이라고 정에게 얘기했지만 그 말은 하나 마나 한 위로였다. 이 주임은 손만 잡고 자도 애가 생긴다고 어느 술자리에선가 말한 적이 있었다. 우스갯소리였으므로 아무도 비난이나 야유하지 않았다. 특별한 일은 아니라는 듯 주변 사람들은 웃기만 했다. 정은 그날 처음으로 생각했다. 왜 하필 날까. 사실을 알게 될 반의 반응이 두려웠다. 아니, 솔직하게 말하자면 부끄럽고 슬프고 짜증이 났다. 시험관을 하든지 인공수정을 하든지 뭔가 결정을 내려야 했지만 정은 망설였다. 망설이다가 시간이 지나갔다. 그리고 의사가 불가능하다고 말했던 일이 갑자기 일어났다. 반이 임신 소식을 알려온 거였다. 골목 안쪽 깊숙한 곳에서 얼굴을 숨긴 누군가 발을 걸어 자신을 넘어뜨린 것 같았다. 아무 생각도 할 수 없었다.

아무 소리도 들리지 않는다. 침묵은 불안이 되기 쉽다. 딱히 할 말을 찾지 못한 채, 이 주임은 두 대째 담배를 꺼내 물었고 턱이 아파오는 정은 껌을 삼키며 무전기를 켠다. 아직 특별히 주목할 만한 상황은 없는 모양이다. 그림자를 늘어뜨리고 창가에 앉아 있던 비둘기들이 시야 바깥으로 날아간다. 문밖에서 끽끽거리는 고무창 소리가 다가온다. 홍보팀 직원이다. 그가 선발대로 도착한 농민들이 정문 앞에서 지금 수박을 던져 깨고 있다는 소식을 전한다. 그것은 회사에 대한 일종의 선전포고 같은 것이다. 지난해에 농민들은 회사 정문 앞에서 하루 종일 뿌리가 썩은 채소를 태웠고 그 전해에는 회사 유리창을 향해 돌멩이 대신 썩은 참외를 던졌다.

하늘이 동업을 안 하겠다는 걸 우리보고 어쩌라는 건지, 대체.

이 주임이 한숨을 쉬듯 내뱉는다. 농사를 하늘과 동업하는 것이라고 말하는 농민들의 우스갯소리에 빗댄 말이다.

올해 문제가 된 수박은 지지난해에 개발한 신품종이었다. 과피가 얇고 당도(糖度)가 높은 데다가 획일화된 기존의 모양과 차별화된, 충분히 시장 경쟁력을 확보한 품종이었다. 그러나 올해 수확을 앞둔 수박들의 과육이 피가 고인 것처럼 적자색으로 변하고 산도(酸度)도 높아졌다. 산도가 높아지면 과육에 쓸모없는 씨가 많아진다. 동물이고 식물이고 할 것 없이 위기를 느끼면 필사적으로 종족을 번식시키는 데에 주력하게 되는 모양이다.

출하를 앞둔 수박이 못쓰게 되자 농가의 항의가 본사로 빗발쳤다. 무조건 책임을 회피할 수는 없는 노릇이었다. 사장은 간부급 회의를 소집했고 질책은 빠르게 하부로 전달되었다. 개발팀과 영업부와 관리부는 원인 파악을 위해 분주했다. 교배종과 원종의 염색체를 다시 검정했고 농민들에게 재배 방법을 제대로 숙지시켰는지, 소독이나 건조 과정에는 문제가 없었는지 오랫동안 점검했다. 아무리 뒤져도 유통 과정이나 품종 자체에는 별 이상이 없었다.

해마다 사고가 터지는 이유는 다양하다. 표본검사를 하는 샘플에 문제가 있거나 포장부나 정선장에서 종자가 뒤바뀌기도 하고 생육환경에 영향을 받기도 한다. 그러나 환경에 예민한 수박의 최적 발육 조건이 고온건조임을 감안할 때 유난히 고온다습했던 올여름 기후 탓일 확률이 가장 높았다. 운이 나빴다. 워낙에 신품종 출시 후 처음 몇 년간은 자잘한 사고들이 생기게 마련인데 올해는 좋지 않은 일기까지 맞물려 일이 커진 것이다. 현재 회사는 공식적인 입장을 피하고 있는 상황이다. 환경 때문이라고 했다가는 몰매 맞기 십상이라는 것을 몇 년간의 경험으로 알기 때문이다. 정이 자신의 불임 원인이 근무 환경 탓이라는 말을 꺼냈다가는 당장 권고사직을 당할 것과 같은 이치다. 억울하기는 농민이나 정이나 마찬가지다. 농민들과 달리 정은 침묵을 지키는 수밖에 없다. 씨가 너무 많은 수박이 문제였듯이 씨가 없는 수박도 문제였다.

몇 해 전 획기적으로 씨 없는 수박을 개발해서 뉴스에 보도된 적이 있다. 기존의 씨 없는 수박이 가진 문제점들을 개선한 획기적인 품종이었다. 정은 뉴스를 보며 수습사원 시절, 동기들과 현장 견학길에 들른 육묘장을 떠올렸다. 수석 연구원의 인솔 아래 연구동 하우스의 문을 열고 들어가자 마스크를 여러 겹 끼고 라텍스 장갑을 낀 연구원들이 어린 싹에 붓으로 무엇인가를 칠하는 것이 보였다. 가까이 다가가려고 하자 안내를 맡았던 연구원이 일행을 제지했다. 대외비라고 했다. 그 어린 싹이 수박이었다는 사실과 씨 없는 수박이 정상적인 싹에 약품을 첨가해 돌연변이를 유도하는 농법으로 만들어진다는 것을 안 것은 그로부터 한참 후였다. 씨가 있었던 흔적마저 없는, 완벽하게 씨 없는 수박을 개발하는 것이 연구의 최종 목표라고 인솔했던 연구원은 말했다. 그러나 싸고 당도도 높은 그 씨 없는 수박 프로젝트는 한 번 쓰고 버려지는 나무젓가락처럼 시험재배를 마친 후 바로 폐기 처분되었다. 씨 없는 수박을 만들기 위해서 필요한 약품 중 하나가 인체에 치명적이라는 사실을 소비자단체가 언론에 유포했기 때문이다. 정이 소독장에 들어갈 때마다 장갑과 마스크를 챙기기 시작한 것은 자신이 일하는 소독장 보관약품 목록에서 그 약품을 발견한 후부터였다.

　진단을 받고 난 후 한동안 정은 너무 오래 뭐가 뭔지도 몰랐다는 생각 때문에 괴로웠다. 밤마다 끝없이 지나간 시간을 거슬러 올라갔다. 치명적으로 몸에 나쁜 음식을 먹었던 적이 있었던가, 전자파에 오랫동안 노출되었던 적이 있었던가, 유전적인 내력은 아닌가 하고 사촌들의 사정까지 더듬었다. 그러나 기억의 어느 마디에서도 미심쩍은 부분은 떠오르지 않았다. 결국 정은 자신의 근무 조건을 의심하기에 이르렀다. 종자 소독에 쓰이는 코팅약과 소독약, 환기조차 잘 되지 않는 비닐천막 안에서 근무시간의 대부분을 보내야 하는 작업 환경이 가장 그럴 듯했다. 그렇게 생각하니 더 억울해졌다. 반성과 회상은 억울함을 절망으로 대체하게 했다. 어지러운 밤을 보내고 새벽에 화장실에 들어서면 낯선 사내의 충혈된 눈동자가 자신을 바라보았다. 거울을 깨버리고 싶었다.

　구름이 해를 가로지르는지 정선장 깊숙이 들어왔던 두 사람의 그림자가 갑자기 걷힌다. 멀리서 구호 소리가 물결처럼 퍼져온다. 드디어 선전포고가 끝난 모양이다. 누군가 확성기로 구호를 외치자 벌 떼처럼 윙윙거리며 함성 소리가 따라 들린다. 바둑판처럼 잘 닦인 도심의 한복판에서 종묘사와 농민들의 싸움이 시작된 것이다. 경찰서에서 보내준 전경들은 농민들의 시위가 최고조에 이를 때까지는 침묵할 것이다. 섣불리 대응했다가는 발 빠른 기자들에게 불리한 사진만 제공할 것이 뻔하다고 홍보부가 경찰 측과의 회의에서 내린 지침이다. 해마다 이곳에서 벌어지는 농민들의 시위는 기삿거리가 될 만도 했지만 한 번도 뉴스나 신문에 기사가 난 적은 없다. 지역을 담당한 경찰서와 회사의 돈독한 연계 덕분이다. 외롭게 해야 한다,는 것이 회사의 기본 입장이다. 어떤 이목도 집중시켜서는 안 된다. 목이 터져라 구호를 외치고 팔이 빠져라 꽹과리를 쳐도 절대 반응하면 안 된다. 제풀에 지칠 때까지 기다려야 한다. 또한 상대를 외롭게 만들기 위해서는 스스로도 외로워져야 한다. 문을 걸어 잠그고, 가족들을 집이 아닌 집에 보내놓고 말을 삼키고 돼지고기 불고기 백반을 꾸역꾸역 삼키고 따뜻한 잠자리를 그리워하며 차가운 시멘트 바닥의 냉기를 견뎌야 하는 것이다.

정은 아직 시작되지도 않은 이 싸움이 벌써 피곤해진다. 옥상은 잘 있을까. 밑도 끝도 없이 정은 생각한다. 전원만 연결하면 낡은 선풍기나 디딤대에 벌겋게 녹이 슨 소독기는 잘도 돌았다. 아무것도 서두를 일 없고 재촉하는 사람이 없는 옥상이야말로 정이 가장 편하게 쉴 수 있는 곳이다.

구호 소리가 멈췄다. 이제 곧 협상단이 회사 안으로 들어올 것이다. 퍼포먼스도 끝나고 개전을 알리는 구호도 들렸으니 첫날의 마지막 의식인 의례적인 협상만이 남았다. 그리고 회사 곳곳에서 밤새 포르노가 상영될 것이다. 시위가 진행되는 동안 이곳은 일상 밖의 일상이다. 그동안은 서로가 적나라한 본능들에 관대해진다. 가장 쉽고 간편하게 외로움을 잊을 수 있는 방법이 그것이기 때문이다. 화면 속으로 말초신경을 자극하는 행위들이 반복되는 동안 음식들은 쉽게 식을 것이고 잔돈푼이 오가는 화투판도 이내 시들해지리라. 유효기간이 짧고 뒷맛이 씁쓸하다는 부작용이 있기는 하지만, 그래도 아무것도 하지 않고 견디는 것보다는 그편이 낫다.

내일 새벽에는 이 주임을 깨워 탁구나 한 게임 칠까.

아무것도 하지 않고 견디는 것보다는 탁구라도 치며 시간을 보내는 것이 나을 거다.

오전 내내 풍압 정선기를 돌려 뜨끈했던 정선장이 어느새 어두운 냉기로 싸늘하다. 누군가의 손이 정의 어깨를 짚는다. 정은 고개를 든다. 이 주임이다. 먼저 밥을 먹고 오라는 신호다. 벌써 오후 8시를 지나간다. 정이 막 의자에서 일어서던 순간 무전기 속에서 나지막하게 오고 가던 말소리들이 날카로워졌다.

—비상사태. 서쪽 출구에 침입자 출현. 각자 위치로. 각자 위치로.

비상대책위원장인 생산부 부장의 목소리가 검고 투박한 무전기 속에서 가시처럼 뾰족하게 튀어 오른다. 서쪽 출입구라면 지하 구내식당 옆 이발관 뒤쪽으로 난 작은 문이다. 워낙

구석진 곳이라 직원들 중에도 모르는 사람이 많은 곳에 농민이 들어온 모양이다.

협상단 이외의 농민이 회사 안으로 진입한 적은 한 번도 없었다. 어두운 침묵이 둘러앉은 두 사람의 목을 죄어온다. 진행 상황이 궁금하지만 함부로 자리를 뜰 수 있는 형편도 아니다. 정도 마음 한구석으로 슬며시 불안이 치솟는다.

어째, 작년하고는 좀……

이 주임이 말꼬리를 흐리며 정의 눈치를 본다. 틀린 말은 아니다. 한미 FTA와 WTO 사태 이후 영업부 직원들은 영업을 하는 일이 대출을 구걸하러 은행을 드나드는 일보다 하기 싫은 일이라고 말한다. 그만큼 농민들은 싸늘해졌다. 싸늘한 사람을 마주 대한다는 일은 가슴이 저릴 만큼 쓸쓸한 일이다. 그러나 아무것도 할 수 없다. 자신이 할 수 있는 일은 그저 이 자리를 지키는 일뿐이다. 가슴이 답답해진다.

정은 슬그머니 자리에서 일어나 정선장을 나선다. 잠시 바람이나 쐴 요량이다. 의도하지는 않았지만 희빈장 앞이다. 서늘해진 밤바람에서 물비린내가 끼친다. 비가 오려는 것일까. 하늘을 한번 둘러보지만 도심의 밤하늘은 색도, 빛도 없이 황량하기만 하다. 어느새 정을 따라온 이 주임도 고개를 들어 하늘을 본다.

답답하죠?

반을 염두에 둔 말이라는 걸 안다. 정은 가끔 낯선 사람에

게 기대고 싶어지는 자신의 마음이 들킨 것 같아 공연히 무안
하다. 답답하다. 내내 답답했다. 의사는 불가능하다고 말했지
만 의사의 말이 전부 진실은 아닐 수도 있다. 반에게 사실대
로 말했어야 했다. 그저 걱정스러웠을 뿐이라고 변명이라도
하는 것이 옳았다.

한편으로 정은 두려웠다. 사실을 알게 되는 것이, 그 사실
속의 진실을 바로 보기가 두려웠다. 껌을 씹듯 껌을 씹다가
뱉듯, 뱉을 곳이 없어서 삼키듯, 견디면 나아질 것이라고 생
각한 것이 잘못이었다. 견디다 보면 반에게서는 또 다른 반이
태어날 것이고 그 아이는 자랄 것이다. 어쩌면 발가락뿐만 아
니라 손가락, 귓바퀴, 눈썹 모양까지 정을 닮았을지도 모른
다. 그러나, 7년 동안 기다리던 소식이 왜 하필 이제야 자신
에게 도착했는지, 불가능한 그 일이 왜 이 지점에서 갑자기
가능하게 됐는지 여전히, 잘, 받아들여지지 않았다. 자신은
아무래도 비둘기만도 못한 인간인 게 분명했다.

저것들이 초저녁부터 지랄이네요.

이 주임이 턱으로 건너편을 가리킨다. 창문은 역시 활짝 열
려 있다. 계속 봐야 할 것인지 돌아설 것인지 정은 잠시 망설
인다. 보고 싶지 않다. 그러나 몸은 쉽게 돌아서지지 않는다.
망설이는 사이에 이 주임이 정을 어둠 속으로 끌어당긴다. 어
두워지자 화면이 밝아진다. 맨몸의 남녀가 사각 프레임 안에
등장한다. 가로등 불빛에 반사되는 맨몸의 선이 적나라하다.

흑과 백의 세상은 생각보다 훨씬 더 간결하고 요약적이다. 고정된 카메라 안과 밖을 드나드는 배우들처럼 벌거벗은 두 남녀의 체위가 나타났다 사라지기를 반복한다. 정은 그들의 움직임을 더듬는 자신을 느낀다. 어떤 상황에서도 솔직하게 반응하는 욕망이 부끄럽고 참혹하다. 도대체 무엇을 위한 욕망인가. 욕망의 이유를 묻는 일이 어리석다는 걸 알면서도 정은 자신에게 묻는다. 오랫동안 부정했던 일이다. 비록 장미꽃 넝쿨 우거진 집을 짓지는 못했지만 여전히 행복해지고 싶을 뿐이라고 자신을 애써 감추고, 다독거리고, 자신을 위로, 했다. 그렇다고 아무것도 달라지는 것은 없는데도, 말이다.

늘 똑같네요.

가까스로 돌아서며 정은 말한다. 이 주임도 느릿느릿 돌아선다. 어두운 실내로 들어서자 마른 볏단 냄새가 다가온다. 조금 전 이 주임과 함께 본 장면이 찰나의 환각이라면 이 냄새는 현실이다. 각각의 육묘장에서 거둔 교배종들에서 씨앗을 받아 열성과 우성을 가려 소독해서 이윤을 고려해 팔고 사고 다시 되팔고 해마다 농민과의 소요를 겪으며 흘러가는 삶이 정의 현실인 거다. 정은 비록 아주 소수일지라도 자신의 몸 어딘가에서 힘차게 꼬리를 흔들며 끊임없이 움직이고 있을 씨앗들을 상상한다. 반을 의심하다니. 수박 종자에서 호박이 열린다고 해도 반을 의심하면 안 되는 거였다. 껌을 씹는다. 마땅히 뱉을 곳은 없다. 그래서 씹다가 삼킨다. 딱딱하고

아무 맛도 없는 껌이 식도를 타고 캄캄한 배 속으로 넘어간
다. 자신의 의혹은 똥이 될 것이다. 아무도 몰래 똥이 되어
변기 아래 더럽고 냄새나는 온갖 오물 속에 묻힐 것이다. 그
리고 괴로운 오늘은 옛날이 되어 잘 기억하지도 못할 거다.
그래야 견딜 수, 있다.

다시 경보기가 어두운 복도를 흔든다. 아래층에서 직원들
의 웅성거림이 계단을 타고 올라온다. 사방으로 흩어진 말소
리가 서로 부딪쳐 깨진다. 서둘러 정선장으로 돌아온 정은 무
전기 곁으로 다가선다. 마침내 서쪽 출입구가 뚫린 것일까.
무전기 속에서 들리는 악과 욕과 고함 소리가 쏟아진다. 여차
하면 본관의 로비로 투입되어야 할 상황임을 직감한다. 정은
가까스로 잠재웠던 몸이 다시 뜨거워지는 것을 느낀다. 귓불
과 목덜미가 화끈거리기 시작한다. 금방이라도 터질 듯이 부
푼 반의 배를 생각한다. 헬륨 가스를 채워 넣은 풍선이 손안
에서 터지는 순간을 떠올린다. 오금이 저린다. 정은 고개를
젓는다. 반에게로 돌아가야 한다. 그러기 위해서는 현재의 상
황에 집중해야 한다.
올해는 협상이고 뭐고 일체 쇼는 안 한다네요.
언제 돌아왔는지 이 주임이 입맛을 다시며 정 곁으로 다가
선다. 처음부터 농민들은 보상을 목적으로 상경한 것이 아니
라 시위 자체를 사회적 이슈로 만들려는 의도라고 했다. 그들

을 외롭게 만드는 일이 쉽지 않을 거라는 건 알았다. 그러기에 그들의 수는 너무 많았다. 외로움을 견디는 것에는 한계가 있다는 것을 아는 정으로서는 충분히 이해할 수 있는 상황이다. 그러나 적을 이해한다는 것은 위험한 일이다. 애초에 농민이 이 시위에서 이길 확률은 희박하다. 돌아가고 싶다. 몸이 떨린다. 아니, 바지 주머니 속의 휴대전화가 혼자 몸을 떤다. 문자 메시지다. 발신 불명의 미심쩍은 소포를 개봉하는 심정으로 정은 주머니에서 휴대전화를 꺼낸다. 반이다.

갑자기 양수가 터졌어. 바쁘면 안 와도 돼.

농민이 던진 수박이 가슴에 와서 박힌 것처럼 숨쉬기가 곤란해진다. 작은 흉통이었던 그것이 점점 온몸으로 퍼져간다. 정은 꼼짝도 할 수 없다. 돌아가고 싶다는 생각뿐이다. 살아 있는 동안에는 어떻게든 움직이게 마련이다. 자신의 몸 안 어딘가에는 그래도 빛을 향해 꼬리를 흔들며 움직이는 녀석들이 있을 것이다. 쉬지 않고 움직여서 이제 곧 빛 속으로 뛰어들려고 한다. 정은 자리에서 벌떡 일어선다. 돌아가야 한다.

*　*　*

정은 정문 로비의 맨 앞에서 합판 뒤에 몸을 숨긴 채 서 있

다. 건물은 전체가 소등 상태다. 유리 조각과 수박 조각들이
발밑에서 버석버석 밟힌다. 농민들이 도착하자마자 수박과
돌멩이로 출입문의 유리를 박살냈기 때문이다. 그나마 아직
부상자가 발생하지 않은 것이 불행 중 다행이다. 회사 외벽을
둘러싼 전경들과 그 너머 농민들의 내지르는 구호들이 로비
안으로 넘어온다. 가끔 쇠파이프가 허공을 휘젓거나 둔탁한
무엇인가가 합판에 부딪히기도 한다. 둔탁한 소리로 보아 아
마도 수박 덩어리인 듯하다. 과장급 이하 직원들이 모두 모인
로비는 달짝지근한 단내와 직원들의 더운 입김으로 숨쉬기조
차 어렵다. 정은 시간을 확인한다. 밤 11시다. 직원들은 벌써
두 시간이 넘도록 어둠이 가져온 팽팽한 긴장과 침묵을 지키
고 있다. 어쩌면 지금 이 상태는 아무것도 하지 않고 그냥 견
디는 것과 비슷하다고 정은, 천천히 숨을 몰아쉬며 생각한다.
더 이상 견디는 것은 무리다. 정은 무리에서 이탈하기 위해
돌아선다. 어떻게든 이 건물을 빠져나가야 한다. 그때 고무줄
을 끊듯 갑자기 누군가가 중얼거린다.

　쓰벌, 물이라도 끌어다가 확 싸질렀으면 쓰겠네.

　그 말은 중얼거림이었다가 곧 웅성거림이 된다. 곧 몇몇의
직원이 로비 벽에서 소방 호스를 빼온다. 현재로서는 그것이
어떤 의미인지, 이성적으로 생각해보는 일 따위는 쓸데없는
짓이다. 대열에 떠밀린 정은 다시 대열의 맨 앞에 서 있다.
왜 아무리 발버둥을 쳐도 언제나 이 자리를 벗어나지 못하는

지, 정은 정말…… 모르겠다. 얼음물을 뒤집어쓴 것처럼 온 살갗이 아프다 못해 따갑다. 이마를 타고 땀이 흘러내린다. 흘러내린 땀이 눈썹을 비집고 눈 속으로 들어온다. 눈이 따갑다. 정은 눈을 비빈다. 지금은 딴 생각을 할 때가 아니다. 눈물로 변한 땀이 다시 얼굴을 타고 턱 끝에 맺힌다. 영영 반에게로 돌아가지 못하게 될까 봐 두렵다. 거칠게 얼굴을 비벼 닦는다. 머리 위로 물방울이 후두둑 떨어진다.

성능이 의심스럽던 소방 호스가 작동하는 모양이다. 아슬아슬하던 균형은 깨어진다. 쇠창살을 미처 넘어가지 못한 물방울이 로비 여기저기로 튄다. 침묵이 가두고 있던 고함 소리가 직원들 사이로 파고들고 갑작스러운 물 세례에 전경들의 대열이 느슨해진다. 그사이를 틈타 궁지에 몰린 그들이 다가오는 것이 보인다. 웅성거리던 직원들이 방독면을 쓰고 장갑을 끼기 시작한다. 정은 쇠창살을 경계로 제각기 각목과 돌멩이들로 맞닥뜨린 사람들을 바라본다. 그리고 빨리 집으로 돌아가야 하는 자신이 왜 여기 서 있는 것인지, 자신이 가두고 지켜야 하는 것이 무엇인지 오랫동안 생각한다.

정말 지루한 밤이었다.

고양이가 나타났다

고양이가 나타났다

틈은 집요했다.

어쩌면 그 틈은 아무것도 아니었지만 여자는 내내 눈을 뗄 수 없었다. 그것은 시멘트 균열처럼 단단하고 노파의 얼굴에 새겨진 주름처럼 깊어 보였다. 여자는 멍하니 갑자기 눈앞에 떠오른 엉덩이를 바라보며 그렇게 생각했다. 무빙워크 위였다. 힘들이지 않고도 지상과 지하를 오가는 그 위에서 할 일은 별로 없었다. 무료한 사람들은 주위를 둘러보거나 자신의 앞을 가로막은 쇼핑 카트 사이를 빠져나갈 궁리를 할 뿐이었다. 적어도 유명한 광고 문구를 연상시키는 엉덩이를 발견하기 전까지는, 그랬다.

저와, 제가 입은 이 레깅스 사이에는 아무것도 없어요.

짧은 상의 밑으로 드러나 숨을 쉴 때마다 실룩거리는 엉덩이가 그렇게 말한 건 아니었다. 그러나 그 엉덩이로 인해 무빙워크 위는 은밀히 소란스러워졌다. 여자의 시선이 눈앞에서 흔들리는 엉덩이의 그늘을 집요하게 파는 동안 사람들은 겉으로 드러나는 양감과 크기에 집중했다. 등 뒤에 선 누군가가 미친 게 아니냐고 다른 누군가에게 소곤거렸고 다른 누군가는 좀 모자라는 걸지도 모른다고 우호적인 어투로 대답했다. 여자는 미친 것과 모자라는 것 사이의 거리를 따져보았다. 사실 눈앞에 탐스러운 엉덩이가 보이던 순간부터 여자는 그 틈 사이에 손을 끼워 넣고 싶은 욕구와 싸웠다. 그건 미친 짓이거나 혹은 모자란 짓이었다. 물론 어느 쪽인지 분명하게 말할 수 없지만 뺨 맞기 좋은 짓인 것만은 확실했다. 반면에 확실한 사실에서 비롯된 확신이 모든 금기를 금지하는 게 아닌 것도 분명했다. 그래서 각각의 손에 사다리와 연장 통을 들고 있지 않았더라면 아마 여자의 손가락은, 여자의 손가락이 아닌 다른 손가락은 그 탐스러운 곡선 사이의 완강한 틈을 비집고 들어갔을지도 몰랐다. 처음 틈을 발견했던 그때 그랬던 것처럼.

어디선가 반짝, 하는 소리가 들렸다. 학교에서 돌아온 어린 여자가 가방을 내려놓았을 때였다. 입구에 서서 미심쩍은 눈초리로 방 안을 둘러보았다. 반짝, 이라는 소리가 과연 소리가 될 수 있는지 의심했다. 서랍이 내려앉은 책상과 장식이 떨어져 나간 앉은뱅이 화장대, 문짝이 깨진 자개장롱이 전부인 방 안에 빛나는 소리를 낼 만한 물건은 없어 보였다. 그러나 다시 반짝, 이라고밖에 말할 수 없는 소리가 들렸다. 다리와 꼬리가 사라진 학과 잎이 다 떨어진 소나무가 겨우 붙어 있는 장롱 근처에서 들리는 것이 분명했다. 여자는 무릎을 꿇고 엎드려 장롱 밑을 들여다보았다. 어둠 속에서 여자의 눈과 마주친 무엇인가가 스스로를 허물며 반짝, 움직였다.

어둠 속에 오래 갇힌 사물은 오로지 스스로를 구할 방법을 궁리하며 세월을 견딘다는 걸, 여자는 그때 알았다. 그것들은 긴 시간을 두고 어둠 속에서 빛을 추출하는 법을 익혔고 그 빛을 몸 안에 저장했다. 자신을 빛 속으로 끌어내줄 누군가를 위해 몸을 쥐어짜 빛을 발하는 거였다. 여자는 방바닥과 장롱 틈 사이로 손을 집어넣었다. 손가락이 들어가고 손등이 겨우 그 틈을 비집고 들어갔다. 햇살이 가파르게 방 안에서 밀려 나가는 시간이었다. 장롱 나뭇결에 쓸려 손등이 긁히고 틈에 낀 손목이 시큰거렸지만 도로 뺄 수 없었다. 손은 자기 멋대로 머뭇머뭇 어둠 속을 헤맸다.

틈, 틈틈이 틈을 생각했던 건 아니었다. 틈은 어디에도 있었지만 여간해서 보이지 않았다. 틈나는 대로 틈을 찾아다닐 만큼 틈에 관심이 있던 것도 아니었다. 그러나 틈은 여자를 향해 입을 벌렸고 여자는 그 아가리 속에 손을 집어넣었다.

손이 잘릴 염려는 꿈에도 없었다. 달이 뜨기를 기다렸을 뿐이다. 망루 위에 홀로 선 사람처럼 외로웠지만 가끔은 달빛이 위안이 되었다. 여자는 겨우 손을 꼼, 꼼지락거렸다. 그 순간만큼은 손과 여자는 각, 각, 독립된 개체로 존재했다. 틈, 틈 사이로 들어간 여자의 일부는 한사코 자신이 쥔 것을 놓으려고 하지 않았다. 괜찮을 거야. 손가락들이 손을 흔들며 어둠 속에서 그렇게 말하는 것 같았다. 방에 엎드린 여자는 문, 문밖에 버려진 아이처럼 외로웠다. 여자는 틈 사이에 손을 끼워 넣은 채 달빛에 기대 잠잠, 잠이 들었다. 망, 망 바다에 홀로 선 망루처럼 외로운 잠이었다. 여자의 손이 그토록 오래 놓지 않던 것은 오래전에 잃어버렸던 유리 귀걸이 한 짝이었다. 그것은 이쪽과 저쪽을 나누고 세상의 고저를 만들며 가능과 불가능을 구분지었다.

여자는 하나이면서 여러 개이고 여러 개이면서 언제나 한결같은 자신을, 아니 자신의 기록을 본다. 좀더 정확하게 말하자면 그것들은 네 개의 공간에 배치된 세 개의 설치물이다. 그 세 개의 설치물은 각각 단절적인 서사로 이루어진 하나의 이야기다. 유기적인 연속성과 완결성은 사람들이 꿈꾸는 바람일 뿐이다. 이곳의 삶이란 불연속적인 미완의 이야기들로 이어진다는 걸 문은 끝내 이해하지 못했다.

네 개의 공간을 설정했으면 네 개의 설치물이어야 하는 거 아닌가.

딴 곳을 바라보며 문은 그렇게 물었다. 그 물음은 다른 때와 마찬가지로 혼잣말처럼 들렸다.

이야기 안에는 하나의 이야기만 있는 게 아니니까……

여자는 엄지손가락으로 약지에 끼워진 반지를 빙글빙글 돌리며 말끝을 흐렸다. 더 이상 이해를 간절히 구할 사이는 아니었고 몇 주 사이에 반지는 헐거워졌다. 여자는 반지가 끼워진 자신의 손을 내려다보았다. 처음 문은 짧고 굵고 상처가 가실 날 없는 여자의 손가락이 안쓰럽다고 말했다. 아니, 안 됐다고 했었나. 잘 기억이 나지 않았다. 상관없었다. 기록 없는 기억은 그리 확실치 않으니까, 아무것도 믿지 않았다. 어차피 곧 철거되어 지상에서 사라질 것들이었다. 사라진 것들을 기억하는 일은 사는 데 별 도움이 되지 않았다.

매 상황마다 조금씩 달랐지만 대부분 그것들이 설치되어 지상에 머무는 기간은 일주일에서 한 달 사이였다. 이번에도 상황은 별반 다르지 않다. 보름 내내 천장까지 쌓인 라면 박스나 물놀이용 튜브, 각종 캠핑 도구가 진열된 특별 가설 매장 구석에 전시되던 그것은 말하자면, 여름 특수 고객을 위한 일종의 기획 서비스다. 그러므로 그것이 한 달 동안 본 세상은 온통 텐트와 라면과 물놀이 용품을 팔고 사는 사람들뿐이었다. 만약 그것들이 생각할 능력이 주어졌더라면 주위의 누군가에게 인간에 대해 이렇게 설명했겠지.

인간이란 종(種)은 말이야, 물과 풀을 찾아 집을 짊어지고 끝없이 지상을 떠도는 포유류의 한 종에 불과했어. 먹고 싸고 놀고 씻는 게 전부였거든.

먹고 싸고 놀고 씻는 것 사이사이에 생각도 하고 울기도 하고 웃기도 했지만 여자가 생각하기에 인간이란 대부분 먹고 싸고 놀고 씻기를 반복하며 한 세상이 지나간다고 해도 과언이 아니었다. 유희적 인간이란 거창한 말 뒤에 대충 이런 의미를 숨기고, 우리는 잘도 자고 잘도 산다. 그에 비해 그것들은 자신이 설치되는 공간이 어디든 상관없이 자신들의 영역 안에서 살았다가, 사라지기를 반복했다. 이번에도 상황은 크게 다르지 않았다. 전시 환경은 열악했고 관람객은 성의 없었으며 매장 관계자는 세일 행사를 치르듯 의례적이었다. 물론 불평이나 불만을 가질 상황은 아니었다. 여자에게는 먹고사는 문제와 직결된 일이었고 그것들은 소리도, 생각할 능력도 없이 한시적으로 삶을 부여받은 것들에 지나지 않았다. 그러므로 여자와 그것들의 관계는 헤어지고 만나기를 반복하는 소모적인 감정을 낭비할 필요가 전혀 없는, 인간과 사물, 즉 단절적이면서도 유기적이고 연속적인 관계를 유지하는 사이인 거였다. 그것이 여자가 그것을 그것이라고 부르는 이유이며 그것을 유일한 오브제로 삼는 이유였다. 필요 이상의 집착은 필요 없었다. 기억은 기록의 형식으로 남았고 여자는 기록으로 남는 기억만이 가장 확실하고 정확하다고 생각하는 편이었다. 기록으로 남는 기억이 있으므로 사라진다고 해서 전혀 아쉽거나 서운해할 필요가 없다는 말이었다.

누군가는 자신의 작품을 내 아이, 라고 불렀고 누군가는 영혼의 일부라고도 했지만 여자는 자신이 만든 작품을 인격화하는 것은 위험한 일이라고 생각했다. 또한 보이지 않는 것이나 없는 것에 대해 믿음을 갖는 것처럼 어리석은 일은 없어 보였다. 보이지 않으면 들리지도 않는 법이다. 달리 말해 소리를 갖는다는 것은, 언제나 보일 것에 대한 희망을 포기하기 않으며 보이기 위해 노력해야 할 의무를 가진다. 그게 유행과 가십과 풍문을 일으키는 힘이었으며 여자의 직업은 유행이나 가십이나 풍문과 거리가 멀었다. 여자는 언제나 어떤 소리도 배우지 못한 것들에 귀 기울이고 눈 감고 보기 위해 애쓸 뿐이었다. 사는 데 별 도움이 되는 일은 아니었지만 할 수 있는 거라고는 그것밖에 없었다. 그래서 콘크리트 균열 사이에서 자라난 솟대였던 전생을 터진 아스팔트를 꿰매는 풀들의 이생으로 옮겨오고 교량에 늘어뜨린 넥타이가 될 미래에 대해 생각했다. 한 번도 같은 몸을 한 적은 없었지만 그것들의 본질은 한결같았다. 동료들은 여자의 그런 작업에 관심이 없었고 큐레이터는 지나치게 온건한 오브제는 예술이 관여할 형식이 아니라고 말했으며 관람객이나 비평가 들은 제목 없는 작품에 주목하지 않았다. 바람이 때론 바람으로 끝난다는 걸 알았다. 각자가 알아서 생각하거나 침묵할 문제였다. 다만 여자는 모르겠다, 는 말만 하지 않기를 바랐다. 문을 떠올리지 않았지만 문이 다시 문을 열고 여자의 기억 바깥으로 걸어 나왔다.

모르겠어.

어떻게 해야 할지?

다음에 얘기하면 안 될까.

문이 얼굴을 쓸어내리며 그렇게 말했다. 문의 야윈 몸 어디서 그렇게 한결같은 피로가 끊임없이 솟는지, 여자는 가끔 궁금했다. 열두 살 무렵 목소리가 변해 더 이상 어린이 프로에서 춤추고 노래할 수 없게 되면서 문은 자신이 웃는 모습이 귀여운 꼬마에서 짜증스럽고 우울한 표정의 소년기를 지나 피곤하고 불행한 청년으로 자랄 수밖에 없다고 했다. 문은 변변한 배역 없는 청춘을 지나 최근 어린이극에서 인형탈을 쓰고 어린이 체조를 하며 시절을 보내는 참이었다.

여자는 입을 다물었다. 다음에 얘기할 수 없는 문제도 있었지만 어쩐지 이제 더 이상 얘기할 필요가 없는 일인 것 같았다. 여자가 아는 바로는 문에게 분명한 다음, 이란 없었다. 그래서 여자는 약지에 끼워진 반지를 돌리는 일에만 열중했다. 세상에 명확한 처음이나 끝은 없으므로 빙글빙글 도는 일이 재미없어지면 그곳이 바로 이야기의 출발이자 끝이었다. 세상에 그것보다 분명한 일은 없었다. 문과 여자는 공원을 다섯

바퀴쯤 돌다가 멈춰 섰다. 다람쥐처럼 꼬리가 돋거나 설사 꼬리가 돋는다고 하더라도 도토리만 까먹으며 살 수는 없었다. 도토리를 생각하니 명치끝에서 올라온 쓰디쓴 위액이 입안에 고였다. 헛구역질을 해대며 여자는 그 자리에 주저앉았다.

혹시 돈 필요해?

전동차를 타기 위해 계단을 내려가던 문이 갑자기 생각난 것처럼 돌아서서 물었다. 여자가 기억하는 한 정확히 물음표를 붙여 자신에게 뭔가를 물었던 건 그때가 처음이었다. 여자는 반지를 돌리던 일을 멈췄다.

필요하면 연락할게.

여자는 두툼한 손을 흔들었고 문은 출렁거리며 계단을 내려갔다. 자신의 인생에서 가장 빛나던 열두 살 즈음을 그리워하느라 평생 피로하고 불행한 문이 보이지 않을 때까지 짧고 굵고 두툼한 손을 흔들었다. 그리고 집으로 돌아와 청양 고추를 썰어 넣은 라면을 끓였다. 몸속에서 맹렬하게 매운 식탐이 솟았다. 땀이 나고 눈물이 났지만 좀 전과는 다르게 속이 편안했다. 여자도 스스로를 향해 괜찮냐고 묻는 바보 같은 짓은 하지 않았고 가끔은 매운 게 삶에 도움이 된다고 아이, 그인지 그녀인지도 알 길 없는 아이,도 여자에게 충고하지 않았지만 하나이면서 둘인 그들은 오랜만에 꿈도 없이 잤다. 다음, 이란 문과 여자, 그리고 그인지 그녀인지 알 길 없는 아이 그 누구에게도 무의미했다. 모르겠다는 말도 무책임한 감탄사 같은 거였다. 물론 미안하다는 말이나 잘 가라는 말도 필요 없었다. 그래서 여자는 그이거나 어쩌면 그녀일지도 모를 아이에게 아무 말도 하지 않았다. 어차피 말은 어깨 위에 쌓이는 비듬과 비슷했다. 흘린 기억 없이도 자주 어깨 위에 떨어졌고 그때마다 툭툭 털어버리면 그만이었다. 그게 다음,이 여자에게 필요하지 않았던 이유였고 문과 아이에게 잘 가,라거나 미안하다는 말을 하지 않은 이유였다.

네 개의 공간에 세 개의 설치물로 구성되었다가 곧 해체될 일곱번째 그것을 바라보았다. 아니, 어쩌면 여덟번째일지도 몰랐다. 7이나 8이 중요한 건 지폐를 셀 때뿐이야. 여자는 사다리를 설치하고 목장갑을 끼며 중얼거렸다. 사실은 7이나 8보다 아까부터 들려오는 소리에 못내 신경이 쓰인다. 한참 전부터 어디선가, 희미하게, 고양이가 울었다. 물론 고양이는 언제 어느 때나 울었다. 그건 어쩌면 먹고사는 것 외의 삶에 유용한 형식일지도 몰랐다. 울다니, 울지 않기를 잘했다. 눈물로 끝낼 관계는 처음부터 피하는 게 상책이었다. 어차피 처음부터 만날 수 없는 사이는 울 필요도 없고 기억할 필요도 없었다. 그런 의미에서 아이는 다음,이 없는 사람들이 만든 관계의 처음이자 끝이었다. 문과 여자는 아이로 표상되었지만 아이라고 불리는 그 표상이 문과 여자를 의미하는 것은 아니었다. 여자가 분명히 아는 일은 그것뿐이었다. 사라지면 그

뿐이었다. 울지 않아서 정말 다행이라고, 여자는 생각했다.

그러나 때론 생각이 무의식을 가장해 그 모습을 드러내는 건 어쩔 수 없는 일이었다. 목장갑을 끼고 사다리를 타고 올라가 공중에 매달린 그것을 바로 보고서야 눈앞의 손이 어쩐지 낯익다는 것을 여자는 깨달았다. 뒤늦은 낭패감은 뒤늦은 후회만큼 어리석은 일이어서 짐짓 아무렇지 않은 척 어깨를 으쓱 추켜올렸지만 그렇다고 아무렇지도 않은 것은 아니었다. 가늘고 끝이 날랜 손가락들이 문의 손과 닮은 까닭은 무의식을 가장한 의식적인 행동이었다는 걸 인정해야 했다. 어쩌면 그건 여자가 가진 최소한의 허영이나 바람이었다. 아무도 모를 텐데 뭐. 마흔이 되어서야 자신의 손을 발견한 어느 정신 나간 남자의 얘기를 굳이 들먹거릴 필요도 없이, 문은 말할 것도 없이, 아무도 모를 사실이었다. 여자는 씁쓸하게 중얼거렸다. 각각의 이야기가 서로에게 영향을 주거나 닮으려고 애쓰는 건 정말 바보 같은 짓이었다. 유행은 외로운 사람들이 만들어낸 집단 최면 같은 거였고 경향은 일방적인 바람이 만들어낸 강압적인 제도와 비슷했다. 어느 날부터 고양이가 간판과 예술과 처녀들의 몸에 매달려 딸랑거린다고 해서 어느 날부터 갑자기 이 지구에 사는 고양이가 늘어난 건 아니라는 말이다. 유행과 경향이 일부를 전체인 것처럼 매도하고 상투화하는 틈을 타고 고양이가, 나타났을 뿐이다.

여자는 한때 어느 술자리에서 만난 배가 나오고 눈썹이 못

생긴 화가를 떠올렸다. 어항을 삼킨 것 같은 배 위에 깍지 낀 손가락을 얹는 습관을 가졌던 그 화가의 눈썹은 여덟 팔(八) 자였다. 기술만으로 그림을 그리지 말라고, 누군가가 말했고 흐름을 읽을 줄 모르는 예술가는 예술가가 아니라고 누군가가 낄낄거렸다. 그 화가도 따라 웃었지만 그가 잇몸을 드러내며 크게 웃으면 웃을수록 슬퍼서 견딜 수 없다는 표정으로 변했다. 그리고 그 술자리는 흐지부지 끝났으며 여자는 곧 그 화가를 잊었다.

여자가 그 화가를 다시 본 건 점심으로 배달된 백반 정식을 덮은 신문에서였다. 펀드매니저가 무슨 일을 하는 사람인지 잘 몰랐으나 기사에 따르면 그 화가는, 아니 한때 화가였던 그는 금융계에서 예언자와 같은 존재였다. 그러나 여전히 어항을 삼킨 것 같은 배 위에 깍지를 낀 짧은 손가락을 얹은 그는 울고 있었다. 그가 이곳의 유행과 경향으로부터 탈출해서 다른 유행과 경향의 세계에 안착했다는 사실이 중요한 건 아니었다. 다만 언제나 슬퍼서 견딜 수 없는 표정을 일관하는 그가, 그 한결같은 표정이 여자의 기억에 기록됐을 뿐이다. 곧 여자는 그의 얼굴 위에 청국장과 김치 국물을 흘리고 덮고 치우고 잊어버렸다.

내가 알게 뭐야. 여자는 부러 아무렇지도 않은 듯 일곱번째 인지 여덟번째인지 확실하지 않은 기록의 첫번째 구조물을 공중에서 끌어내린다. 자신이 만든 작품의 마지막을 확인하고 안전하게 거두어 기록하는 일은 이래저래 힘든 일이었지만 다행스러운 일이기도 했다. 실제는 사라지고 사진 몇 장과 기록이 그 자리를 대체할 운명이기는 했다. 하지만 출판된 지 얼마 지나지 않아 헌책방 진열대에 꽂히거나 이웃의 라면 그릇받침이 되었다가 붕어빵 봉지로 생을 마감하게 되는 종이의 인생보다는 이편이 나았다. 물론 운 좋게 작품이 팔려 재설치될 가능성도 있지만 그건 이미 새로운 작품이었다. 지금의 그것은 천장에 설치한 와이어를 떼어내고 각각의 구조물을 해체하여 분리한 다음 재사용하거나 재활용을 고민하는 최후로 마감될 거였다.

처음 설치 때 배치와 간격이 중요했던 것처럼 해체 작업에도 배치와 간격은 중요했다. 아니, 배치와 간격은 어디서나 중요하고 필요했다. 사람들은 그것을 운이라고 칭하거나, 시절을 읽는 힘이라고 말하지만 여자가 생각하기에 그건 관습적인 질서를 가진 법칙일 뿐이었다. 세상은 운이나 시절을 타며 세월을 보내기에 그리 적당한 곳이 아니었다. 여기는 비논리적인 논리와 습관적인 친밀함이 세습되는 곳이었고 배치와 간격만이 그 질서로부터 자유로웠다. 여자는 와이어와 석고와 투명 셀로판지로 마감한 하드보드지를 분리해 쇼핑 카트에 실으며 폐장 시간 직전에 보았던 낯선 엉덩이 사이의 틈을 떠올렸다. 손가락으로 남은 아이가 몸속에서 반짝, 깨어났다.

　　분명 수술은 잘되었다고 했다. 의사는 여자에게 아무런 설명을 덧붙이지 않았지만 그 수술이 작은 몸통과 사지를 갈고리로 찢어 흡입기로 빨아들이는 과정을 의미한다는 것쯤은 알고 있었다. 그러니까 잘되었다는 말은, 깨끗이 사라졌다는 말이었다. 그러나 병원에서 돌아온 지 나흘쯤 지난 새벽, 눈을 감은 채로 찬물을 들이켜던 여자는 몸속에서 뭔가 꿈틀, 하고 움직이는 걸 느꼈다. 그 느낌은 잠에 빠진 아이의 옹알이나 처음 불을 발견한 사람의 경이로운 탄식처럼 길고 나지막했다. 몸 안에서 무엇인가가 반짝, 소리를 내며 움직였다. 분명 여자의 몸 안에서 일어나는 일이었다. 여자는 눈을 떴다. 논리적으로 이해될 수 없는 일이었지만 그가, 아니 그녀일지도 모르는 아이가 깨끗이 사라지지 않은 것 같았다. 여자는 천천히 주위를 돌아보았다. 테이블 위에 퍼즐 조각처럼 널린 낡은 연장들과 용접기, 더러운 담요와 철판 부스러기들이 가로등처럼 스스로 빛을 냈거나 고집스럽게 역할에 충실한 교량으로 모습을 바꿨다. 작업실을 메운 금속 냄새와 화기에 새벽빛이 끼어들었다. 바닥에 쌓인 어둠 속에서는 빛이 아슴아슴 떠올랐다. 여자는 물컵을 쥔 채 빛에 희석되어가는 밤을 보았다. 몸 안에서 생긴 이질적인 느낌이 사방으로 번져나갔다. 파문 같은 파동이 공간 전체를 메웠다. 오한이 들었다. 아이가 여전히 여기, 있었다. 창문이 덜컹거리고 빗소리가 후

드득 떨어졌다. 문과 여자가 만든 틈 사이에 숨죽인 손가락들이 끼어들었다. 갈고리를 피해 일부로 남은 아이는, 그인지 그녀인지 알 길 없는 그 손가락은 여자의 중심에서 새롭게 다른 신체가 되었다. 진실이거나 아니거나 그건 불가능해 보이는 사실이었다.

일곱번째인지 여덟번째인지 더 이상 기억하는 게 의미 없는 설치물의 두번째 구조물을 해체하던 여자는, 가뜩이나 무거운 동판 받침을 옮기느라 얼굴이 벌겋게 달아오른 여자는, 예민해졌다. 모습을 드러내지 않고 우는 고양이 쪽을 향해 신경질적으로 고개를 쳐든 것은 그 때문이었다. 벌써 한 시간이 넘도록 들려오는 울음이 그치기는커녕 더 가늘고 높아졌다. 마치 손톱으로 칠판을 긁는 소리 같았다. 몸 안의 손가락들이 신경질적으로 꿈틀댔다. 울음이 할퀸 허공에서 폭포처럼 어둠이 쏟아졌다. 사방에서 고양이가 쏟아지는 시절에 듣는 고양이 울음은 지겨웠다. 물론 여자는 고양이를 가까이해본 경험이 없었다. 그래서 고양이가 왜 이 시간에 우는지, 고양이는 어떤 상황에서 우는지 전혀 알지 못했다. 다만 그 울음으로 고양이가 여기 어딘가에 있다는 사실과 그 음역이 더 이상 견디기 힘든 지점에 도달했다는 사실을 알 뿐이었다. 사다리에서 내려온 여자는 소리나는 쪽을 눈으로 더듬었다. 어차피 밤은 불가능과 가능, 현실과 상상이 서랍 속 속옷들처럼 뒤섞인 공간이었다. 그 공간 속에서 오래전에 사놓고 잊어버린 검정 가터벨트가 튀어나온다고 해도 전혀 이상한 일이 아니었다. 괜찮을 거야. 몸속의 손가락들이 그렇게 말한 건 아니었다. 그러나 어차피 밤이었다. 보이지 않는 고양이를 찾기에 적당한 밤. 그래봤자 고양이는 고양이일 뿐이니까.

운행이 멈춘 무빙워크를 내려와 흰 보자기가 덮인 수많은 가판대 사이를 지났다. 멀리서 기계톱 소리와 서로를 부르는 소리, 무엇인가 떨어지고 구르는 소리가 여자의 움직임 사이로 뛰어들었다. 위층에서는 들리지 않던 소리들이었다. 여자는 혼자 있는 건 아니라고 매장 관계자가 흘리듯 말한 적이 있음을 떠올렸다. 이유는 각각 달랐지만 혼자가 아니라는 사실은 각각의 사람을 다소 편안하게 했다. 과연 계절이 바뀌는 어느 지점이면 지난 계절에 얻은 자외선의 흔적을 걷어내기 위해 부산을 떠는 사람들처럼 매장은 밤마다 리메뉴얼 공사로 분주했다. 그래서 여자는 안심하고 붉고 어린 손가락들이 이끄는 쪽을 따라갔다. 운동화는 족적도 없이 여자를 쫓았다. 실감은 언제나 멀리 존재했다. 그래서 여자는 크게 훌쩍이거나 숨을 몰아쉬거나 비명은커녕 신음도 내지 않았다. 유령, 같다고 문이 돌아누운 여자를 향해 언젠가 말했다. 모자란 것보다는 유령이 나을지도 모르지만 어쨌든 그 이유에 대해 설명할 방법은 없었다. 다만 반짝이라는 소리가 과연 소리가 될 수 있는지 의심했던 어느 저녁 이후 자신의 몸에서 소리가 떠나는 걸 느꼈다. 점점 소리를 감추고 흔적을 감추는 일에 몰두했다. 아니, 떠나는 것들을 잡아봤자 소용없다는 걸 깨달았을지도 몰랐다. 여자는 만지고 쥐고 넣고 귀 기울이고 바라보는 일로 그것들이 떠난 자리를 다스렸다. 뭐, 그럴 수도 있었다.

여자는 멈춰 섰다. 왜 갑자기 치약을 생각했는지는 모르지만 확실히 울음은 짜낼 대로 짜내서 온몸이 배배 꼬인 튜브 치약을 연상시켰다. 의류와 생필품을 파는 매장 구석에 위치한 화장실 근처였다. 가까이서 그 울음소리를 듣고 있자니 마치 자신이 머리끝부터 발끝까지 구겨지고 쪼그라든 치약 껍데기가 된 느낌이었다. 어쩌면, 고양이가, 아닐지도 모른다는 의혹이 생겨났다. 몸속에서 여자의 것이 아닌 손가락들이 여자를 쿡쿡 찔렀다. 알아. 여자가 중얼거렸다. 한참 전에, 아마도 이미 알았다. 본래 있던 곳으로 돌아가고 싶어졌다. 사실을 사실대로 확인하는 일은 용기를 필요로 하는 일이기 전에 책임을 준비해야 하는 일이었다. 여자는 더 이상 아무것도 책임지고 싶지 않았다. 그것이 문에게 끝까지 진심을 묻지 않았던 이유였다. 어차피 남은 시간을 견디기 위해서 필요한 것은 진심을 아는 일이 아니라 여자가 만든 질서를 가능한 오래 유지하는 일이었으니까.

그사이에도 비명 소리는 더 길어지고 낮아졌다. 인간의 음역이라기보다 마치 곰이나 소 같은 동물의 음역에 가까운 느낌이었다. 그래도 설마 곰이나 소는 아니겠지. 비명 소리에 붙들린 여자는 중얼거렸다. 온몸을 쥐어짜 안과 밖이 하나로 붙어버린 치약의 최후는 어떤 모습인지 잘 기억나지 않았다. 치약은 얼마든지 있으니까 그런 건 몰라도 상관없지만, 화장실 안에서 짐승처럼 우는 것이 무엇인지 몰라도 상관없지만, 두려웠다. 온몸이 부들부들 떨렸다. 여자는 입수 전의 아이처럼 크게 숨을 들이켰다. 괜찮겠지? 걱정스럽게 말하는 한 손에게 다른 한 손이 대답한다. 잊어버리지만 않는다면, 괜찮겠지, 아마.

문이 없는 화장실 입구는 마치 동굴 입구처럼 음습했다. 여자는 천천히 화장실 안으로 들어간다. 한밤 마트 화장실은 수영장 같은 구석이 있었다. 눅눅과 축축에 더해 소독약 냄새가 섞인 희미한 지린내가 떠돌았다. 어디선가 따뜻한 바람이 불었다. 분명 폐장한 지 한참 지난 시간이었고 아직 난방을 할 계절도 아니었다. 여자는 조금 더 안으로 들어갔다. 타일 바닥과 세면대 위의 거울, 방습포가 덧대어진 천장 사이를 돌아다니던 기척이 여자의 몸에 닿아 낮고 짧게 바뀌었다. 여섯 개의 문이 여자를 바라보았다. 여자도 멈춰 서서 여섯 개의 문을 바라보았다. 그리고 여섯번째 문 앞으로 다가갔다. 안에 있는 뭔가가 문밖의 기척에 숨죽였다. 옷자락이 사각거리고 황급히 휴지를 구겨 쥐는 소리. 어디선가 물방울이 똑똑 떨어졌다. 똑똑 문을 두드릴까. 여자는 주먹을 문 앞에 대고 망설였다.

고양이는 언제 어디서나 갑자기 튀어나왔다. 갑자기 어디서나 튀어나오는 고양이에 예의를 갖추는 일은 우스운 일이었다. 고양이를 그렇게 만든 건 유행과 부주의한 속도 탓이라고 도로 위에서 핏빛 가죽으로 남은 고양이를 볼 때마다 생각했다. 예의를 갖출 필요도, 두려워할 필요도 없었다. 여자는 문을 흔들었다. 긴장한 손가락들이 몸속에서 바짝 움츠러들었다. 공포 영화를 보던 어느 여름처럼, 내내 손가락 사이로 실눈을 뜨고 어두운 쾌감을 씹던 그날처럼 여자는 잠긴 문을 흔들었다. 무슨 일이냐고 물었다. 문 너머에서는 아무 소리도 들리지 않았다. 여자는 그 완강한 침묵이 의미하는 바에 대해 알 것 같았다. 호기심과 선의를 흔들어 뒤집으면 잔인함과 이기심으로 바뀐다는 사실도 알고 있었다. 그건 댓글의 문화가 만든 뒷골목이며 사진의 탄생 이래 섬으로 유배된 종족들이 받아들여야 할 숙명이었다. 그러나 돌이킬 수 없는 일도 있게 마련이다. 돌이키기에는 너무 많이 왔거나 너무 늦었다. 그 사실을 확인하듯 여자는 문에 대고 말을 걸었다.

사람을 불러올까요.

그건 잔인한 짓이었으며 별 도리 없는 짓이었다. 대답 대신 칼 같은 비명이 화장실 공중을 휘둘렀다. 베인 틈들이 허공에서 종이꽃처럼 바닥으로 떨어져 내렸다. 머뭇거리며 문이 열렸다. 협박이었거나 말거나 여자의 의도는 이루어졌다. 문이 열리고 손이, 끈끈한 점액과 피가 묻은 손이 문 사이로 나와 허우적거렸다. 짐작은 했지만 여자는 자신도 모르게 뒤로 물러섰다.

문틈으로 나온 손가락들이 허공에서 흐느적거렸다. 피만 아니었으면 여기는 딱 물속이었다. 물속에라도 들어가 눕고 싶었다. 모든 소리와 빛 들로부터 격리되어 오직 물결의 움직임대로, 편안하게, 흐느적거리며 살고 싶었다. 모든 틈은 메워지고 모든 틈은 틈으로 되돌아가고 햇살의 각도에 따라 반짝과 침묵을 오고 가는 수면의 그 수평을 향해 누워, 틈을 향해 손 벌리는 그런 일은 없었으면 싶었다. 그러나 여기는 물속이 아니라, 피비린내와 싸구려 방향제가 떠오는, 눅눅과 축축을 오가는 화장실, 이었다.

그냥 가줘요.

가쁜 목소리가 말한다. 핏자국이 묻은 흰 블라우스 사이로 보이는 팔목은 금방이라도 부러질 것 같았다. 그냥 가라는 말이 그냥 가라는 말인지 그냥 가지 말라는 말인지, 알 수 없었다. 문은 어차피 열린 상태였다. 여자는 입술을 깨물며 문을 잡아당겼다. 욕망은 욕망이 치솟을 때마다 피노키오의 코처럼 제멋대로 자랐다. 뭉뚝하고 굵은 자신의 손가락들이 오늘 아침보다 조금 더 길어진 것 같았다. 단지 문을 열기 위해 우주를 건너온 걸까. 목젖까지 내보이는 입처럼 문이 활짝 열렸다. 여자는 잠시 빛을 아로새긴 손들이 눈먼 나방들처럼 떠다니는 듯한 착각에 빠졌다. 치마를 뒤집어 깐 채 두 다리를 세워 벌린 소녀가 천천히 고개를 들었다.

좁은 화장실 칸에서 소녀의 살내와 비린내와 땀내가 튀어나와 여자의 목덜미를 죄었다. 바닥은 물기와 오줌 방울과 침과 오물과 핏자국으로 발 디딜 곳이 없었다. 부주의했다. 기습을 대비했어야 했다. 여자는 숨이 잘 쉬어지지 않았다. 초점이 잘 맞지 않는 소녀의 눈동자는 땀에 젖은 듯 번득였다. 몸은 여기 있지만 소녀는 다른 곳을 헤매는 사람 같았다. 그리고 곧 무엇인가가 소녀의 가랑이 사이에서 오물과 오줌과 오수가 구더기처럼 우글거리는 곳,으로 빠져나올 것 같았다. 여자를 부른 건 울음소리가 아니라 작고 어리고 빨갛고 투명한 손가락들이었다.

여자는 반사적으로 주머니를 뒤졌다. 덜덜 떠는 여자의 머릿속으로 별별 생각이 지나갔다. 잘린 사지에서 살아남은 손이 틈을 찢고 나오고, 고양이는 고양이를 낳고 흐느낌은 웃음소리와 닮았고 손은 손을 닮는가. 손, 손이 주머니를 뒤졌다. 몸을 숨긴 사람들, 스스로 필요한 만큼 소리를 내는 사물들, 소리는 빛인가, 어둠인가. 필요한 것은 필요한 무게만큼 몸을 숨겼다. 두 손끝이 시렸다. 어리고 붉은 손가락들이 몸속을 움켜쥐었다. 구급차를 부르려면 몇 번을 눌러야 하는지 가물가물했다. 119인지 911인지 헷갈리고 112와 114가 어떻게 다른지 기억나지 않았다. 휴대전화로 거는 응급 전화는 지역번호를 먼저 눌러야 하는지 아닌지도, 영영 알 수 없을 것 같았다. 그때였다. 부러질 것처럼 가는 손이 후들거리는 여자의 발목을 잡았다. 나무라도 부러뜨릴 것 같은 악력이라고 여자는 부들부들 떨며 생각했다. 어떤 순간에도 배가 고프고 잠이 들 수 있는 건 슬프고 다행스럽기 그지없는, 세상의 몇 안 되는 진실이었다. 마찬가지로 어떤 순간에도 생각을 놓지 않는 건 정말 대단한 능력이었다.

아 씨발, 그냥 좀 꺼져주면 안 돼?

울다 흐느끼다 아픔에 겨워 몸을 비틀면서 악을 쓰는 소녀는 진심이었다. 소녀는 씨발, 이라는 말을 다섯 번쯤 썼고 최근 유행하는 욕은 그보다 훨씬 많이 내뱉었다. 몸은 여기 있지만 정신은 어디 먼 곳에서 누군가를 두들겨 패는 중인 것 같았다. 여자는 깨문 얼음을 삼키듯 전화기를 주머니에 도로 집어넣었다. 욕은 습관적으로 내뱉는 적극적인 의사 표현의 하나이므로 그다지 문제 삼을 일은 아니지만 꺼지라는 말은 진심이 아니면 여간해서 하기 힘든 말이라는 걸 이해했기 때문이다. 그러니까 소녀에게 여자가 해줄 수 있는 유일한 일은 소리 없이 꺼지는, 거였다. 별로 어려운 일은 아니었다. 여자는 숨쉬기가 한결 편해지는 걸 느꼈다.

차라리 그때 욕이라도 하지 그랬어.

오랜만에 만난 문이 선글라스 뒤에서 말했다. 문이 인형 탈을 쓰고 출연하던 어린이극이 폐지되고 한참이 지난 어느 저녁 어스름이었다. 오랜만에 문은 제대로 살 수 있게 됐다고 했다. 여자는 문 앞에서 유리잔에 남은 얼음을 꺼내 오도독오도독 씹었다. 얼음을 씹어 먹기에는 늦은 감이 없지 않은 계절이었지만 오랜만에 만난 사이는 별로 할 말도 없었다. 문과 여자는 함께 지나온 날이나 함께할 남은 날이 사라진 사이였다. 물론 문을 닮은 손가락들이 여자의 몸속에서 오늘을 살았지만 그것은 문이 상관할 오늘이 아니었다. 얼음은 천천히 녹았고 목과 가슴이 얼얼했다. 얼얼함은 통증과 부기를 가라앉히는 데 그만이었다. 문은 여자를 찬찬히 훑었다. 오래 앉아 있을 시간은 없다고 말하며 주위를 오래 살폈다. 곧 연예 프로에도 출연할 예정이라거나 뮤지컬에서 조연 자리를 따낸 얘기들을 늘어놓는 문의 얼굴에서 빛이 났다. 오랜만에 마신 아이스커피와 얼음도 맛있었다. 유리잔에 더 이상 씹어 먹을 얼음이 남지 않을 때쯤 여자는 자리에서 일어났다. 오랜만의 외출이었다.

내가 뭐 도울 일은 없을까?

돌아서는 여자에게 문이 조심스럽게 물었다. 잘 지냈냐고 묻고 괜찮냐고 묻고 건강하냐고 묻고 별일 없냐고 문이 묻는 동안 내내 잠자코 있던 여자가 말했다.

좀 꺼져주면 좋겠어.

여자는 그때 진심으로 연기처럼, 바람에 의해 날아가 돌아오지 못하는 구름처럼 그가 영영 사라지기를 바랐다. 여자의 눈앞에서 다리를 벌리고 앉은 소녀도 아마 비슷한 심정일 거였다.

여자는 입고 있던 검정색 셔츠를 벗어 소녀의 몸을 덮어주며 말했다.

아무 데나 싸서 버리지 마.

칸막이 문을 닫고 문이 없는 화장실을 가로질러 다시 가판대가 가지런히 늘어선 매장으로 나왔다. 흰 보자기를 뒤집어 쓴 가판대들은 흰 시트에 덮여 묻힐 때를 기다리는 시체들의 행렬처럼 희고 차고 말이 없었다. 아래층에서 공사를 하던 인부들의 기척도 더 이상 들리지 않았다. 속옷 차림이었지만 어차피 아무도 없는 밤이었다. 여자가 생각하기에 세상에 남은 것이라고는 자신과 자신의 손가락이 아닌 손가락들과 다리 사이에서 피와 오물을 쏟으며 자신이 아닌 다른 자신을 기다리는 소녀,와 곧 완전한 소리를 얻을 붉고 어린 손가락들뿐인 것 같았다. 괜찮겠지? 한 손이 한 손에게 물었다. 잊어버리지만 않는다면, 괜찮겠지. 아마.

268

다른 한 손이 한 손에게 대답했다.

　와이어에 걸려 흔들거리는 틈 사이로 바람이 들쳤다. 더 이상 냉방도, 난방도, 이 세상을 돌리는 유지 장치가 작동을 정지한 시간이었다. 동시에 비로소 숨 쉬고 말하고 생각하고 웃는 것이 제대로 가능한 시간이기도 했다. 여자는 이제 곧 해체되어 사라질, 이제는 오직 기록으로만 남을, 희고 차고 말 없는 마지막 손을 바라보았다. 손 뒤에 숨은 틈을 보았다. 그이거나 어쩌면 그녀였을지도 모를 그것도 여자를 바라보았다. 그 눈동자 없는 백색의 조형물이 자신인지 아닌지, 오래된 자신의 모습인지 다음 생의 모습인지, 몇 번이나 이어 꾸는 꿈인지, 틈 너머의 이곳과 다른 이곳인지, 구별할 수 없었다. 여자는 사방에서 새의 발목처럼 가는 손가락들이 자신을 붙드는 걸 느꼈다. 위협이나 위험 없이 새털처럼 가볍고 간지럽게 깔깔 웃으며.

　먼 곳 소녀의 비명 소리가 그치고 잠시 세상의 모든 말이 침묵하는 동안 어디선가 새롭게 반짝, 하는 소리가 들린다. 반드시 반,짝이 반짝거리는 소음, 소리, 아니 소음이 될 필요는 없었다. 잊어버리지만 않는다면, 아마 괜찮을 거였다. 그래서

　여자는 천천히 사다리 위로 올라갔다. 틈틈이 틈을 생각했던 건 아니었다. 틈은 어디에도 있었지만 여간해서 보이지 않

았다. 틈나는 대로 틈을 찾아다닐 만큼 틈에 관심이 있던 것도 아니었다. 그러나 틈은 여자를 향해 입을 벌렸고 여자는 그 아가리 속에 손을 집어넣었다. 잘린 손, 손들이 여자의 손을 붙들었다. 매달 뜨는 달도 지겨웠다. 달빛에 잘린 손들이 고양이처럼 울었다. 용을 쓰는 고양이는 어디서나 영영, 살았지만 고양이는 곧잘 욕을 했다. 욕심껏 욕도 못한 여자는 고양이처럼 울, 울지도 못했다. 잘린 손들이 몸을 돌아다녔다. 망루 위에 홀로 선 사람처럼 살고 싶었지만 욕, 욕도 하지 못했다. 여자는 틈 안에서 손을 꼼, 꼼지락거린다. 틈 안에서 손가락들이 꼼, 꼼지락거린다. 여자는 꼼, 꼼짝할 수 없다. 괜찮을 거야, 손가락들 손, 손을 흔들며 어둠 속에서 여자를 불렀다. 각, 각 하나이면서 둘이고 둘이지만 하나인 손, 손가락들이 만났다. 여자는 언제나 문밖에 버려진 아이처럼 외로웠다. 틈, 틈은 틈나는 대로 이쪽과 저쪽의 경계를 조였다.

틈 사이로 한 발을 끼워 넣었다. 그리고 팔 한쪽을 집어넣고 나서 이곳을 잠시 돌아보았다. 잘 있으라거나 잘 지내라는 인사는 어차피 필요 없었다. 몸통의 반이 들어가고 나머지 반이 따라 들어갈 때쯤 멀리서 고양이가 울었다. 아까와는 다른, 일정한 음계를 가진 울음이었다. 어차피 명확한 처음이나 끝은 없으므로 울고 그치고 다시 우는 그곳이 바로 이야기의 시작이자 끝이었다. 마지막으로 여자는 허공을 젓듯 뭉뚝하고 짧고 못생긴 손을 흔들었다. 이 틈은 곧 아무 일도 없었던 것처럼 메워져 어느 기록의 가능성으로만 남을 것이었다. 곧, 새벽이었다.

그림자 군도

여자는 상오(上午)의 햇살이 흐릿한 복도 한복판에서 걸음을 멈춘다. 도어록의 숫자판을 누를 때마다 생쌀을 씹듯 어금니에 힘이 들어가는 것이 빈집을 방문하는 사람의 예의라고 생각한 것은 아니지만 언제나 그렇듯, 이를 악물고 의미를 알 수 없는 숫자들의 조합을 꿴다. 문도 아주 약간의 시간이 지난 후에야 비로소 여자의 방문을 허락한다. 조심스러움은 안도감으로 바뀐다. 문틈으로 보이는 어둠이 진공청소기처럼 여자를 빨아들이는 것도 다른 날과 같다. 여자는 숨듯이 어둠 속으로 뛰어든다.

등 뒤에서 닫히는 금속성 여운을 느끼며 여자는 마치 무사히 귀환한 우주 비행사처럼 길게 한숨을 내쉰다. 낯선 실감이 조용히 여자를 감싼다. 언제나 그렇듯 자신의 숨소리 외에는 아무 소리도 들리지 않는다. 오늘도 역시 남자는 블라인드를 드리워놓은 채 외출 중이다.

어둠이 눈에 익자 남자가 쓰는 면도 크림 냄새가 희미하게 코를 스쳤다. 조심스럽게 신발을 벗는 여자의 등 너머 먼 곳에서 복도를 지나가는 발소리가 무겁게 다가왔다가 멀어진다.

이 방은 호수처럼 은밀하고 고요하다.

방 안 가구들이 여자를 응시한다. 여자는 어둠이 가라앉은 바닥에 가방을 내려놓으며 벽을 더듬어 불을 켠다. 곤충이 날개를 비벼대듯 한참을 파닥거리고서야 비로소 어둠이 걷힌다. 빛 속에서 먼지들이 소스라치는 것을 느낀다. 화장실 한 칸을 제외하고는 막힌 곳이 없는 구조다. 주인은 지금 이곳에 없다. 여자는 오직 흔적으로 주인의 동선을 확인할 뿐이다. 그래서일까, 언제부턴가 여자는 이 방의 정적이 더할 수 없이 편안하다. 집을 나서기 전 가스 요금과 관리비 영수증, 신용 카드 청구서에 두 아이가 내민 학원비 봉투까지 더해져 마냥 우울하던 참이었다. 그러나 이 방은, 그 모든 일상으로부터 여자를 분리시킨다. 물론 이런 평온의 시간은 소매를 걷어 올리는 시간만큼이나 짧아서, 아쉽다.

주방으로 다가선 여자는 휴지통 안의 쓰레기나 개수대에 쌓인 컵 개수로 지난 이틀 사이 남자가 방에 머물렀던 시간을 짐작한다. 다른 날과 마찬가지로 개수대 안에는 컵 몇 개뿐이다. 그동안 남자가 먹은 것이라고는 몇 잔의 물과 한두 잔의 커피가 고작일 거였다. 여자가 집에서 씻어야 하는 그릇의 개수에 비하면 없는 것이나 다를 바 없다. 언제나 그렇듯 여자의 움직임을 따라 가늘게 몸을 흔드는 개수대 벽면의 조리 기구들은 거의 사용 흔적이 없다. 먹는 일에 도통 관심이 없거나, 조리에 서툰 남자가 분명하다. 물론 여자가 상관할 일은 아니다.

한지에 먹물이 스미듯 오고 가는 시간의 경계는 명확치 않지만 여자의 손놀림은 바쁘다. 이 방에 시계가 없다는 사실도 여자를 조급하게 만드는 이유 중 하나이다. 아니, 그보다는 언젠가 남자와 마주칠지도 모른다는 경계심이 여자를 바쁘게 하는 것일지도 모른다. 여자는 가끔 머릿속으로 남자와 맞닥뜨리게 될 어느 날을 상상해본 적이 있다. 그날은 분명히 뭔가 지은 죄도 없이 어색하고 당혹스러운 순간이 될 거였다.

여자는 젖은 손을 바지에 문질러 닦는다. 남자와 마주치게 될 어느 날에 비하면, 그리고 하루에 200개도 넘는 불판을 닦던 두 달 전에 비하면 이 정도쯤은, 아무것도 아니다. 비교적 쉽게 구한 일자리였다. 이 도시에는 시커멓게 눌어붙은 기름때를 닦는 일을 할 사람이 예상보다 많지 않았기 때문이다. 그때 여자는 어두운 주방에 앉아 뜨거운 물에 불판을 불리며 최후에 대해 생각했다. 어둡고 축축하고 씻어도 씻어도 줄지 않는 불판들 앞에서는 몰두할 다른 뭔가가 간절했다. 그래서 여자의 생각은 자주 최후에서 흔적까지 흘러갔다. 여자가 생각하기에 최후란 단어는 퍽 모호한 단어였고 흔적, 이란 삶과 긴밀한 관계에 있는 단어였다. 숨이 끊어지는 그 순간을 최후라고 할 수 있다면, 도대체 씻어도 씻어도 불판에서 여전히 끈적거리며 달라붙는 끈질긴 기름기에 대해서는 어떻게 이해해야 할까.

최후의 다음에도 흔적이 남는다는 말은 어딘가 이상했지만 사실 최후나 흔적이 뭐든 여자는 상관없었다. 계속 손가락 끝에서 느껴지는 기름기만 제거할 수 있다면 최후가 아니라 최초까지 거슬러 올라가도 괜찮겠다고 생각했다. 그러나 최후의 흔적은 좀처럼 불판에서 사라지지 않았고 그건 의심할 수 없는 사실이었다. 아무리 씻어도 완전히 깨끗해지지 않는 불판을 손가락으로 훑는 갈비집 사장은 여자의 말을 믿지 않았다.

이상하네, 전에는 이런 일이 없었는데.

굳이 갈빗집 사장의 말이 아니더라도 이상한 일은 많았지만 여자는 아무 말도 하지 않았다. 고무장갑을 사용했지만 언제나 물먹은 수세미처럼 부풀어 오르는 자신의 손도 이상했고 자신이 계산한 시급과 사장이 계산한 시급에 번번이 차이가 생기는 것도 이상한 일이었다. 그러니까 세상은 이상한 일들로 굴러가는 것일지도 몰랐다. 따지고 보면 자신이 낯선 남자가 사는 이 방까지 오게 된 것도, 이상한 일이었다.

욕실 문을 열자 채 가시지 않은 비누 냄새가 후끈하게 끼친다. 그 온기 앞에서 여자는 허리를 구부려 양말을 벗고 바지를 무릎 위까지 걷어 올린다. 변기 위 유리컵에 담긴 칫솔과 면도기에는 아직 물기가 남아 있다. 남자가 문을 열고 나간 시간과 자신이 문을 열고 들어온 시간의 간격은 언제나 일정하다. 너무 늦거나 빠르지 않게, 일정하게 조작된 그 시간이 여자를 편안하게 한다. 그것은 인위적으로 기획된 간격을 통해 느끼는 한시적인 자유일 것이다. 비록 고용인과 피고용인인 관계지만, 여자가 일을 게을리 하지 못하는 것은 아마 그 때문일 것이다. 침묵과 조작된 드나듦의 간격이 때로는 배려일 수 있다는 걸 알게 된 것만으로도 여자는 얼굴 없는 남자가 그저, 고. 맙. 다.

빨래 바구니 안에 담긴 빨랫감은 평소와 다름없다. 세탁기를 사용해야 할 만큼 빨래가 많았던 적은 없다. 오늘도 마찬가지다. 와이셔츠 세 벌과 검정색 신사용 양말 세 켤레, 수건 석 장, 속옷 두 벌. 여자가 기억하는 한, 한 번도 변한 적 없는 양이다. 사흘에 한 번꼴로 이 방에 드나드는 여자는 중얼거린다.

세 벌, 세 켤레, 석 장, 다시 두 벌.

별 의미는 없다. 다만 그가 여자가 없는 이 방에 머물렀던 시간이면서 그가 없는 이 방에 여자가 있음을 환기하는, 일종의 주문 같은 것일 뿐이다. 세 벌, 세 켤레, 석 장, 다시 두 벌. 두 벌,이라는 말이 문밖에 머물던 여자의 일부를 완전히 문 안으로 끌고 들어온다. 두 개,라는 말이 모자라거나 넘침 없이 세상의 균형을 완벽하게 재현해내는 숫자라고 생각한 것은 아니었지만, 어쩐지 그런 느낌이었다. 여자는, 남자는, 여기에 있었거나 없었지만 여기에, 있다. 또는 여기에 없는 낯선 남자의 속옷을 빨아야 하는 일이 처음부터 쉬웠던 것은 아니지만 없는 남자의 속옷을 빨아야 하는 일은 어렵지 않다. 남자는 매일 아침마다 새 와이셔츠를 입고 침대에 걸터앉아 똑같은 상표의 신사용 양말을 신을 것이다. 퇴근 후에도 내내 텔레비전이나 책을 보다가 잠이 드는 모양이었다. 한 달이 넘도록 사흘 간격으로 이 방을 찾은 여자는 이제 어렵지 않게 남자의 동선을 그릴 수 있다. 그는 분명 사교적인 성격이거나 술을 즐기는 사람은 아닐 것이다. 그런 사람이었다면, 절대 세 벌, 세 켤레, 세 개, 그리고 두 벌,이 될 리 없다.

여자는 쪼그리고 앉아 온몸을 들썩거리며 빨래에 열중한다. 와이셔츠와 양말이 깨끗해질수록 욕실에는 비릿한 빨랫비누 냄새가 차오른다. 물론 여자는 남자가 남긴 흔적 위에 새로 자신의 흔적이 보태지는 것이 편치 않다. 될 수 있는 대로 빨랫비누나 섬유 린스 냄새조차 남기고 싶지 않지만 어쩔 수 없다. 여자는 와이셔츠를 헹군다. 남자는 낯선 냄새로 가득 찬 방 안으로 돌아올 것이다. 한숨이 여자의 입술을 떨며 길게 새어 나온다. 그 순간 욕실 바깥쪽에서 기척이 느껴진다. 반사적으로 몸을 움찔한다. 수도꼭지를 잠그자 갑자기 적막이 찾아든다. 무엇인가 고요한 공기의 흐름을 흩어놓는다. 신경이 팽팽해진 여자는 조심스럽게 몸을 일으켜 욕실 밖을 내다본다. 가구들이 무심히 늘어서 있을 뿐이다. 행거에 걸린 셔츠와 바지가 아주 조금 흔들린 것도 같다. 그러나, 아무도, 아무것도 없다. 여자는 고개를 갸웃거리다가 다시 수도꼭지를 튼다. 빨래들이 차가운 물속에서 본래의 색깔을 회복한다. 아무도 없지만, 모든 것이 그 자리에 있다.

손목이 시큰거릴 만큼 빨랫감을 비틀어 물기를 짜낸 여자는 욕실을 나온다. 실내를 가로질러 베란다로 향하다가 뒤를 돌아본 건 낯선 장소에 대한 무의식적 경계 탓이다. 불 켜진 욕실 너머로 언뜻 희미한 그림자를 봤다는 착각에 빠진 것도 그 때문이다.

욕실에, 이 방에 다른 사람이 있을 리가 없지.

물에 젖어 자신을 따라온 발자국들을 보며 여자는 그렇게 중얼거린다.

빨래를 털 때마다 햇살 속에서 물보라가 일어난다. 비었던 건조대는 이틀 전과 똑같이 빨래로 젖어든다. 여자는 옷가지들 끄트머리에서 물방울이 떨어지는 소리를 듣는다. 반복되는 소리가 리듬을 만든다. 이 공간을 번갈아 드나드는 남자와 자신의 상황이 물방울 소리와 같다고 생각한다. 결코 마주치지 않도록 일정한 간격으로 어긋남을 반복하는 것이다.

볕이 잘 드는 베란다가 물을 먹더니 후끈한 수증기로 차오른다. 어쩐지 답답하다는 생각에 여자는 창문을 연다. 창밖 차도 변에 늘어선 가로수 잎사귀가 바람을 흔들며 잠깐 안으로 들이친다. 호기롭게 창문을 열어젖히던 여자가 곧 창문을 도로 닫는다. 맞은편 공사장에서 일하는 인부들이 마음에 걸린 탓이다. 건물은 벌써 여자의 눈높이까지 올라와 있다. 창문을 활짝 열면 인부들 중 누군가와 눈이 마주치기라도 할 것 같다. 이곳에 자신은 없는 사람이어야 한다. 가능하다면 자신이 열한 살과 일곱 살 난 딸을 둔 서른 말미의 유부녀라거나 이곳에 정기적으로 드나드는 파출부라는 사실을 아무도 몰랐으면 싶은 것이다.

달아오른 수증기들은 아주 천천히 부대끼며 식어갈 것이다. 새로운 바람이 보태지지 않으면, 스스로가 스스로를 식힐 수밖에 없다. 피로와 궁핍이 새로운 시간에 섞여 희석되기를, 너무 깊이 어두워지지 않기를 바랄 뿐이다. 그건 멀리 보는 법을 익힌 탓이라기보다는 어느새 발밑만 보며 걷는 습관을 익힌 탓이다. 느릿느릿 걷다 보면 그래도, 언제나 집 앞이었다. 사는 동안에는 어떻게든 지켜야 할 곳. 지금 여자가 바삐 움직이는 이유다.

여자는 명태처럼 마른 걸레를 들고 다시 욕실로 들어선다. 삶아놓았던 걸레가 물이 가득 찬 대야에서 뽀얗게 몸을 푼다. 물론 방은 파출부를 쓰지 않아도 될 만큼 충분히 깨끗했다. 일상을 영위하기 위한 최소한의 물품들은 늘 일정한 장소에 놓여 있었고 서랍장 안의 양말과 속옷 들은 책꽂이에 꽂힌 책처럼 가지런했다. 자신이 하는 것이라야 고작 간단한 빨래와 청소가 전부였다. 그럼에도 남자는 왜 굳이 이곳에 자신이 아닌 다른 누군가의 손길을 필요로 했던 것일까. 조심스러운 손놀림으로 책상 위를 닦아내며 문득 궁금하다. 어쩌면 주인이 없는 방에서 자신이 해야 하는 일은 정작 이런 것이 아닐지도 모른다는 생각이 방 안의 온도를 바꾸는 봄바람처럼 선뜩선뜩 불어온다. 햇볕이 따뜻하고 바람은 서늘한 4월이었다.

귀가하는 남편의 주머니와 가방은 늘 터질 듯했다. 남편의 습관이었다. 빨래를 하려고 주머니를 뒤질 때마다 둘둘 말린 휴지나 껌 종이, 음식점의 명함, 야릇한 문구가 새겨진 라이터가 나오곤 했다. 남편은 끊임없이 무엇인가를 주워오고 아무것도 버리지 못했다. 심지어는 책상 서랍에서 여자가 13년 전 남편에게 건넸던 메모지가 발견되기도 했다. 여자도 잊어버린 아주 옛날 자신의 호출기 번호가 적힌 메모였다. 감격하는 여자 앞에서 남편은 심드렁하게 말했다.

내가 살아온 흔적이거든.

비울 사이도 없이 계속 무엇인가를 주워 담기만 하는 남편의 과거는 현재의 부피보다 무거웠다. 그것은 종종 단추가 달아나고 목깃이 해어진 셔츠가 되어 옷장에 쌓이거나 더 이상 재생할 수 없는 카세트테이프가 되어 차곡차곡 일상 구석구석을 점령해갔다. 덕분에 최소한의 공간도 차지하지 못한 아이들의 자잘한 살림살이나 부엌살림 들은 아무리 치워도 너저분해지기 일쑤였다. 어지르는 만큼 아이들은 자랐고 챙겨 먹이는 만큼 포동포동 살이 올랐지만 남편은 그런 일상에 익숙해지지 못했다. 출근 시간에 인형이나 동화책 따위가 발에 차이기라도 하는 날엔 짜증을 내며 나가서 돌아오지 않았다. 대형 공사를 수주 받은 회사에서 마련한 오피스텔이 더 편하다는 것이었다. 물론 여자는 그런 곳이 정말 존재하는 것인지조차 알 수 없었다. 아는 것이 별로 없으므로 이해할 수 있는 일도 없었다. 몇 달째 생활비를 주지 않는 남편이 주식 투자로 많은 빚을 지게 되었다는 것도 최근에야 알게 된 사실이었다. 여자가 생활비 얘기를 꺼낼 때마다 남편은 조금 기다리라는 말을 되풀이했다. 먹고사는 일은 결코 기다릴 수 있는 문제가 아니었지만 여자는 아무 말도 하지 않았다. 자신의 무능력을 탓하는 게 차라리 편했다. 여자의 남편은 어제도 집으로 돌아오지 않았다. 늦는다고 전화를 하거나 열쇠를 가지고 다니는 사람도 아니었다. 남편의 말대로 여자가 할 수 있는 일은 기다리는 일밖에 없었다.

　문밖에서 발소리가 나는가 싶더니 갑자기 초인종이 울린다. 여자가 엎드려 책상 밑을 닦고 있을 때다. 움찔 놀란 여자는 반사적으로 몸을 일으키다가 책상 다리에 정수리를 부딪친다. 입을 막는다. 어떤 인기척도 새어 나가면 안 된다, 는 생각을 떠올린 것이다. 부딪친 자리는 얼얼하지만 그 통증에 비해 소리는 작다. 다시 초인종이 울린다. 여자는 소리 없이 일어나 벽에 붙은 모니터를 확인한다. 빨간 모자를 쓴 사내가 작은 상자를 들고 초조한 표정으로 서 있다. 초인종의 여운이 가시기도 전에 거칠게 문을 두드리는 소리가 따라온다. 그러나 여자는 걸레를 움켜쥔 채 사내가 포기하고 돌아가기만을 기다린다. 가슴이 물 밖으로 튕겨져 나온 금붕어처럼 파닥거린다. 복도의 인기척은 좀처럼 사라지지 않는다. 물론 그 시간은 불과 1~2분 남짓이었을 거였지만 여자에게 그 시간은 영원히 죽지 않는 심장으로 괴로워하는 남자의 그것만큼이나 두렵고 고독하고, 길다. 아주 잠깐 아무도 모를 비참과 서글픔으로 목이 메었던 건 아마 그 때문이었을 것이다. 자신의 몸에서 풍기는 빨랫비누 냄새와 옅은 땀 냄새가 의식되지 않을 때까지 오랫동안 여자는 걸레를 든 채로 벽에 머리를 기대고 서 있다. 부드러운 무엇인가가 여자의 어깨를 쓰다듬는다. 살갗의 잔털들이 오소소 곧추선다. 햇볕은 아직 어리고 바람은 부드러운 4월이었다.

　겨울이 지나고 4월이 되어도 여자는 사람들 속에 섞이는 일이 어려웠다. 간장의 소금 농도를 맞추거나 육쪽마늘을 골라 장아찌를 담그는 일은 쉬웠지만 이웃집 문을 두드려 커피를 얻어 마시거나 엘리베이터 안에서 만난 동네 사람들과 시댁 험담을 늘어놓는 일은 어려웠다. 가끔 마주치게 되는 큰아이의 동급생 부모나 이웃은 주변의 험담이나 소소한 자랑을 늘어놓으며 여자에게도 똑같은 것을 바랐다. 그러나 여자는 말을 많이 하는 것에 익숙지 않았고 말로 친해질 관계라면 이미 그 관계는 친해질 수 없는 사이라고 생각하는 편이었다. 그래서 너무 많이 알길 원하는 사람들 앞에서는 웃기만 했고 너무 많은 애기를 하는 사람들 앞에서는 잠자코 듣기만 했다. 그렇다고 해서 자신의 웃음이나 침묵은 결코 교만이 아니라고 생각했다. 진심도, 과장도, 모두 별 쓸모없는 감정이긴 마찬가지였지만.

　잠깐 동안의 우울은 곧 시간에 쫓긴다. 여자는 바삐 움직인다. 이 공간은 여자에게 자유를 허락한 공간이기도 했지만 그 시간은 지극히 짧고 조심스러운 시간이기도 했다. 바짓부리가 여자의 움직임을 따라 바삐 사각거린다. 자신이 내는 사소한 소리가 이 방에서는 있어야 할 곳에 있는 가구나 소품 들처럼 당연하게 여겨지는 건 아마 이곳에 익숙해지고 있기 때문일 거다. 텔레비전 브라운관을 닦는 여자를 따라 위층의 물소리가 흘러가고 책장의 먼지를 쓰다듬는 손길을 쫓아 슬리퍼를 끄는 이웃이 지나간다.

이상하네.

누가 듣고 있기라도 한 것처럼 여자는 부러 크게 중얼거린다. 이상하다. 아무도 신경 쓰지 않아도 상관없는 이 공간에 들어서는 순간부터 마치 죽었던 오감이 되살아나는 것처럼 모든 감각과 촉각이 예민해지는 건, 정말 이상한 일이다. 그러나 이상해도 잠을 자고 이상해도 일을 하고 이상해도 울거나 웃지 않는 일은 여자에게 그다지 이상한 일이 아니다. 허리를 펴며 시간을 확인한다. 큰딸이 학교에서 돌아오기 전에 돌아갈 수만 있다면 아무리 이상해도 괜찮다.

욕실로 들어서려던 여자는 멈칫거린다. 누가 방금 전까지 있었던 것처럼 욕실 안에서 체취가 느껴졌기 때문이다. 물론 자신의 소맷부리에 코를 박고 냄새를 확인하는 일은 우스운 일이다. 그러나 낯설지만 분명 어디선가 스친 적이 있는 냄새가 빈 욕실에서 풍기는 이유가 궁금한 것도 당연한 일이다. 오전 내내 여자는 누군가와 함께 있는 듯한 느낌을 지울 수가 없다. 게다가 터무니없이 그 느낌이 편하고 친근하다는 생각까지 드는 건 정말, 이상한 일이다. 여자는 수돗물을 틀며 중얼거린다.

아무것도 없는 것보다는 차라리 낫겠지 뭐.

아마도 낯선 방은 점점 익숙한 곳으로 변해간다.

물기를 머금은 바닥에 부챗살 같은 햇살이 퍼진다. 이틀 전 닦아내서인지 먼지는 그다지 많지 않다. 청소기나 세탁기를 사용하지 않는 것은 소음 때문이다. 자신은 그림자처럼 머물다 그림자처럼 아무 소리 없이 사라져야 한다. 게다가 이곳엔 처음부터 과자 부스러기나 색종이 조각 따위는 없으므로 굳이 기계의 힘을 빌릴 필요도 없다. 이 방에는 먼지와 가늘고 짧은 머리카락, 터럭 들이 전부였다. 미지의 존재에 대한 희미한 실감에 지나지 않는 그것들이 겨우 생면부지의 타인인 그의 존재 양식을 나타내는 거였다. 여자는 그런 생각을 하며 먼지와 가늘고 짧은 머리카락, 터럭 들을 걸레로 쓸어 모은다. 여자가 그렇듯, 남자도 그냥 사는, 것뿐이다.

여자는 걸레질을 멈추고 잠시 뒤를 돌아본다. 머리 밑에서 솟은 땀이 턱을 타고 가슴 사이로 흐른다. 방 안의 사물들이 숨죽이고 여자를 응시한다.

뭐 하는 사람일까.

여자는 방 안을 둘러보며 생각한다. 1인용 침대와 컴퓨터만 덩그러니 놓인 책상, 붙박이장 한 칸과 작은 주방이 전부인 방 안에서 가장 눈에 띄는 것은 한쪽 벽을 가득 메운 책들이다. 그 책들 중에서 여자가 이해할 수 있는 책은 거의 없어 보인다. 시사 잡지나 건축, 철학, 역사서 등 갖가지 어려운 서적들만 가득하다. 이 방에는 남자의 희미한 흔적만 있을 뿐 그에 대해 분명하게 알 수 있는 것이 아무것도 없다. 가족이 없는 것일까. 여자는 이곳을 드나든 지 한 달이 넘도록 이 방에 남자 이외의 존재를 느꼈던 적이 없음을 떠올린다. 늘 같은 굵기와 길이의 머리카락과 커피나 주스가 담겼던 컵뿐이었다. 이 방의 남자는 항상 혼자인 것 같았다. 물론 어떤 것도 명확한 건 없다. 여자가 알 수 있는 것이라고는 중간 체격에 느리고 저음인 목소리를 가졌으며 모가 나지 않은 둥근 필적을 가진 남자,라는 게 전부다.

처음부터 그는 이곳에 없었다. 방에 들어섰을 때 여자를 기다리던 것은 두꺼운 먼지를 두른 사물들의 무덤덤한 그림자뿐이었다.

저는 평일 낮에 그곳에 없습니다. 필요한 게 있으면 메모를 남기겠습니다. 잘 부탁드립니다.

남자와의 통화는 짧고 간단했다. 여자가 한 말이라고는 남자의 마지막 말을 따라 하는 것이 고작이었다.

여기에 이런 자격증은 필요 없어요.

직업소개소 여직원은 지난겨울 구청의 문화 강좌를 통해 딴 제빵사 자격증이 전부인 여자의 이력에 대해 이렇게 말했다. 그래서 요즘은 노래방 도우미도 경력이 있어야 한다는 말을 덧붙이며 여자를 아래위로 훑는 시선을 그냥 내버려둘 수밖에 없었다. 여직원의 눈에 비친 여자는 아무런 매력이나 경력도 없는 그저 궁색한 차림새의 아줌마에 지나지 않았다. 일을 구하려면 보증금을 내야 한다는 말에 여자는 입술을 깨물었다. 여직원이 제시한 보증금의 액수는 여자가 가진 전 재산과 맞먹었다. 그것조차 자신의 돈이 아닌, 신용카드로 금융사에서 빌릴 수 있는 최대한의 액수일 뿐이었다.

망설이며 선 여자를 올려다보던 여직원은 이내 고개를 숙이고 무엇인가 장부에 옮겨 적는 일에 열중했다. 전화벨은 쉬지 않고 울려댔다. 여자는 이미 안중에도 없었다. 가슴을 가르고 뜨거운 무엇인가가 목까지 차올랐다. 인정하고 싶지 않았지만 그것은 대상이 분명한 원망이었다. 마른침을 삼키며 여자는 그래봤자 아무것도 달라지지 않는다고 애써 자신을 다독였다. 미움이나 원망조차 에너지의 한 형태라고 한다면, 여자는 미워하거나 원망하는 데 필요한 에너지도 아까운 형편이었다. 여직원이 여자를 불러 세운 것은 안간힘을 다해 돌아서던 때였다.

운이 좋으시네요. 흔치 않은 경운데……

여직원은 콧노래를 흥얼거리며 구비 서류와 통장 번호가 적힌 메모지를 내밀었다. 여자가 망설이며 돌아서지 못하던 사이에 여자에게 꼭 맞는 일자리가 생겼다는 거였다. 그 일을 하게 된다고 해도 별로 달라질 것은 없었지만 그래도, 아무것도 하지 않는 것보다는 낫다고 여자는 간신히 생각했다. 그 생각이 힘이 되었다.

남자는 가능하면 경험이 없는 파출부를 원했다. 여자가 보증금을 통장에 입금시키고 몇몇 서류를 팩스로 보낸 후에 알게 된 사실이었다. 확실히 흔치 않은 경우였다. 다행이었다.

이제 조금만 기다리라는 말을 기약 없이 기다리는 일은 하지 않을 거였다. 생각해보고 연락한다거나 검토하고 연락한다는 말보다 더 맥 빠지는 남편의 말은 그냥 기다리라는 말이었다. 그래서 여자는 아무것도 기다리지 않으며 살았다. 궁핍한 일상이 평화로운 이유였다. 평화는 생각보다 끔찍하고 지루했다.

이 방에 드나든 지 한 달이 되던 지난 금요일, 방에 들어온 여자는 식탁 위에 놓인 흰 봉투를 발견했다. 처음 남자가 얘기했던 금액보다 많았다. 여자는 봉투를 손에 들고 머릿속으로 수없이 많은 궁리를 했다. 당장 두 달째 밀린 큰딸의 피아노학원 수강료와 학교 급식비에다 석 달이나 밀린 가스요금을 내야 했다. 절박한 상황이었지만 냉큼 가방에 넣기가 망설여졌던 건 예상했던 금액과 차이가 났기 때문이거니와 확실하지 않은 돈을 찜찜한 기분으로 가지고 돌아가고 싶지 않았기 때문이다. 그건 어쩌면 여자가 가진 마지막 허영이었고 가능하면 지키고 싶은 허영이었다. 그리고 그다음 월요일 아침,

여자는 여전히 같은 자리에 놓인 흰 봉투를 보았다. 두툼한 직사각형의 그 봉투가 미치도록 탐났다. 대답처럼 봉투에는 남자의 메모가 붙어 있었다.

수고하셨습니다.

수고,라는 말은 들으나 마나 한 소리였으며 하나 마나 한 말이었다. 어디서나 들을 수 있지만 그 말을 마음에 새기는 사람은 별로 없다는 말이다. 걸핏하면 사소한 말 한마디에 기대고 싶은 건 가난한 사람들에게서 쉽게 나타나는 비굴함 때문이라고 여자는 생각하며 물먹은 바닥을 몇 번이나 닦았다. 수고,에 별 의미를 둘 필요는 없었지만 이상하게 남자의 수고,는 수고로운 여자의 일상에 보탬이 되었다. 그건 어쩌면 환산된 노동력에 대한 정당한 기쁨 때문이라고, 여자는 생각했다. 물론 수고로운 일상이 아주 조금 가벼워진 것에 지나지 않았다. 아무것도 기대하거나 기다리지 않아야 살 수 있다는 사실은 뭔가를 기대하고 기다리며 세월을 허비하고 난 후에야 비로소 깨닫게 된 사실이었다.

엎드려서 침대 밑을 닦다가 여자는 침대 바닥의 구석에서 어두운 그림자 하나를 발견한다. 방 안으로 흘러드는 햇살의 각도에 따라 보이기도 하고 안 보이기도 하는 위치다. 깊숙이 숨어 있는 그것이 무엇인지 궁금하다. 여자는 일어서서 사방을 두리번거린다. 처음부터 그런 것은 없기로 작정한 듯 방 안에는 적당한 도구가 눈에 띄지 않는다. 조급한 마음에 침대 위로 올라가 구석에 손을 넣고 휘저어보지만 그것은 좀처럼 손에 잡히지 않는다. 한참을 두리번거린 끝에 현관의 골프 우산을 발견한 여자는 엉덩이를 치켜들고 엎드려 침대 밑에 우산을 밀어 넣는다. 안 보이는 것이 보일 듯 말 듯 보이는 건 당연히 궁금증을 불러일으킨다. 그뿐이다.

얇은 먼지를 쓸고 나온 그것은 사개가 부풀어 오른 책이다. 확신할 수는 없지만 연극 대본처럼 보인다. 이 대본이 남자의 사적인 영역에 속하는 물건인지 아닌지 알 도리가 없다. 단지 연극을 취미로 보는 사람이 지닐 만한 것은 아니라고 짐작할 따름이다. 궁금증이 몸 어딘가에서 스멀거린다. 오랫동안 어떤 것에도 호기심이 생기지 않던 여자는 자신의 반응이 새삼스럽다. 침대에 기대앉은 채로 한동안 책장을 뒤적거린다. 마음 놓고 자신의 체중을 실은 탓인지 침대의 매트리스가 오랫동안 흔들린다. 그 책에 등장하는 인물은 가족을 외국으로 떠나보낸 뒤 혼자 남은 중년의 가장뿐이다. 한 번도 연극 대본을 읽어본 적은 없다. 오후 1시다. 예상대로 여유롭게 앉아 있을 시간은 없다. 조급한 마음으로 책장을 넘기다가 귀퉁이에서 눈에 익은 글씨체를 발견한다.

혼자 있는 나는 누군가가 이 방에 들어서는 순간, 수정된다.

여자는 한 자씩 천천히 소리 내어 읽어본다. 가는 볼펜으로 책의 귀퉁이에 흘려 써놓은 이 글이, 어쩐지 마음에 걸린다. 마치 누군가의 일기를 훔쳐본 것 같은 기분이다. 그것은 낙서가 일종의 문맥 없는 고백의 한 형식이기 때문일지도 모른다. 깊이 생각해본 적은 없지만 여자가 생각하는 낙서는 확실히 그랬다. 누군가를 사랑하는 소년이 차마 사랑이라고 쓰지는 못하고 밑도 끝도 없이 소녀의 이름으로 연습장의 여백을 가득 채우거나 쓸쓸한 중년이 근거 없는 외로움에 몰두하다 끝없는 소용돌이 문양으로 백지를 메우게 되는 일은 얼마든지 가능했다. 여자에게도 그런 기억은 있다. 소리 내어 중얼거린다.

나는 수정된다……

수정,은 사랑,이나 소용돌이 문양과는 거리가 멀지만 수정될 수밖에 없는 수정,은 어쩐지 슬프다. 또한 수정,은 자신의 의지와는 상관없이 무조건 수정,되어야 하는 단어이기 때문에 고독하다. 여자는 자신이 하루에 몇 번쯤 수정되는지 생각한다. 물론 인생의 대부분이 수정되며 흘러간다,는 것쯤은 안다. 그 수정이 책임과 형식과 관습에 근거한다는 것도 경험으로 알게 되었다. 여자가 가계부나 생활정보지 여백에 그려대던 수많은 소용돌이를 떠올리는 와중에도 잊지 않고 지금의 시간을 확인하는 것도 그 때문이다. 여자는 여자이면서 여자가 아니고 당연히 여자 자신이어야 하지만 그런 경우가 드문 것이 여자의 현실이었다. 어쩌면 책임져야 하는 삶에서 자유로워지는 것이 오랫동안 불가능하리라는 짐작도 크게 빗나가지는 않을 거였다. 견디기 어려운 일 앞에서 여자가 취하는 최선의 태도는 어쩔 수 없다고 생각하는 것이었다. 어쩔 수 없다는 건 어떤 의미에서 만병통치약과 같은 효과를 가진다. 머리가 아픈 것도 어쩔 수 없는 일이었고 아무도 몰래 이곳에서 일을 해야 하는 것도 어쩔 수 없는 일이다. 또한 외박이 잦은 남편도 여자로서는 어쩔 도리가 없다. 자주 답답하다고 중얼거리는 것으로 어쩔 수 없는 일들이 지나가고 익숙해지는 것을 느낄, 뿐이다.

여자는 표지에서 먼지를 쓸어내고 책장에 책을 꽂는다. 아주 잠깐이지만, 수정되지 않아도 좋을 시간이, 흘러가는 것이다. 그리고 곧 자신은 여기가 아닌 어딘가로, 남자는 어딘가에서 이곳으로 걸어올 거였다.

바닥에 찍힌 남자와 여자의 흔적들이 지워지고 주방 바닥의 주스 방울이나 물 자국이 사라지는 동안 여자는 숨이 차오른다. 방 안으로 흘러드는 햇살이 길게 늘어진다. 귀에 울리는 자신의 호흡 소리가 가쁘다. 그 소리와 엇박자로 주방에서 물방울 떨어지는 소리가 들린다. 똑……똑……, 똑……똑……똑, 똑……똑……똑……똑. 물방울이 여자에게 숨 쉬라고, 천천히 숨 쉬라고 말한 것은 아니다. 그러나 여자는 한참 물방울 소리 사이사이에 자신의 숨소리를 불어 넣는다. 똑……

똑…… 숨을 쉬어야지. 똑……똑……똑 천천히 살아가야지.
똑……똑……똑……똑, 아직 모든 것이 끝난 것은 아니니
까, 숨을 쉬어야지. 물과 방울이 만나 하나의 단어가 되듯,
낙수 소리와 여자의 숨소리가 만나 이 방의 일부가 된다. 수
증기가 되어 방 안을 떠돌다가 흰 벽지에 튄 작은 얼룩처럼,
아무도 눈치채지 못하게 스며들 것이다.

등이 후끈거리고 가슴을 따라 땀방울이 흐른다. 목이 마르
다. 컵을 꺼내러 주방으로 가는 여자의 등 뒤에서 욕실 문이
저 혼자 스르륵 닫히지만 더 이상 놀라지 않는다. 어쩐지 그
런 일은 얼마든지 가능하다고 믿게 된 거다. 여자는 냉장고
문을 연다. 언제나 그렇듯, 냉장고 안에는 생수 몇 병과 포도
주스 한 병뿐이다. 빈 냉장고 속에 덩그러니 서 있는 물병과
반쯤 남은 주스 병을 물끄러미 바라본다. 냉기가 여자의 몸을
식힌다. 삶의 체온을 유지하기 위해 필요한 최소한의 것들이
간신히, 겨우 그 자리에 있는 것을 확인하는 것은 그리 유쾌
하지 않은 일이다. 마치 갈 곳을 정하지 못해 우두커니 자신
의 발치를 내려다보는 일밖에 할 수 없을 때의 기분과 다르지
않다.

이상하게도 욕실은 다른 곳보다 금세 물기를 먹어치운다.
세면대 위의 수도꼭지에 찍힌 손자국이나 세숫비누에 엉겨
붙은 머리카락이 그사이에 바짝 말랐다. 건조한 공기나 햇살

에 그을린 약한 것들의 속성도 그와 비슷하다. 뿌리가 얕고 어린 것일수록 금방 시들거나 말라버리는 것이다. 거울에 비친 마르고 새카만 자신의 얼굴을 바라보며 여자는 그런 생각을 하지 않으려고 애썼지만 별 소용이 없다. 확실히 기억나지는 않지만 자신의 얼굴색이 처음부터 이런 색은 아니었을 거였다. 자세히 알 수는 없지만 눈 밑의 기미나 곰팡이처럼 번지는 입가의 버짐도 처음부터 그 자리에 있던 건 아니었을 거였다. 자신은 자신도 모르게 자신으로부터 멀리 흘러왔다고, 담담하게 여자는 생각한다. 그러다 병든 고추처럼 새카맣게 타들어간 어느 날 느닷없이 폐경이 찾아올 거였다. 그 어느 날이 오면 자신의 삶이 삶으로부터 멀리 떠내려왔다,는 것을 인정해야 한다고 애써 담담하게 생각한다. 그러나 그래도 어찌됐든 살아야, 하니까.

　여자는 부러 물을 튀기며 걸레를 빨아 세면대와 거울을 닦는다. 보이지 않는 바닥과 변기 속의 물때를 닦는 건 조금 전 거울 속의 자신과 아직 오지 않은 미래의 자신을 잊고 싶기 때문이다. 얇은 니트와 나일론 재질의 바지가 끈적거리며 몸에 감긴다. 어제오늘 일은 아니지만, 자신의 사지가, 사지에 걸친 옷이 참을 수 없이 거추장스럽게 여겨진다. 걸레를 내던지며 변기 앞에 쭈그려 앉는다고 해결될 일은 아니었지만 당장 여자가 할 수 있는 일은 그것뿐이다. 목이 마르다고 중얼거린다. 담담하거나 말거나 답답하고 목이 마른 건 어쩔 수 없다. 아니 답답해서 담담해지지 못하는 것이거나 담담해지지 못해 목이 마르는 것일 수도 있다. 확실한 것은 자신이 견딜 수 있는 담담과 답답과 갈증이 동시에 한계에 다다랐다는 사실뿐이다.

망설이던 여자는 축축하게 젖은 옷을 벗는다. 오래전에 수유를 끝낸 가슴이나 두 아이를 품었던 아랫배가 한여름 오후의 해바라기처럼 시들하게 늘어진 자신의 모습이, 자신이 살아온 시간이었다. 거울 속에서 자신이면서 자신이 아니지만 자신의 삶을 남김없이 드러낸 자신을 눈으로 쓰다듬었다.

수고했어. 그리고 앞으로도 계속…… 수고해.

담담하게 자신에게 말을 건네는 곳이 낯선 곳이 되리라고는 꿈에도 생각지 못했지만 여자는 그렇게 말해준다. 수고,라는 말이 수고로운 일상에 별 도움이 되지 않을지는 모르지만 적어도 수고로운 일상을 조금 더 견디게 할 거라고 믿고 싶었다.

아주 잠깐, 쏟아지는 물줄기 밑에 서서 남자가 쓰는 샴푸로 머리를 감고 익숙하지 않은 향의 비누로 몸을 씻으며 여자는 자신의 돌발적인 행동을 후회한다. 그러나 바로 조금 전의 지금은 지나갔다. 남자가 돌아와 욕실의 문을 연다고 해도 결코 알지 못할 것이다. 비록 한시적이기는 하지만, 이곳에 있는 동안 여자는 어떤 수정도 필요 없다. 여자에게는 수정,이 필요 없는 수정의 시간이 필요하다. 오래된 옷을 벗어 던지듯 여자가 오랫동안 몸을 씻은 건 어쩌면 그 때문인지도 모른다.

　욕실을 나서자 물기가 머리카락을 타고 건조한 공기와 반응하며 어깨를 따라 구른다. 코르셋을 벗어 던진 여자들이 그랬을까. 여자는 어쩐지 날 수도 있을 것만 같다. 가방에서 휴대전화를 꺼내 시간을 확인한다. 2시다. 돌아가야 할 시간이다. 어쩐지 아쉬운 생각에 침대 끝 쪽에 걸터앉은 여자는 벽에서 작은 사진 두 장을 발견한다. 벽을 보고 누우면 바로 보일 듯한 높이에 붙어 있는 그것은 별다른 기교없이 찍은 잡지의 화보처럼 보인다.

　바다 위에 뜬 작은 섬 몇 개가 붉은 그림자를 기대고 늘어선 사진과 하얗게 표백된 동물의 갈비뼈 사이로 핀 노란 애기똥풀 무더기를 찍은 사진은 무수히 봐왔지만 결코 가본 적 없는 장소의 풍경에 지나지 않을지도 모른다. 하지만 여자는 어쩐지 시간이 제거된 질서, 혹은 최후 뒤에 남은 흔적들에 대해 알 것 같은 느낌이 든다. 오직 그 순간,과 그 순간, 바깥으로 흘러가는 시간들이 섬들과 갈비뼈와 여자의 맨살과 이 방을 하나로 엮고 있는지도 모른다는 착각이, 해질 무렵 골목에서 풍겨오는 밥 냄새처럼 울컥 몸 깊은 곳에서 솟아오르는 것이다. 최후 뒤에도 남는 흔적과 그 흔적을 따라 도는 궤적이 이 별을 움직이게 하는 것일지도 모른다는 다소 거창하고 장황한 착각은 분명 여자답지 않은 거였다. 그러나 여자는 살갖의 모든 땀구멍이 몸 밖을 향해 열리는 것을 느낀다. 이 시끄러운 혜화동 깊은 골목의 낯선 방에서 자신은 무엇을 하고 있는 것일까. 140억 년이나 된 늙은 은하계 안에서 먼지보다 작은 알몸을 발견한 자신을 어떻게 설명할 수 있을까. 그 혹성보다 먼 몇 겹의 우주를 지나 알게 된 남자는 두 장의 사진 밑에서 어떤 꿈을 꿀까. 여자는 사진을 오래 쳐다본다. 어떤 사건도 예측할 수 없는 사진일 뿐이지만 그림자를 기댄 섬들이나 백골 틈에서 자라는 들꽃들은 분명 여자와 같은 시간 안에 존재하는 것들이다. 여자는 방이 움직이는 섬처럼 바다 어디론가 떠나가는 듯한 느낌이 든다. 멀어지면 분명해지는 것들이 있다.

여자는 자신의 왼쪽으로 천천히 고개를 돌린다. 현관문을 열고 들어와 식탁 위에 가방을 올려놓은 그림자 하나가 여자의 옆에 나란히 서서 사진을 바라본다. 그 그림자가 내내 이 공간에서 숨쉬고 움직이고 혼잣말을 하고 벽에 붙은 사진을 바라보다가 잠이 들곤 한다는 것을 여자는, 남자는 꿈에서도 생각해본 적 없지만 처음부터 알았는지도 모른다. 아는 것과 생각하는 것은 언제나 전혀 다른 말이니까. 생각하지 않아도, 어깨를 적시는 비가 비인 줄 모르면서 서둘러 뛰어가는 사람들처럼, 알게 된다. 그러니까 침묵 사이에 켜켜이 들어찬 말

들의 그림자처럼 보이지 않지만 언제나 여기에 있는 남자와
여기에 있지만 아무도 모르는 여자가 이 방에, 함께 있었던
것이다.

여자는 문을 열고 들어온 남자가 가방을 내려놓은 다음 윗
옷과 양말을 벗고 냉장고 문을 여는 것을 말없이 바라본다.
물을 마시며 혼자가 아니라서 다행이라고 여자가 중얼거리던
자리에 서서 남자가 포도 주스를 마시며 혼자인 것보다는 낫
다고 생각하는 것을 귀 기울여 듣는다. 사진을 바라보며 여자
가 아직 오지 않은 시간에 대해 생각하는 사이에 남자는 그 자
리에 누워 지나간 시간에 대해 생각할 수도 있다. 보이지 않
는 것이 보이고, 들리지 않는 말소리가 들릴 때도 있으니까.

여자는 몸을 일으켜 천천히 옷들을 챙긴다. 갑옷처럼 견고
한 그것들이 여자를 익숙한 시간 속으로 밀어낸다. 문 앞에
서서 다시 방을 돌아본다. 방으로 돌아온 남자에게 여자는 말
한다.

다녀올게요.

문을 열고 나서자 오후의 그림자가 길게 따라와 여자를 배
웅한다.

마주 보고 잠든 그들이 꿈꾸는 세계

김형중

1

「고양이가 나타났다―불가능은 가능을 전제한다. 이 기록
은 불가능의 가능성에 대한 기록이다」라는 작품의 몇 구절에
서 이야기를 시작해보자.

문을 떠올리지 않았지만 문이 다시 문을 열고 여자의 기억
바깥으로 걸어 나왔다. (p. 252)

문 너머에서는 아무 소리도 들리지 않았다. 여자는 그 완강
한 침묵이 의미하는 바에 대해 알 것 같았다. (p. 263)

문은 어차피 열린 상태였다. 여자는 입술을 깨물며 문을 잡

아당겼다. 욕망은 욕망이 치솟을 때마다 피노키오의 코처럼 제멋대로 자랐다. 뭉뚝하고 굵은 자신의 손가락들이 오늘 아침보다 조금 더 길어진 것 같았다. 단지 문을 열기 위해 우주를 건너온 걸까. 목젖까지 내보이는 입처럼 문이 활짝 열렸다. (pp. 264~65)

첫번째 인용한 문장을 문맥에서 떼어내 읽으면 처음 드는 느낌은 모호함이다. 문을 떠올리지 않았는데 문이 문을 열고 기억의 바깥으로 걸어 나왔다…… 그러나 이 소설에서는 종종 인물의 성(姓)이 삼인칭 지시대명사인 '그'나 '그녀'를 대신하는 용법으로 사용되기도 한다는 사실을 떠올리면 저 문장의 모호함은 다소 해소된다. 그러니까 저 문장은 다시 읽으면 '문'씨 성을 가진 사내가 떠올리지도 않았는데 불수의적으로 기억 속에서 문door을 열고 걸어 나왔다는 말이 된다. 뒤의 '문'은 축자적인 의미에서의 열고 닫는 문(門) 그대로이고 앞의 '문'은 지시대명사 역할을 하는 성씨 문(文)이다.

첫번째 인용된 문장을 이미 읽었으므로 두번째 인용된 문장을 독자는 이제 단순하게 축자적인 의미 그대로만 읽을 수 없다. 지금 여자는 여고생이 홀로 낙태 중인 대형 마트 화장실의 문 앞에 서 있다. 축자적인 의미에서라면 저 두 문장은 따라서 그런 상황 중에 문 너머 화장실에서 아무 소리도 들리지 않고 있다는 것을 의미한다. 그러나 여자도 문의 아이를 낙태한 적이 있다. 그렇다면 아무 소리도 내지 않고 완강하게 침묵하는 내면을 가로막고 서 있는 문(門)은 자신의 연인이었던 문(文)이라는 사내이기도 하다.

그런데 세번째 인용문에서 독자는 '문'이라는 단어의 또 다른 용법과 대면해야 한다. 욕망과 관련하여 활짝 열린 문, 비밀스런 낙태와 관련하여 활짝 열린 문, 그것은 관습적으로 여성의 자궁〔玉門〕에 대한 비유가 된다. 여자는 지금 여고생의 활짝 열린 문과 마주 대하고 있다. 그리고 문이라는 사내가 오로지 욕망의 문을 열기 위해 우주를 건너 자신에게 온 것은 아니었는지 회의한다. 세 개의 문이 겹친다. 사내 문, 열고 닫는 문, 욕망의 문인 자궁.

한 텍스트 안에서, 심지어는 한 문장 안에서, 같은 음가를 가졌으나 의미는 다른 단어들이 한자나 영자 병기로 그 의미상의 차이를 드러내지 않은 채 병존할 때의 효과를 우리는 지금 지켜보고 있다. 문(文)은 문(門)이고 또한 문(問)이고 문〔玉門〕이다. 그러므로 우리는 저 텍스트를 읽으면서 어떤 문장에 문이라는 단어가 등장할 때마다, 그 문장을 삼중의 의미로 해석해야 한다. 여자는 문 앞에 서 있다. 이 말은 여자가 문을 열려는 상태에 있거나, 문이라는 사내 앞에 서 있거나, 욕망과 마주하고 있다는 것 모두를 의미한다.

에둘러 왔지만 김선재 소설에서 엿보이는 이런 특유의 글쓰기, 그것을 '동음이의어를 활용한 입체적 소설 쓰기'라 불러도 무리가 없을 듯하다. 작가 스스로도 "앞과 뒤를 나란히 펼쳐 한 화면에 늘어놓던 어떤 세기의 유행"(「그녀가 보인다」, p. 136)에 대해 말하고 있거니와, 말할 것도 없이 그 유행은 브라크와 피카소가 속해 있던 회화 예술상의 한 유파, 곧 입체파를 일컫는 말이다. 이차원의 평면에 삼차원을 그리려는 회화적 시도와, 하나의 단어나 문장에 복수의 상황을 겹쳐놓으려는 문학적 시도는 등가처럼 보이는데, 사실 김선재의 소설집 『그녀가 보인다』에서 가장 두드러지는 문체상의 특징이 바로 이것이다. 한두 가지 사례들을 더 나열해보자.

나는 월요일부터 금요일까지 안나를 사랑했다. (「독서의 취향」, p. 73)

자신의 몸 위에 있는 안나는 나가 아는 여자가 아닐지도 몰랐다. (「독서의 취향」, p. 75)

또 다른 작품 「독서의 취향」은 첫 인용문에서처럼 자연스러운 일인칭 소설로 시작한다. '나'라는 일인칭 대명사로 지칭된 남성 화자와 '안나'라는 삼인칭 여성 인물의 이야기다. 그런데 소설을 읽기 시작한 지 얼마 지나지 않아, 독자는 어떤 오기(誤記)와 마주하게 된다. 두번째 인용문이 그것인데, 일인칭 소설이라면 저 문장은 '나의 몸 위에 있는 안나는 내가 아는 여자가 아닐지도 몰랐다'로 수정되어야 한다. 이 오기에 대한 감각은 물론 곧바로 바로잡을 수 있는데, 대부분의 독자는 내내 일인칭 대명사로 읽었던 '나'가 '나'씨 성을 가진 사내를 지시하는 삼인칭 대명사로도 사용될 수 있다는 것을 지각하게 될 것이기 때문이다. 이제 이 소설은 '나'라는 성을 가진 사내와 안나라는 여자의 사랑 이야기를 다룬 삼인칭 소설로 읽으면 된다. 그러나 사태가 그렇게 간단하지만은 않아 보인다. 어떤 어휘에 달라붙어 있는 관습적 용례의 흔적은 집요하고 강력해서, 저 소설을 읽는 내내 독자는 일인칭과 삼인칭 사이에서 오락가락하지 않을 수 없다. 나[我]와 나[羅]는 마치 데리다의 '흔적trace'처럼 서로의 관습적 의미를 지우지 않은 채로 혼용된다.

그런데 이 작품을 읽은 독자들은, 이미 경험했겠지만, 이 복잡한 독서 과정이 불러일으키는 사태는 단순히 여기에서 멈추지 않는다. '나'를 둘러싼 두 여성 인물 '안나'와 '안네'가 있기 때문이다. '안나'는 알다시피 서양에서나 한국에서나 아주 흔한 여성 이름들 중 하나다. 그러나 그것이 '나'와 대비해서 등장하면 사정이 달라진다. '나'와 '안나'는 '나인 것I'과 '나 아닌 것not I'의 대립 쌍을 연상시키면서 현대 소설에서는 꽤나 익숙한 '쌍자Double 모티프'를 통한 독서 과정을 작동시킨다. 그러나 그러한 독서 과정은 곧바로 '안네'의 등장에 의해 혼란을 겪어야 한다. 구조주의자들의 언어 이론을 들추지 않더라도 '안나'와 '안네'는 차이들의 체계에 의해 하나의 이분 대립적 구조를 이룬다. 모음 'ㅏ'와 'ㅔ', 즉 '나'와 '네'의 차이가 이 두 인물의 캐릭터를 결정하는 변별적 자질이 된다. 안나는 나에 가깝고, 안네는 너(네=너의)에 가깝다. 안나는 나와 친하고 안네는 나와 친하지 않다. 안나는 나를 사랑하고 안네는 나를 닦달한다. 그렇다면 결국 앞서의 대립 쌍 '나/안나'는 나와 나 아닌 것의 대립 쌍이 아니었다. 그것은 '나/내 안의 나'를 지칭하는 대립 쌍으로, 이때 '안나'의 '안'은 내부를 지칭하는 '안[內]'이었을 수도 있다. 즉 안나는 내 안의 나이고, 안네는 내 안의 너이다. 물론 이런 식의 해석에는 '안네'가 결혼한 남성 등장인물에게는 관례적으로 현실 원칙의 담지자 역할을 하는 '아내'와 음성적 유사성을 가진다는 점에 대한 고려도 포함되어야 한다.

설명이 길어졌으니 요약해보자. 「고양이가 왔다」와 마찬가지로, 「독서의 취향」 또한 간단하게 말해 '입체소설'이다. 삼인칭이면서 일인칭이고, 주인공 내부의 나와 주인공 바깥의 나가 하나의 텍스트에서 동시적으로 나란히 병치된다. 내가 욕망하는 것과 내 욕망을 금지하는 것이 한 방 안에서 나란히 자고 교대로 나타났다 사라진다.

그런 의미에서라면 일인칭 대명사 '여(余)'를 삼인칭처럼 사용하다가, 느닷없이 '나'를 등장시켜 텍스트의 의미를 중층화하는 「그녀가 보인다」도(이 작품의 화자가 두 개의 눈으로 각각 세계를 달리 본다는 설정은 입체파 회화의 원리를 그대로 반복한다), '안'과 '박'이라는 등장인물을 통해 한 사내의 일상을 그 '안과 밖'에 걸쳐 입체화하는 「어두운 창들의 거리」도, '정'과 '반'이라는 부부를 등장시켜 '올바른[正] 삶'과 '반(反)하는 삶'을 나란히 한 평면에서 고찰하는 「최선의 방어」도 모두 '입체파 소설'이다.

2

　동음이의어의 효과적 활용을 통한 전면과 이면의 겹침, 보이는 세계와 보이지 않는 세계의 겹침이 김선재 소설의 창작 원리라고 할 때, 그 겹치는 두 세계는 어떤 세계인가? 다시 안나와 안네의 얘기로 돌아와서, 안나는 이런 사람이고 안네는 저런 사람이다.

　나는 안나의 머리채를 잡고 몸을 끌어올렸다. 각각 분리되었던 문장들은 접속사도 없이 한 문장으로 이어졌다. 그 문장은 한 번도 들어보지 못한 화음을 만들 거였다. 금환식이 있던 날 밤, 나와 안나는 고유한 악기로 울며 새로운 이야기가 되었다. (「독서의 취향」, p. 76)

시 써? 파는 일이나 잘하시지.

나가 알기에 시는 그런 것이 아니었지만 안네에게 그건 중요한 게 아니었다. 그녀는 현실을 현실적으로 파악하는 힘이 있었다. 그건 안네가 맡은 역할이었다. 시는 시인이 쓰고 나는 책이나 팔고 나와 살지 않는 안나는 나를 사랑했고 나와 사는 안네는 나를 지상에 단단히 묶었다. 다들 각자의 역할에 충실했다. (「독서의 취향」, p. 78)

안나는 사랑의 세계에 속해 있고, 나와의 완벽한 합일을 형성하며, 둘만의 몸짓으로 완벽한 화음의 문장을 만들어낼 수 있는 세계에 속해 있다. 반면 안네는(흔히 아내들이 그렇다고 여겨지듯이) 시를 쓰는 세계보다는 파는 세계, 현실을 현실적으로 파악해야만 하는 세계에 속해 있다. 그녀 앞에서는 못 박는 일(이 명백한 성 상징!)도 제대로 못한다는 핀잔 밖에 듣는 게 없다. 이 둘은 그러므로 이분법적으로 나뉜 채, 쾌락원칙과 현실원칙의 세계를 각각 구현한다.

이와 유사하게 「어두운 창들의 거리」에 등장하는 두 주인공 '안'과 '박'은 의식과 무의식, 낮과 밤, 꿈(춤)과 일(노동)의 세계를 각각 구현하고, 「그녀가 보인다」의 두 여성 인물 '진(眞)'과 '그림〔畵〕' 역시 환상 세계와 실제 세계를 양분하면서 현실원칙과 쾌락원칙이 양분되어 대립하는 삶의 양상을 드러내준다. 「최선의 방어」에서 '정'과 '반'이 보여주는 존체로 '합'에 이르지 못하는 이분화된 세계 또한 예서 그리 멀지 않다.

아마도 작가는 이처럼 이분화된 세계에 이제는 구식이 된 프로이트식 용어(현실원칙/쾌락원칙)를 이름으로 붙여주고 싶지는 않았던 모양이다. 김선재는 「모텔 제인 오스틴」에서 이 두 세계에 대한 더 이상 합당한 다른 명칭은 찾을 수 없을 만큼 매력적인 명칭을 제안한다. 그것은 바로 "젠장"과 "부디"다.

알다시피 젠장은 체념과 허탈의 의미를 거느리는 감탄사다. 그래서 그 세계에 속한 이의 사고체계는 다음과 같다.

그나마 녹슨 씨가 여태 내 곁에 남아 있는 것은 내가 언제나 녹슨 씨를 어깨에 메고 있기 때문일 테고, 연이 떠난 것은 내가 그녀를 잡았기 때문일 것이다. 내 손은 언제나 나를 배신하는 편이었지만, 어쩔 수 없는 일이다. 그저 그렇게 되기로 예정되었던 일일지도. (pp. 10~11)

내가 느끼기에 세상은 언제나 새로우면서 늘 재미없는 곳이다. 모든 얘기가 언제나 새로우면서 모든 얘기가 별로 재미없다는 말이다. 또한 그 세상에서 나는 말하거나 듣는 것에 별로 소질이 없다. 그렇다고 다른 어떤 것에 소질이 있는 건 아니다. 그저 듣고 잊어버리고 말할 때는 머뭇거리다가 돌아온다.

자고 나면 언제나 새날이었다. 지하의 새날이 산뜻한 것만은
아니었지만 할 수 없는 일이다. (p. 14)

나는 메리와 철수와 영희와 여러 개의 의미를 가진 올랜도
에 지나지 않는다. (p. 29)

'젠장'을 연발하며 살아가는 젊은 여성 동성애자가 세계를
대하는 태도가 저와 같다. 이 화자는 마치 자신의 손과 자신
의 뇌와는 무관한 것이어서, 손이 자신의 의지를 떠나 자신이
통제하지 못하는 방식으로 자신을 배신하지만, 그것은 아홉
살 이후의 운명일 뿐 어떻게 해볼 도리가 없다는 체념 속에서
살아간다. 또 이 '젠장의 세계'는 나아질 가망이라고는 조금
도 없어서 재미있을 것도 산뜻한 것도 없는 날의 연속이지만
역시나 그런 세계에 대해 자신이 할 수 있는 일이라곤 없다고
여긴다. 그러니까 그 세계에서 자신은 메리이며 철수이며 영
희인, 그러니까 특별한 고유명사로 불릴 이유조차 없는 익명
적 개체들 중 하나일 뿐이다.
그런데 이와 같은 '젠장의 세계'에 어느 날 메모 하나가 도
착한다. 그것은 '부디의 세계'에서 날아온 초대장이라 불릴
만하다. 이런 문구가 적혀 있었으니까. "3.12. 모텔 제인 오
스틴 1207. 저녁 8. 부디."(p. 12) '젠장의 세계'에 가장 두려
운 금기가 있다면 그것은 아마도 '부디'일 것이다. 간절한 기

원과 기대와 희망과 염원 앞에 붙는 부사. 화자로서는 떠나는 '연'이에게도 감히 발설해보지 못했던 바로 그 부사가, '젠장의 세계'로 날아든다. 화자는 그 세계에서는 사랑 때문에 목숨을 버릴 수도 있을 만큼의(모텔 방에 죽어 있는 두 사람은 남성 동성애자들로 보인다) 진정성과 절실함이 통용되고 요구되고 필요하다는 사실 앞에서 주눅든다.

여전히 미친 짓이라는 걸 알지만 쉽게 돌아서지 못한다. 부디, 때문이다. 젠장. (p. 35)

이 문장은 그렇다면 권태롭고 무미건조하고 고단하지만 그런 이유로 무모함이나 위험 같은 것은 없었던 '젠장의 세계'가 일순 '부디의 세계'에 의해 침입당하는 순간에 대한 기록이다. 그렇게 읽을 때, 소설집 『그녀가 보인다』에 실린 김선재의 단편들은 모두 '젠장의 세계'와 '부디의 세계' 간에 벌어지는 지난한 갈등의 기록처럼 읽히기도 하고, 바로 그 두 세계가 두 눈에 각각 달리 보이다 겹쳐지는 입체파 풍의 회화처럼 읽히기도 하고, 쾌락원칙과 현실원칙이 한 인물 안에서 분열하고 각축하는 프로이트적 전장으로 읽히기도 한다. 그러나 너무 빨리 쉬운 결론에 이르기 전에 눈여겨보아둘 자세가 하나 있다. '젠장의 세계'에 속한 두 동성 연인들의 주검이 취하고 있는 자세가 그것이다. "마주 보고 잠든 그들"(p. 35)의 자세.

3

'마주 보고 잠든 그들'

이 문장이 표현하는 자세는 김선재 소설에 가장 자주 등장하는 주인공들의 어떤 특이한 자세들을 간단하게 요약한다. 여기 그 자세들의 목록이 있다.

정의 품에서 또르륵 몸을 말고 방울새처럼 재잘거리던 반이, 그립다. (p. 214)

그 와중에도 그림의 혀는 계속 움직여 여의 아랫니를 쓰다듬고 더 깊이 들어왔다. 네 것과 내 것을 구별하는 일이 힘들 지경이었다. 꼼짝도 할 수 없었다. 여는 마침내 아무리 애쓰고 노력해도 몸의 느낌을 버릴 길이 없다는 걸 알았다. 계시와 말씀 따위는 아무래도 상관없는지도 몰랐다. 자신이 마치 나와 너로 분리되어 서로를 어루만지는 듯했다. 꿈이 아니었다. 이토록 간단해질 수 있는 일이었다. (「그녀가 보인다」, p. 117)

여기에 「독서의 취향」에서 안나와 나가 접속사도 없는 하나의 문장처럼 겹치던 장면을 보탤 수도 있겠다. 또르륵 몸을 만 여성을 안고 있는 남성, 나와 너를 구별하기 힘들 만큼,

혹은 접속사도 없는 하나의 문장만큼 서로와 완벽하게 결합되는 포옹…… 에곤 실레의 「포옹」이나 툴루즈 로트렉의 「키스」 같은 그림을 연상시키는 바로 저런 자세들이야말로 김선재 소설의 남녀 주인공들이 즐겨 취하거나 취하고 싶어 하는 자세다. 그런데 저런 장면들 곁에 다음 장면을 나란히 놓아보자.

어머니에게 나는 이미 아들이 아니라 젊은 날, 자신의 치마를 들추던 연인이었고 수시로 자신을 비춰보는 거울이었다. 어머니의 기억을 현재로 되돌리는 일은 불가능했다. 〔……〕 거울이 된 나는 종종 눈을 마주치지 못하고 대상을 왜곡하고 과장하기를 반복했지만 그래도 항상 한결같이 말했다.
세상에서 자기가 최고야. (「눈사람과 나」, pp. 149~50)

냉장고 문에 붙어 있는 사진을 본다. 지난봄 엄마와 함께 갔던 대형 수족관 앞에서 찍은 사진이다.
안녕, 엄마.
나는 3개월 전의 엄마에게 인사한다. 엄마가 저 방에서 나올 때까지 방해하면 안 되므로 하는 수 없다. (「21세기 소년」, p. 45)

첫번째 인용문에서 아들을 거울로 삼은 엄마의 이야기는 단순히 비유가 아니다. 역으로 말해 어머니의 거울이 되기를 자처하는 아들의 이야기 또한 비유가 아니다. 젊은 날로 퇴행한 어머니는 아들을 자신의 옛 연인으로 착각하고, 마치 거울이라도 되는 양 '거울아 거울아 세상에서 누가 제일 예쁘니'라고 반복해서 묻는다. 아들은 엄마의 거울 노릇을 거부하지 못하고, 엄마에게 인정받기 위해, "세상에서 자기가 최고야"라고 말해준다. 그러니까 어머니의 욕망을 욕망한다. 어머니는 아들을 통해, 아들은 어머니를 통해 자신의 결여를 부인하는 저 익숙한 방식을 '상상계적 이 자 관계'라고 불러서 안 될 이유는 없어 보인다. 아들의 불안은 외설적 주이상스 특유의 불안이다.

두번째 인용문의 경우 약간의 상황 설명이 필요하다. 나중에 밝혀지지만 엄마는 이미 방에 들어가 죽어서는 썩어가고 있는 상태다. 그걸 모르(고 싶어 하)는 소년이 그리워하는 것은 역시 엄마와의 이 자적 관계 속에서 행복하던 3개월 전의 사진이다. 물론 이때의 3개월이 꼭 현실에서의 세월 3개월일 필요는 없다. 상상계의 거리는 물리적 시간으로 측정되지는 않을 터이니까. 어머니와의 행복한 이 자 관계가 유지되던 '상상계'로의 퇴행, 혹은 그러한 상상계적 관계의 파손 앞에서 소년이 보여주는 부인(否認)의 양태가 바로 소설 「21세기 소년」의 주제다.

그렇다면 앞서 인용한 김선재 소설 속 연인들의 저 자세들을 두고 성년이 되어서도 상상적 이 자 관계를 벗어나지 못한, 혹은 상상적 이 자 관계로 퇴행하거나 고착한 주체들의 자세라 부르는 것도 이상할 것은 없어 보인다. 그 자세가 의미하는 것, 그것은 김선재의 주인공들이 유지하려고 하고, 보호하려고 하고, 때론 두려워하거나 도망가려고 하는 세계, 곧 '부디'의 세계이자 어머니와의 행복한 이 자적 관계로 특징지어지는 상상계 바로 그것이다. 요약하자면 김선재의 입체소설 쓰기는 상상계와 상징계를 하나의 텍스트 안에 겹쳐놓으려는 시도에 다름 아니다. 그런데 왜? 왜, 김선재는 이 성장 없는 퇴행의 자세들로 자신의 소설 세계를 도배해놓은 것일까?

4

　왜 김선재의 주인공들은 상상계로의 복귀를 꿈꾸는가? 상징적 질서 안에 상상계적 상황을 끌어들여 자신의 소설을 암울하고 분열적인 입체로 만드는가? 그 질문은 단편 「21세기 소년」의 제목에 대한 질문으로 대체해도 무방할 듯 보인다.
　이 작품은 앞서 간단히 살펴본 그대로 어머니의 죽음을 부인한 채, 썩어 구더기가 나올 때까지 한 집 안에 그 시신과 자신을 유폐한 소년에 관한 이야기다. 상상계의 파손에 대한 불안과 공포, 그리고 결국 그로부터 벗어나는 소년의 우화는 주체의 형성 과정에 관한 라캉의 이론을 소설적으로 번안한 것처럼 읽히는 데가 있다. 그런데 '21세기'라니!

작품에 특정 세기를 명기할 때, 그것이 소설 텍스트가 되었건 사회과학 논문이 되었건 에세이가 되었건 뭐가 되었건, 저자는 자신의 텍스트가 시대를, 혹은 자신이 속한 사회의 어떤 상황을 지시하고 있음을 공표하는 것이나 다름없다. 그러니 이 작품의 제목 「21세기 소년」은 달리 말해 '우리 시대 소년' '우리 사회가 만들어낸 소년' 같은 의미로 읽어 무방해 보인다. 이어지는 수순은 저 텍스트로부터 21세기에 대한 작가의 진단, 그러니까 우리 시대 우리 사회의 표식 같은 것을 찾아내는 것이다. 그런데 뜻밖에도 그 적절한 답은 다른 작품의 첫 문장에서 찾아진다.

최선의 방어는 스스로를 가두는 것이다. (「최선의 방어」, p. 211)

다른 텍스트의 주인공이 한 말이지만 이 말대로라면 소년은 방어의 일환으로 스스로를 유폐시켰다. 어머니가 썩어가고 있는 방 안에. 수도와 전기는 곧 끊길 것이고, 죽기 전 엄마가 마련해둔 음식물도 이제 다 되어간다. 인터넷도 끊겨 세상과 소통할 방법이라곤 없는 곳에 소년은 자신을 방치한다. 방어하기 위해서다. 무엇으로부터의 방어? 물론 각박한 세상도 방어할 대상이겠지만 그보다는 어떤 심리적 정황으로부터의 자기 방어라는 말이 더 합당해 보인다. 어머니와의 상상적 관계가 이미 사라졌음을 부인하는 것, 그것이 소년에게는 방어다. 그래서 영원히 상상계적 이 자 관계를 누리는 것, 그것이 소년의 방어다. 제목으로 미루어 작가의 전언을 유추하건데, 이런 말이 된다. 21세기는 방어의 시대다. 21세기는 유폐와 고립을 통해 세계로부터 자신을 단절시키고, 골방 안에서 충만과 합일을 '상상해내는' 시대다.

그런 의미에서 「독서의 취향」에 등장하는 주인공의 독백은 참 의미심장하다.

왜 나는 자신이 그때 불멸의 책 한 대목을 떠올렸는지 알지 못했다. 대학 때 선배들을 따라 어두운 방에서 학습하고 토론하던 두껍고 어려운, 그러나 결국 자신에게 한 문장으로 남은 책이었다. 토대가 상부를 구축한다는 거였다. 수없이 많은 단어와 묘사는 모두 한 문장을 위해 존재했다. (p. 75)

"토대가 상부를 구축한다." 세상의 각박함이 퇴행을 부추긴다. 맞는 말이다. 그러고 보니, 김선재의 주인공들이 상상계로의 퇴행 같은 것을 시도할 때마다, 그 병인은 다 사회적 연원을 갖고 있다. 「그녀가 보인다」의 주인공 '여'는 스스로를 전신마비 상태로 몰아넣은 이유에 대해 이런 말을 한다. "위나 아래나 끔찍하긴 마찬가지였으나 여는 자신이 결코 위에서는 살 수 없는 사람이라는 걸 굴뚝 꼭대기에서 알았다"(p. 128).
그리하여 그는 행동을 마비시켜 골방에 자신을 유폐한 후 그
림을 만나 상상계적 합일을 꿈꾼다. 「최선의 방어」의 주인공
'정'은 "5년이 지나도록 대리 직급을 떼지 못하는" 사람이고,
"올봄 인사에서 고배를 마시던 날 스스로를 비둘기만도 못한
놈이라고 자책했"(p. 213)던 적이 있는데, 바로 그와 같은 무
능력이 '정'과 아내 '반'의 '합'을 지연시키고 방해한다. 하나
같이 가난하고, 무기력하고, 권태롭고, 체념적이고 희망이
없다. 그리고 그런 상황으로부터의 자기 방어와 부인이 유폐
로 나타나고, 그 유폐 상태 속에서 '상상계적 이 자 관계'를
꿈꾼다.

　김선재가 보기에 이것이 21세기다. 「21세기의 소년」처럼,
이제 밖으로 나가면, 우리는 고아이고, 가난하고, 실업자이
거나 실패한 외판원이고, 무능한 남편 대신 가계를 책임져야
할 "파출부"(「그림자 군도」)에 불과하다. 그 사실로부터 나를
방어하는 방법, 그것은 유폐이고 퇴행이다. 상상 속에서 충만
하기, 그것이 21세기 사람들에게 주어진 비참하고도 비참한,
그러나 유일한 행복이다. 그 비관주의가 참 맘에 든다. 두 개
의 눈(그래서 인간이 이분법적인데)이 각각 세상을 달리 보다
보니, 종종 지나친 이분법이 세계를 단순화하는 우만 피한다
면, 그래서 잠자리의 눈처럼 세계를 다면체로 보는 법을 발명
하기만 한다면, 더할 나위 없겠다.

작가의 말

원고를 다시 펼쳐보기까지는 많은 용기가 필요했다.
사소한 기록들이다.

가끔 몸속 어딘가에서 종소리가 났다.
먼 길을 걸어 집으로 돌아올 때, 한밤의 도로 위에서 혼자
일 때, 어두운 전나무 숲길로 걸어 들어가던 때, 끝내 얼굴을
보이지 않고 사라진 꿈들을 쫓을 때,
종이 울었다.
변한 것은 없다.
오늘도 종이 우는 소리를 종이 위에 옮기는 나날들이다.
시작도 끝도 없는 시간에 매듭을 짓는 일이 과연 가능할까.

부엌에 딸린 작은 방에서의 몇 해를 기억한다.

불을 끄고 누우면 창밖의 담벼락 밑을 지나가는 사람들로 밤이 환했다. 가로등과 그 담벼락을 서성이던 이야기들. 사랑하고 싸우고 울다 끝내 헤어지던 이야기들. 두근두근 가슴이 뛰던 그 방을 기억한다. 가끔 그 방의 어둠 속에 눕는 꿈을 꾼다,

여전히.

나는 위장에 서툴고 그 위장은 종종 오독을 부른다. 또한 오수 속의 꿈이 오독과 오기로 치부된다고 하더라도 나는, 할 말이 없다.

이건 사소한 꿈의 기록이니까, 부끄럽지만.

부끄러움을 손으로 감출 수 있다면 세상은 좀더 아름답고 따뜻해질 거라고 생각할 뿐이다. 그런 날에는 내 말들이 진심으로 진심처럼 들리기를. 한밤의 발소리에게, 조등처럼 환한 세상의 뒷모습에게, 자신의 심장 소리를 나눠준 당신에게,

이 인사가 제대로 전해지기를.

숭실대 교수님들. 김인섭, 조성기, 이재룡, 공상철, 엄경희 교수님.

한 번도 제대로 전하지 못한 감사를 전합니다.

숭의여대 교수님들. 강형철, 이영진, 김형수 선생님께도 너

무 늦은 감사를 전합니다.

나를 없는 듯 내버려둬 준 가족들 고마워요.

21세기 소년 창환 군, 아트로, 민정 씨, 그리고 혀끝을 맴도는 이름들, 모두 감사합니다.

끝으로 문학과지성사 선생님들과 희미한 꿈들을 책으로 묶느라 고생한 편집부와 해설을 써주신 김형중 선생님께도 감사를 보냅니다.

2011년 8월

김선재